明將軍傳奇之
換日箭
下卷
時未寒——著

目錄

第一章 矯龍破圍 5
第二章 舟中爭棋 37
第三章 浩氣療傷 85
第四章 四個故事 131
第五章 驚天之秘 177
第六章 弈天之訣 205

第七章　枰爭天下　243
第八章　換日出世　281

第一章

矯龍破圍

林青冷漠的聲音在廳中迴響不絕：
「各位都請住手，不然休怪我暗器無情！」
眾人心頭一驚，在此不見光亮的情形下，
只怕縱是明將軍親至，也未必有把握躲開暗器王的出手。
然後，便是一片沉沉的寂靜！

當下寧徊風令兩個黑衣人將珊瑚寶珠與那女子分送至關明月與扎風喇嘛的住所。兩個黑衣人領命從箱中帶出那女郎，諸人不免又是飽餐一番秀色。扎風心中滿意至極，哈哈大笑起來，將水柔清適才的譏諷之言忘得一乾二淨。

一時廳中為此絕色所驚，氣氛也緩和下來，再沒有適才的劍拔弓張。

待兩個黑衣人與異國女郎出廳後，寧徊風的目光往蟲大師望來，攤手一請：「久仰大名，尚有一不成敬意的小小禮物。還望兄台笑納。」

諸人見了珊瑚、美女，均對下一個禮物產生了極大的興趣，眼光齊齊聚在木箱上。只是那木箱十分結實，雖已被二個黑衣人震碎了上半截，但下半截尚有三尺餘高，根本看不出其中虛實。齊、關二人均不識蟲大師，但見寧徊風的禮物竟然不是送與林青，心中暗生疑惑，猜想蟲大師定是有非常來歷。

「寧先生太客氣了。」蟲大師不動聲色呵呵一笑：「不瞞你說，我對這禮物亦是心生好奇，巴不得速速令人開箱，以解心中之期望。」

寧徊風一拍腦袋：「哎呀，我倒忘了讓手下開箱，不過大家想必都等不及了，不若便請兄台親自來看看吧，也好讓大家開開眼界。」

蟲大師也不推拖，微微一笑：「我本是個懶人，只不過寧先生的禮物實是太過驚人，說不得也只好舒舒筋骨了。」他知道寧徊風有意讓自己於開箱時顯露武功，以懾齊、關二人。一面起身往箱邊走去，一邊卻在心裡尋思用什麼方法開箱方可收奇效。

「且慢。」林青揚聲道：「見了擒天堡的禮物我亦是動心了，這份禮物倒不如送與我，卻不知龍堡主與寧先生意下如何？」此言一出，廳中京師諸人登時竊語不休，還道林青真是見了珊瑚寶珠與美女動了心，這才要搶在蟲大師前面，便連小弦與花、水二女亦是大惑不解。

原來林青見寧徊風奇兵迭出，將一切均在掌握中，心頭生疑，所以出言試探。蟲大師知其意思，停下身形：「既然林兄有意，我自是不與你爭。」

扎風早就對蟲大師心有不忿，見他頭戴一頂不倫不類的蓑笠，忍不住出言挑唆：「暗器王名動天下，收禮物自然輪不到你這位連本來面目都不敢現出的仁兄。」

水柔清冷哼一聲，小弦配合得恰到好處，低聲嘀咕：「剛才還說不知道暗器王的大名，現在突又想起來暗器王名動天下，看來那異國女郎不但傾國傾城，居然還有增強記憶的功效，真是奇了。」這等場合原輪不上他這小孩子說話，只是這聲音不大不小看似自言自語，但廳中諸人俱是高手，全都聽在耳中，各人本就不齒扎風為人，這一下除了齊百川強按笑意，其餘人俱都笑了起來。

扎風數度被小弦與水柔清搶白，他一向矜傲，如何受得住，想要爭辯幾句，但剛才自己確曾說起不識林青，一時想不出如何應對，臉上陣紅陣白，惱怒非常。

寧徊風對龍判官使個眼色，起身打個圓場：「扎風大師有所不知，這位仁兄的名望絕不在暗器王之下，亦是我寧某一向敬重的人，是以才特地準備了一件禮物。」

蟲大師不虞多起事端，與林青對視一眼，各明心意：「得寧先生如此抬言眷顧，在下卻之不恭。」當下緩緩往箱邊行去，心頭卻保持著一絲警覺。

「哈哈，原想給暗器王也準備一件禮物，只是我素知林兄心比天高，想來想去，只怕尋常東西不入林兄之眼。」龍判官早有準備，與寧徊風各執一杯酒，來到林青面前：「龍某便只敬林兄一杯水酒，祝君……」說到此處似是一時想不出合適的說辭，臉上一片尷尬之色。

林青端杯起身，正待留幾句客套話，此刻他被寧徊風與龍判官遮住了視線，看不到蟲大師開箱的情景。但心中警兆突現，分明已感覺到一股熟悉的殺氣突現廳中！

蟲大師單掌往箱邊按去，本是打算用一股柔勁將木箱震散，卻不料掌沿及箱的一剎那間，巨變忽生。

「砰」然一聲，那半截木箱似是被驀然炸開般變得粉碎。一道黑影以肉眼難辨的高速從四濺的木片碎屑中衝躍而出，一雙黑手成爪狀徑直扼向蟲大師的咽喉。

寧徊風送給蟲大師的禮物原來竟是——被譽為數百年來最為強橫的黑道第一殺手鬼失驚！

與此同時，寧徊風與龍判官已同時向林青出手。

這是一個精妙的局！先以價值連城的珊瑚寶珠與萬般風情的異國女郎惑眾人耳目，亦讓林青與蟲大師放鬆警惕；再故意讓開箱黑衣人以送禮為由先行離去，引得蟲大師親自下場開箱；最後寧徊風與龍判官敬酒為名隔開林青與蟲大師；而鬼失驚則一直潛伏於箱底，借那不通武功的異國女子濃重呼吸聲做掩護，終等到這一刻稍縱即逝間的絕殺機會！

林青與蟲大師雖是早預防著寧徊風突然發難，但眼見結盟之事尚撲朔難解，正在尋思擒天堡給關明月與扎風送上禮物各是何用意，而寧徊風未準備給暗器王的禮物敬酒告罪原也在情理之中，蟲大師的心神亦在思忖著用何武功開箱方可震懾京師二派。

驚呼聲四起，在場諸人的念頭還留在那寶物美女之上，誰曾想於此言笑晏晏情形微妙之際殺機乍現。何況突施殺手的不但有黑道第一殺手鬼失驚，邪道六大宗師之一的龍判官亦與寧徊風同時向林青出手。

驚變乍起，大出眾人意料之外。蟲大師正往箱前行去，就如往鬼失驚的雙手迎上一般，鬼失驚的武功虛變狠毒至極，其掌上套著一隻幾近透明的手套，燈光照耀下襯得五指指甲隱泛青光，便若一道乍射而起的鬼火磷光，眨眼間右手已襲至蟲大師面門前寸許。蟲大師雖有預備，卻也未料到這箱中所藏竟是這與自己齊名數載的黑道殺手，眼見躲避不及，百忙中低下頭，頂上蓑笠正好擋在這必殺一擊上。

「波」的一聲，蓑笠被鬼失驚一爪擊得粉碎，爪勢卻也因此稍緩。蟲大師只覺面上火辣辣一陣炙痛，腦中一眩，幸好本能應變尚在，偏頭躲開這破面斷喉的一爪。鬼失驚口中嘿然有聲，擊空右手食、中二指屈彈而起，指風凜冽直刺蟲大師鼻翼迎香大穴，左手握拳搗向蟲大師的心窩。

蟲大師曾與鬼失驚有過一次交手，對其武功有過詳盡的研究，知鬼失驚掌中手套名為「雲絲」，乃是以北地一種名喚「雲貂」的小動物身上毛皮所織，刀槍不入，百毒不侵，更是輕軟猶若無物，毫不影響手上動作，卻是無毒，面上炙痛之感只是因對手的掌力所傷，應無大礙。他的武功純走精神一道，雖負傷在前，但心頭至靜，戰鬥力尚餘八成，吐氣開聲，一道氣箭反襲鬼失驚右手脈門，右手一擺，抽出一把色黑如墨的鐵尺，擋向鬼失驚的左拳。

鬼失驚一招無功不待接實立刻變招，身體似陀螺般繞蟲大師急轉起來。他的武功走奇詭一路，拳、掌、指、肘、膝、腿、腳皆是勢大力沉，身體的每一個部位似都可做殺人的武器。蟲大師先機被占，一時只能勉強防禦對方層出不窮的殺招，見式拆招，再無還手之力。

龍判官鬚髮皆揚，瞪目豈眉，其勢激昂，其狀威猛。只見他與林青正面相對，擎杯右手拳心中空，如同驀然大了一倍，中指關節駢突若刺，敲向林青胸前膻中大穴，左手卻是軟垂於腰間，看來全身勁力俱都集於右手上，似要與林青硬拚內力。而寧徊風卻是五指曲若虎爪，從左邊揉身而上，插向林青面門，雖是迅捷無比，但卻不帶絲毫風聲，可見其力陰柔無比。寧徊風的爪功名為「千瘡」，看其勢道只怕若要抓實林青的面門，怕真是會收到千瘡百孔之效。

擒天堡兩大高手合力一擊，暗器王如何應對？

以林青的武功突逢驚變下最多只能應付一人的殺招，但他身為暗器之王，內力上的修為也還罷了，應變之力確可稱天下無雙，千鈞一髮間心念電閃已有決斷。

一聲脆響，林青手中酒杯碎裂，手指輕彈處，千百瓷片如刀射向龍判官的右拳，身體卻是朝左一轉，右手卻是以爪對爪迎向寧徊風，左手急挑而起，先截劈再封按，幻化出幾式虛招，袖間卻有七八道黑光迸射而出……

寧徊風心頭大震，他原本定下計策以龍判官一拳為誘，自己的千瘡爪方是真正的殺招。可萬萬料想不到林青竟是拚著背受龍判官一拳而全力向自己出手，分明是看透了其間虛實，在這兔起鶻落，電光火石的剎那間竟可判斷得如此之準，就似是早有預防，不由心頭一沉。

在平常情形下，一般人最忌的自然應是號稱邪道宗師之一的龍判官，而寧徊風在武林中聲名不著，誰也不知其武功如何，若是能有選擇自是寧願受寧徊風一爪也不敢讓龍判官的拳頭擊實了。卻不知林青那日夜探擒天堡涪陵分舵中，見寧徊風行事老辣，心計深沉，早在暗中視其為第一勁敵，傾刻間不及思索，下意識間已是決定先封擋住寧徊風的殺招。陰差陽錯下，卻是恰好避開了這配合無間的襲擊，反讓對手疑神疑鬼起來。

寧徊風心念略分，林青袖中射來的暗器彈指間已至身前罩住胸腹數道大穴，他出招在先，雖有把握能扼斷林青倉促間格擋的右手，但暗器王的暗器如何敢以身體硬接。寧徊風一聲大叫，爪勢下沉，撕抓揮掃之下將幾點暗器擋開，而龍判官那重重一拳已擊在林青背後的偷天弓上。

「砰」然一聲悶響，林青借龍判官拳力跨前半步，欺入寧徊風懷內，雙手纏住千瘡爪，腰一擰肩一沉，又有幾點黑光射出。

寧徊風心知龍判官那一拳無法造成太大的傷害，見暗器王的暗器無中生有般層出不窮，心頭大悸，往後急退。

林青硬承龍判官一拳，卻分明覺得對方看似勢沉力猛，勁道卻遠不若想像之重，與剛才龍判官強吸酒入口的霸道內力大相迥異。激戰中不及細想，見寧徊風退開，反身一轉，以偷天弓弦鎖住龍判官的右手後著，左手反扣向對方喉頭。隨著他擰腰轉身，竟還有一支銀針從肩頭射向退後的寧徊風，確不愧是暗器之王。

龍判官料不到自己一擊得手，驚喜之下正想變招再攻，右手已被偷天弓鎖住，方一怔間，林青的左手已扣在喉頭上，心頭大懼。他知道對方意在生擒，當下雙手軟垂腰下，不敢掙扎。這才嘆服暗器王何以能挑戰天下第一高手明將軍，其武功跳脫靈動之處，不但大違常規，簡直已超出想像之外。

林青一招制住龍判官亦是頗出意料，回頭冷然看向寧徊風，待要喝其住手，卻見寧徊風急退的身形不停，眼中卻閃過一絲陰險的笑意，心知不妙，聽得頭頂格格數聲巨響，整個房頂居然都砸了下來……

京師二派的人眼見擒天堡突然發難，齊、關兩人先見鬼失驚乍現箱中，再見到蟲大師亮出獨門兵器「量天尺」，立時認出了蟲大師的身分。蟲大師與鬼失驚的恩怨江湖皆知，二人樂得旁觀，心中尚充滿著幸災樂禍之感。卻不料奇變再生，頭頂房樑直砸而下，一時全都鬧個手忙腳亂，各找縫隙躲避撲頭而下的碎磚裂瓦。

林青本有機會追上寧徊風，脫出機關中。但整個房頂突然塌下，花、水二女或許還能自保，小弦必無倖理，暗歎一聲，左手一把將小弦拉入懷中，右手抬起將一大塊落下的房樑撥開，手落下時重又扣在龍判官的喉上。龍判官似也未想到寧徊風會捨己不顧，一時驚惶下再次被林青制住。

蟲大師與鬼失驚正在激鬥之中，鬼失驚大占上風，一心要在數招內重創對手。誰知頭頂生變，他本就在繞著蟲大師轉圈，身體正處房間週邊，一道黑忽忽的事物突然落下。鬼失驚變生不測下仍不願放棄殺蟲大師的機會，右手出招不變，左手隨手往上一格，卻覺得落下來的重物其沉萬鈞，觸手生寒，竟似一道鐵閘，咯嚓一聲，腕骨已折，一聲驚呼，身法一頓，眼見就將被砸在那道鐵閘之下……

蟲大師雖然眼見這個對頭大難在即，但他一向俠義為懷，百忙中不假思索，一把拉住鬼失驚遞招過來的右手，生生將他拉回房間正中……

「轟隆隆」一聲大震，大廳內已陷入無邊無際的黑暗之中，再不現一絲光亮！

劈劈啪啪數聲不絕，廳中諸人雙目若盲，敵我不明，各施絕學將身邊人擊開。一聲慘叫乍起，聽聲音卻是齊百川手下兩兄弟之一的趙光，卻不知是中了誰的一招。

林青冷漠的聲音在廳中迴響不絕：「各位都請住手，不然休怪我暗器無情！」眾人心頭一驚，在此不見光亮的情形下，只怕縱是明將軍親至，也未必有把握躲開暗器王的出手。

然後，便是一片沉沉的寂靜！

「哈哈哈哈。」寧徊風的笑聲從外間傳來：「任是林兄武功超凡入化，諸位雄霸一方，卻還不是做了我的甕中之鼈？」眾人皆是一呆，聽寧徊風語中不分輕重，分明是想要將諸人一網打盡。

林青淡然道：「誰勝誰負還未可知。寧兄不是天真的以為一道機關就能困住這許多高手吧？」要知現在廳中不但有暗器王、蟲大師、龍判官、鬼失驚這四大絕頂高手，還有妙手王、齊百川等高手，花想容與水柔清身為四大家族傳人亦是不弱，若說區區一道機關便能困住眾人，何異癡人說夢。而如今廳內氣氛微妙，只要誰稍有響動，立刻就成為了別人進攻的目標。此情此景下怕亦只有暗器王敢出聲回答。

寧徊風大笑：「林兄有所不知，此困龍廳四面半尺厚的鐵閘一落，筍合處天衣無縫，就若是一個大鐵罩，我若不發動廳外的機關，只怕再過一百年也沒有人打得開。」

「鐺」的一聲，卻是關明月忍不住敲擊四壁，聲若龍吟，果是鐵鑄，聽其音重厚，縱算沒有半尺，怕也厚達數寸。

林青心中一寒，若真如寧徊風所說，這四面全是數寸厚的鐵板何止萬斤，縱是集廳內眾人之力亦未必能破得開。他心頭思索，語氣中卻不露驚惶：「寧兄竭精殆慮設下這個局，卻莫忘了你的頂頭上司尚落在我手裡。」

寧徊風嘿嘿冷笑：「林兄不妨殺盡廳中人，過得十天半月餓得頭昏眼花時再與我相見。」龍判官張口欲言，卻被林青手中一緊，說不出話來。

一個嘶啞的聲音從大廳角落中傳來：「寧徊風你想做什麼？」

「鬼兄受傷了麼？」寧徊風故作驚奇：「你放心好了，寧某必會給你報仇。任蟲大師如何了得，餓他幾個月也只好陪鬼兄一併去陰間地府了……」言罷似是忍不住心頭得意，又是哈哈大笑起來。

扎風怯聲道：「寧先生快先放我出去吧。」

「扎風大師還想著那禮物麼？」寧徊風漠然道：「算你運氣不好，只好給暗器王與蟲大師陪葬了。」

眾人一凜，且不論寧徊風是何用意。就算他只想與林青與蟲大師為難，也勢必不肯打開機關，這裡沒有食物清水，過得十天半月，誰也沒有生望。

扎風一愣，大叫：「大家並肩一起上，殺了暗器王與蟲大師……」語音戛然而止，試想在此伸手不見五指的情景下火併，以林青震絕天下的暗器功夫，只怕誰也沒有一絲機會。

寧徊風笑道：「不錯不錯，敬請鬼兄、齊兄、關兄一併出手，只要殺了暗器王與蟲大師，我自當打開機關再奉上重禮給諸位壓驚。」

「寧兄剛才至少本有機會幫我先制住蟲大師。」鬼失驚冷冷道：「但你卻逃得那麼快，叫我如何信得過你。」鬼失驚出道至今尚是第一次栽這麼大個跟斗，若不是蟲大師及時相救，怕要被那萬斤鐵閘攔腰折斷，如何咽得下這口氣？何況剛才雖然林青制住龍判官，但鬼失驚將蟲大師迫得險象環生，若是寧徊風及時相助，蟲大師怕也是凶多吉少。

「鬼兄一向獨來獨往，我何敢相助於你。」寧徊風嘲然一笑道：「何況黑白兩道絕頂殺手相遇，這幕好戲若是被我攪散了，在場諸位怕都會怪我多事呢。」

鬼失驚喝道：「別以為我不知道你的算計，你一向忌我，此次正好趁此機會……」他忽收住語聲，似是自知失言，就此默不作聲。

寧徊風冷哼一聲：「鬼兄且莫動氣。我絕非公報私仇之人，能與暗器王蟲大師同歸於盡，你也算是死得其所了。」

林青心頭大訝。聽鬼失驚語意，他與寧徊風之間似乎早有些過節，絕非此次初識。不過他二人一個是擒天堡的師爺，一個是將軍府的殺手，卻是如何拉上了關係？

廳中諸人均是心生疑惑，於一片黑暗中下意識只覺得左右四周均是敵人，各自運功，唯恐突遭橫禍。

蟲大師聽到廳內氣息漸沉，知道各人全是心中猜疑不定，誠聲道：「大家都困在局中，須得齊心合力方可破出此關。若是自相殘殺，只怕正中了寧徊風的奸計。」這句話雖是有道理，鬼失驚、齊百川與關明月等人卻是誰也不接口。

林青一手仍是緊緊扣住龍判官的喉頭，朗聲道：「我保證只要大家齊心，出此難關之前我絕不會貿然出手，若違此誓叫我死於明將軍手上。」暗器王一言九鼎，更是以明將軍的戰約為誓，京師諸人均是放下了提了良久的一顆心。

鬼失驚有感剛才蟲大師相救之恩，更是深知寧徊風的狠毒，首先接口道：「林兄提議正合我意，脫困之前我不會再與你為難。」

關明月的聲音從另一端響起：「我也同意林兄的意見。」他本就與林青與蟲大師無甚仇怨，聽鬼失驚都如此說，自是不甘於後，齊百川亦忙不迭表態贊同林青。

「暗器王與京師三派攜手，這倒真是一件奇聞了！」寧徊風口中嘖嘖有聲：「只不過我保證幾個月後的江湖傳言必是諸位自相殘殺而死，不免可惜了林兄的一番好意。」聽他如此一說，諸人心頭更沉，寧徊風能說下如此狠話，自是有十足的把握困住眾人。

林青沉聲道：「寧兄既然如此工於心計，妄圖將我等一舉全殲，卻不知所圖何謀？」

要知寧徊風費這麼大力氣將眾人困住，不但開罪京師三派與暗器王蟲大師兩大高手，還拉上了四大家族的人，更是不管不顧龍判官的死活，若不是失心瘋了，定是早有預謀。

寧徊風大笑：「我知林兄心中必有疑慮，卻偏偏不給你一個答案。黃泉路上也要你糊裡糊塗，這才顯得出我的手段。哈哈……」

林青沉思不語。蟲大師卻不理寧徊風的嘲笑：「煩請哪位點起火熠，大家合計一下如何破去這個機關。」

「莫怪我多言。」寧徊風笑著接口道：「蟲兄此舉大可不必，暗器王的暗器在此黑暗中方更能發揮其效力……」他這話雖是明顯的挑唆，卻是大有效果。京師諸人都在心裡打了個突：於此敵我不明的情況下，開口說話尚可以用移聲換位之術讓他人捉摸不到自己的方位，若是點起火光現出身形，誰知會不會成為暗器王的靶子。

林青譏諷道：「寧兄武技不見高明，挑撥離間的本事確是天下一流。」

「呵呵，林兄言重了。我只不過覺得這黑暗中的遊戲越來越有趣罷了。」寧徊風又是一陣大笑：「這鐵罩外尚伏有數名弓箭手，以我的手勢為號。不怕諸位笑話，我生性膽小，若是見到哪裡亮起火頭來，說不定心驚手抖之餘給手下誤會在發號施令，結果只怕大大不妙。」也不知他是否出言恫嚇，但如此輕描淡寫地說來，卻更增威脅。

果然諸人良久皆無動靜，只聽齊百川低聲道：「我身上沒有火熠。關兄身為妙手之王，這些事物想必是隨身攜帶的。」

關明月大怒：「我臂上受傷了，齊兄若是方便不妨過來取用。」眼見二人又要爭執起來。

林青心頭暗歎，值此情形大家仍是互相猜疑，如何談得上齊心協力？右手仍是扣著龍判官，左手放下小弦，正欲從懷內取出火熠，卻聽小弦大聲道：「你們別爭了。我不怕這個『寧滑風』，我來點火。」

廳內一時靜了下來，齊百川與關明月臉上發燒，枉自他們成名數載，卻還比不上這十二、三歲小孩子的膽略。

「哧」的一聲，小弦擦著火石。火光將他稚氣未脫的臉上映射出一片濃重的陰影。

「箭！」寧徊風一聲令下，鐵罩外幾聲輕響，撞開幾個小孔，數支長箭往小弦射來。小弦驚呼一聲，實料不到寧徊風其言不虛，鐵罩外果是伏有弓箭手。而且寧徊風心思縝密，所開小窗盡在高處縱躍不及處，外面的人可搭梯觀望廳內的情景，裡面的人卻無法看到外面。

暗紅的火光下人影一閃，蟲大師大喝一聲，大手一張，將幾支長箭抓在手中，尚餘幾支箭卻被另一個黑影打落，竟是鬼失驚出手為小弦解圍。

鐵罩外慘叫聲迭起，卻是林青及時出手將細小的暗器從鐵罩小孔朝外射出，外面的弓箭手何曾想到暗器王神技若此，登時有幾人雙目中招，從梯上滾落下去。猶聽得林青寒聲道：「寧兄手下眾多，不妨多派幾個弓箭手來給我餵招。」

小弦驚魂稍定，借著火光撿起一支燭台點著，火勢一下明亮起來。蟲大師讚了一句「好孩子！」小弦心頭得意抬頭望去，就著燭光，卻見到數尺外的水柔清一泓清瞳正牢牢盯住自己，高高挑起的大姆指猶調皮地朝自己輕點著，一張俏臉被燭光映得嬌豔如花，腦中猛然一蕩，幾乎將手中燭台跌落。他破天荒地得到這個「對頭」如此誇讚，不知怎地心口好一陣怦怦亂跳，臉上不爭氣地泛起一片扭捏的潮紅來……

只見廳內一片狼藉，盡是碎木磚石。十一人各占四方靠牆而立，面上全是土石碎屑。齊百川的手下趙光倒在地上生死不知，他兄弟趙旭連忙搶上前去救治。林青隨手將龍判官點了穴道，細看四周。那鐵罩高達二丈許，連上方亦是密封，黑黝黝的一片，唯有二丈高處開了幾個寸許寬的小窗口，剛才弓箭手的長箭便是由此襲來。

蟲大師於牆角細細摸索了一會，失聲道：「好傢伙，全封死了。」他精通建築之術，略一猜想便知必是先分別將四面鐵板吊上房頂，再嵌接為一體。而樓上牽起長索與四面山頭相連原是為了分耽鐵鬧的重量，否則這數萬斤壓將下來怕早將小樓壓垮。也幸好如此，廳上方才不至有太多的重樑，不然屋頂直砸下來廳內諸人早是頭破血流。

蟲大師沿著鐵板摸了一圈：「這四塊大鐵板邊緣參差不齊，各自相嵌，筍合的天衣無縫，實是第一流的設計。」他直起身來，低聲歎道：「要將這數千斤的大傢伙連在一起，真不知要動用多少人力！」廳內眾人面面相覷，這個大鐵罩闊達三丈，高亦有二丈有餘，若有寸許厚度，且不論外間嵌接的機關，單是一面鐵板怕就有數千斤，連上頭頂封合的鐵板怕有萬斤之巨。寧徊風既然費這麼大力氣製下這個機關，斷不會容眾人輕易脫困。

鬼失驚左手軟垂胸前，右掌劃個半圓拍出。這黑道第一殺手的全力一擊豈是非同小可，卻只聽得一聲大響，鐵罩微微一震，就似整個房間在抖動一般，眾人耳中嗡嗡作響，良久方息。但鐵罩上連半分縫隙也未留下，鬼失驚拚力一掌竟是絲毫沒有效用。

林青眉頭一皺，這鐵罩如此結實，渾然一體，掌力擊向一邊卻被分散至四面，除非能將鐵罩抬起，人或許能從下鑽出，但這四面光滑毫無受力之處，縱有拔山之力亦是無從下手。他再抬頭望向高近二丈的頂端，料想亦是如四面一般封死，縱是能以壁虎游牆功游至上方，身體懸空下更是難以發力。這鐵罩雖是笨重無比卻實是有效，整個大廳就如一個四面密合的大盒子，將這許多高手困於其間。

林青望向齊百川與關明月，緩緩道：「幾位仁兄請過來商議。」

齊、關二人面色慘白，不聲不響來到林青面前。起先於黑暗中尚還抱著一線希望，料想這機關再厲害也擋不住幾大高手的合力，現在看清了周圍的環境反增絕望。心頭更是大懼，寧徊風費如此周折將諸人困於此處，只怕絕不僅僅為了對付暗器王與蟲大師那麼簡單，莫不是真要將京師三派也一網打盡。

鬼失驚踏前幾步，仍是與林青、蟲大師保持著一定距離，默然不語。

齊百川低聲道：「不如挖條地道試試。」扎風聞言用短刀往地下挖掘起來。

蟲大師微微搖頭：「剛才小弦對我說起這廳中不生蟲蟻，只怕地下亦是鐵板。」果然聽得「啪」的一聲，扎風的短刀挖了半尺便折斷了刀尖。

「來人，奉茶。」只聽得寧徊風在外悠悠道：「魯香主請坐，陪我一併看齣好戲。」

關明月揚聲道：「寧徊風不顧龍堡主的死活，魯子洋你亦要隨之造反麼？」

魯子洋笑道：「關兄還是先操心自己的安危吧。」

林青心念一動，將龍判官的啞穴解開：「你到底是何人？」他硬受龍判官一掌卻毫髮無傷，早對他的身分起疑。

龍判官一咬嘴唇，低聲道：「在下周全，本是一個無名小卒，全是聽了寧徊風的話才與林兄為難……」眾人大驚，這個龍判官竟然是假的！

寧徊風道：「你敢洩露身分，我叫你一家老小都不得周全。」

周全恨聲道：「寧徊風你叫我出手自己卻跑了，老子光棍一條，今天豁出來也要把你的陰謀詭計告之天下。」寧徊風只是冷笑。

蟲大師疑惑道：「剛才你喝酒時所顯的武功……」

周全道：「那全是寧徊風搞的鬼，就是要讓林兄提防我的武功，他才好趁機得手。」

林青深吸一口氣：「真正的龍判官呢？」

周全略猶豫一下，答道：「姓龍的已被寧徊風暗中控制，軟禁於擒天堡中。」眾人心頭一震。誰曾想邪派宗師龍判官竟已被寧徊風所控制，這個假冒的龍判官縱可一時瞞住手下耳目，但武功卻無論如何假冒不來，自然再不能約戰川內各路高手，怪不得自從數年前龍判官一統川東後擒天堡一意守成，再無更大的發展，就連一個媚雲教都奈何不得……

而這個江湖上聲名不著的擒天堡師爺居然能在暗中做下如此驚天動地的事情，到底是何來頭？

小弦忍不住問道：「哭叔叔呢？」

周全朝小弦點點頭：「你放心，日哭鬼雖中了寧徊風一掌，暫無性命之憂，他現關在魯家莊院的地牢中。」

花想容心細，聽周全對龍判官的稱呼全無敬意，開口問道：「你必不是擒天堡的人，如何認識寧徊風的？」

周全先是一呆，將心一橫：「我乃御泠堂下火雲旗下一小頭目，只因相貌與龍判官有幾分相似，這才被寧徊風調來此地。」

御泠堂?!眾人面面相覷，看來均是第一次聽到這個名字，只有蟲大師皺了皺眉頭。

林青沉思半晌，憶起一事，朗聲吟道：「神風御泠。枕戈乾坤。炎日當道。紅塵持杯。這句話是什麼意思？」這正是那日在魯子洋莊院中聽到寧徊風念的幾句話。

周全奇道：「林兄卻是從何處聽來的？這句話說得正是寧徊風的身分，他便是御泠堂炎日旗的紅塵使。」

寧徊風的聲寒若霜：「洩露本堂機密是第一大罪，周全你真是活得不耐煩了！」

周全大聲道：「本門第二大罪就是出賣兄弟，你剛才是如何對我？」他望向鬼失驚與齊、關二人：「你們不要抱僥倖心理，寧徊風從一開始就沒打算放過你們。」

寧徊風大笑：「是極是極，只是你說了又有何用，最後還不是陪著暗器王一起送死。」聽寧徊風親口承認，齊、關二人面上微微變色，只有鬼失驚仍是一臉木然。

林青問道：「御冷堂還有什麼人？」

周全卻搖搖頭：「林兄不要再問了，我只會說寧徊風的詭計，卻不會再告訴你本堂的其餘事情。」

林青一呆，卻也佩服他的硬氣，當下不再多問，望向四面鐵壁，苦思對策。

鬼失驚長吸一口氣，右掌提於胸前：「請林兄、蟲兄與我合力一試。」

林青與蟲大師互望一眼，緩緩點頭。時勢弄人，何曾想他二人竟會與鬼失驚合力出手?!

「砰」然一聲巨響。三大絕世高手全力一擊，聲勢何等駭人！就若是地震一般，鐵罩連著地基左右搖晃起來，廳中諸人全都站立不穩，或左或右保持著平衡。扎風更是臉色慘白，他身為吐蕃大國師蒙泊的二弟子，一向輕視中原武林，進京後見齊百川風光無比，武技卻也僅比自己略高一線，還只道中原武學不過如此。此刻見了這驚天動地的聯手一擊，方知這三人的武功無一不在師父蒙泊之下，相較之下自己的武功就若小孩子一般，滿腹驕傲盡化作數股冷汗從脊背上緩緩流下……

鐵罩晃動數下終停了下來，這當世三大高手的連袂一擊竟亦是徒勞無功。

以鬼失驚強橫的個性亦不禁略有沮喪，歎道：「這鐵罩與地板連為一體，縱是掌力再強數倍亦是無用，若是翻傾了怕更不好辦。」

「鬼兄莫要氣餒，不妨多讓我見識一下你的摘星攬月手。」寧徊風得意至極：「若是再過幾日，只怕諸位頭昏眼花之下功夫要狠狠打個折扣，那就再也看不到如此威猛的掌力了。」

蟲大師對寧徊風的奚落充耳不聞，沉聲道：「這鐵罩從天而降，與地板的接口處應是一道鐵槽，並無鑲卡的機關，若是能將其翻傾，或可撞開。」

鬼失驚思忖道：「若能破壞槽口，將上方鐵板移動，也可掘地而出。」

林青苦笑搖頭，道理雖是如此，但這上萬斤的重量壓住接口，讓人根本無從下手。何況鐵罩渾然一體，己方身在其間，縱想翻傾又談何容易。三人互望數眼，他們皆是縱橫江湖的絕頂高手，何曾想會被這笨重至極的機關困於此處，竟然一籌莫展。

關明月略一沉思，遞手至林青面前攤開，卻是一把三寸長短寒光四射的匕首，低聲道：「此劍削鐵如泥，或可助君剖開這鐵板。」妙手王身為八方名動久經風浪，當機立斷下將防身寶刃亦交於林青手上，一來以示誠意；二來亦知在此情景下也只有與眾人攜手方有一線生機。

林青見那匕首精光耀目生寒，關明月妙手空空頻盜天下，隨身兵刃自是非同小可。運功往鐵壁扎下，果然一透而入。他手上的勁力恰到好處，匕首深沒至寸許感覺將要穿鐵板而出時立刻凝力緩發，不讓外面的寧徊風發現。

但那匕首實是太短，何況這等寶刃斬幾分薄的長劍或可奏功，對付這般厚重的鐵板卻是無用。林青拚盡全身的功力亦只割開三寸長的一道口子，只覺阻力越來越大，匕首刃口已捲，再不能劃入鐵板半分。只得一歎收手。

寧徊風聽風辨器下立覺有異：「原來林兄還帶有寶劍？不過這鐵板均以上乘精鐵所製，縱你有干將莫邪在手怕也是白費力氣，徒然毀了兵器卻是何苦？」聽他言語有恃無恐，想來早做過試驗。

齊百川終亂了方寸，脫口道：「林兄快快想個辦法，時間久了怕更是無望。」

林青心中亦是一團亂麻，面上卻仍是保持著鎮定：「齊兄莫急，反正寧徊風一時也攻不進來，我們不妨與他耗上幾天。」

「哎呀我倒忘了給諸位準備些食物與清水，真是失禮至極。」寧徊風對魯子洋道：「這些都是貴客，萬萬不可怠慢，魯香主還不快派人到京師各大膳堂購些山珍海味來。」

魯子洋居然一本正經地答道：「屬下這就去派快馬飛騎去京師，最多過得月餘便可趕得回來。」

諸人聽到這兩人冷嘲熱諷，恨得牙癢，卻是拿他們絲毫沒有辦法。

林青見小弦附在水柔清的耳邊說著什麼，水柔清眼中疑慮參半，也不放在心上。轉頭望向鬼失驚：「鬼兄可有接應之人？」他知道齊百川帶來的人只有柳桃花在涪陵城中，關明月的隨從只怕亦被寧徊風的手下所控制，只有鬼失驚或有希望。

鬼失驚緩緩搖頭，口中卻道：「我帶了十個弟子，若是我今晚不歸，他們必會尋來。」

眾人知鬼失驚一向獨來獨往，原也僅是抱著一絲僥倖，見鬼失驚搖頭心中俱是失望，鬼失驚如此說不過是迷惑寧徊風，在此情景下只有迫對方強行攻入或許才可尋到一線生機。

鬼失驚手下二十八弟子皆是武功高強的殺手，暗合天下二十八星宿，人稱「星星漫天」，若真是找上來卻也不好應付。

寧徊風果然中計，詫聲道：「原來鬼兄對我亦是不盡不實？」

鬼失驚嘶聲道：「彼此彼此。」

寧徊風發出一陣陰森森的冷笑聲：「看來鬼兄在迫我早些殺人滅口啊！魯香主不妨給我想個好點子。」

「不好！」小弦卻突然失聲道：「就怕他們用火攻。」

扎風大怒，一掌向小弦拍過來：「死娃娃胡說什麼？」蟲大師擋開扎風一掌，眼中亦是隱現惱色。

「鐺鐺鐺」幾聲大響，卻是水柔清拿起一塊碎石重重敲在鐵罩上。看來是想干擾寧徊風的聽力，卻聽寧徊風的笑聲仍是隱隱傳來：「好聰明的小孩子！來人，備柴！」

小弦似是知道自己說錯了話，撲到林青懷裡。林青不忍責備，輕輕攬住小弦，正待出言撫慰幾句，卻聽小弦低低地說了幾句話，眼中驀然一亮，對蟲大師與鬼失驚打個手勢……

擒天堡果然訓練有素，不過一柱香的功夫，四面就已燒起了大火。一股熱浪登時瀰漫於廳中，好在大廳十分寬闊，眾人站在廳中央一時倒也感覺不到熱力，只是空氣已變得炙悶難當，恐怕不等被燒死便先要窒息了。

「寧某本想給你們留個全屍，只可惜連兩個嬌滴滴的小姑娘都不免化做一具焦屍……」寧徊風仍是冷嘲熱諷不斷：「尚請各位仁兄最好握緊自己的成名兵刃，也好讓後輩能逐一瞻仰諸位的風範。對了，鬼兄不用兵刃，不妨死得靠蟲兄近一些，方便我來認屍，若是把什麼趙氏兄弟認成了鬼兄豈不是太過失禮了，哈哈……」

水柔清本是牙尖嘴利，此刻也不由服了寧徊風的口才，恨恨地道：「誰要能把這寧徊風的舌頭給我割下來，我就……」一時正想不出說辭，卻聽小弦接口道：「你就嫁給他！」

林青在此關頭居然還有心大笑：「看來我以後找寧徊風的麻煩還得給他留條命，不然清兒豈不是嫁不出去了。」急得水柔清直跺腳。

寧徊風倒也不生氣：「林兄視死如歸實是讓我佩服，我只有令人再加把火力以示敬意。」

果然熱力更甚，直逼入廳間。鐵壁雖是厚達寸許，卻也開始漸漸變紅，小弦年小功弱，首先抵不住，張嘴嘔吐起來。

寧徊風坐在一張虎皮大椅上，心內躊躇滿志。試想能一舉將暗器王、蟲大師、鬼失驚三大高手加上齊百川妙手王等統統拾掇，這天下又有幾人辦得到？正想到得意處，忽聽得一聲巨響傳入耳中，整個鐵罩猛然一傾，就似要朝自己翻壓而來。但這上萬斤的重量豈是人力所能動？鐵罩略一停滯，復又落了回去。

「諸位仁兄這一生怕也未使出這般威猛的掌力吧，看來真要謝謝我才是。」寧佪風只道廳內眾人瀕死一擊，口中譏諷不休：「卻不知肉掌拍到燒紅的鐵板上是何感覺？」

又是一聲巨響，鐵罩再度大震，這一次比剛才傾斜角度更大，只是離翻傾尚還差得遠。寧佪風看此勢頭也不禁暗暗心驚，卻也更是得意：若不是自己神機妙算下引對方落入機關中，如何困得住這幾名絕頂高手，放聲大笑道：「諸位就要如此掙扎方才好看，不妨再來表演一下。」

話音才落，如同回應他的話般，鐵罩再震，後方塵土激揚而起，就似是將整個地基拔起，只是傾側的勢道卻比剛才弱了幾分。

寧佪風知道廳內諸人強弩之末不足為患，方要開口，卻見塵土飛揚中鐵罩邊的柴禾空中亂飛，便若無數著了火的暗器般四面激濺，幾個手下躲避不及，早已中了幾記，連衫角都著起火來，抱頭慘叫而倒。

寧佪風怒斥道：「一點火苗怕什麼？」站起身正要督促手下再加強火力，眼角間卻瞥見一道青灰色的人影從飛揚的漫天塵土中電閃般躍出，一蓬柴火直撞面門而來。他尚不明白發生了什麼事，只道對方援手前來偷襲，下意識抬手一格，火星四濺中卻有一道銀光驀然由遠至近由小變大，徑往他左目刺來。

寧佪風低喝一聲，右手曲指若鉤，一把便將那點銀光握在手中，卻是一支銀針。寧徊風外號人稱「病從口入，禍從手出」，後四個字便是形容他的「百病」劍法與「千瘡」爪功。此刻全力一抓之下，那銀針雖是細小，卻也被他以食中二指堪堪捏住針尾，卻不料銀針上所附勁道卻極是詭異，入手一滑，竟然從二指中脫出，仍是刺入左目中。

也虧得他反應敏捷至極，於此生死關頭尚能雙腿發力及時後躍，讓銀針不至釘入顱內，只是左目先是一片血紅再是一陣漆黑，竟已被這小小一枚銀針刺瞎。

寧徊風慘叫一聲，剎那間心中立做決斷，後退的身形不做半點停留，連手下也不及招呼一聲，直往深山中落荒逃去。

這一刻，寧徊風已是戰志全消，心底泛起了無窮無盡的恐懼。這恐懼不是因為突兀的失明，而是因為他知道：普天之下能於驟然間以暗器傷他一目的人，捨暗器王其誰！

第二章

舟中爭棋

水柔清大怒：「你這小鬼頭若是有本事，下贏我再說風涼話。」
小弦最忌被人叫「小鬼頭」，以往只有兩人相對也還罷了，
如今當著段成的面被水柔清這般呼來喝去，
心底騰地湧起火來，脫口道：
「這有何難，你現在下得頭昏腦漲我不占你便宜，明天看我怎麼贏你。」

林青心知廳內諸人在這般炙烤下難以久持，顧不上追趕寧徊風，身形圍著鐵罩急轉，一面用腳將尚燃燒的火頭或挑開或踩滅，一面將袖中暗器連綿不絕地射出，待得將十餘名黑衣人盡數擊倒後，回身再看時寧徊風早已逃得不見蹤影。

那鐵罩卻無開啟機關，只是每面鐵板俱都連著長索通向四邊山頭，看來只有在山頭上借助絞盤之力方可吊起這重勝萬鈞的鐵罩。好在鐵罩與地下鐵板的嵌口已鬆，剛才翻傾時地基旁的砂石積於地板的槽口裡，使鐵罩與地板再不能合攏，隱隱露出一線缺口，林青再以長木撬開，幾經折騰後總算將廳內眾人都救了出來。

諸人剛才並力朝鐵罩發掌時都以衣物包於手上，此刻均是衣衫不整，狼狽非常，其中趙氏兄弟功力稍淺，雙手更是被炙得焦黑。但眾人總算得脫大難，貪婪地呼吸幾口新鮮空氣，都是精神大振，雀躍歡呼起來。

失了柴火的鐵罩溫度漸冷，被散亂的柴禾、砂石、木片、碎石等圍在其中，活像一個黑色的大怪物。大家想到剛才差一點便在這鐵罩內被活活悶烤而死，俱是心有餘悸，水柔清更是忍不住上前朝鐵罩踢了幾腳。

蟲大師最後一個從鐵罩下鑽出，一把抱住神情委頓的小弦：「好小子，真是多虧了你。」

小弦渾身乏力，全身痠疼，猶覺心口發堵，剛才被濃煙所薰將肚內吐空，此時乾嘔不停卻只是吐出幾口清水。他見蟲大師誇獎自己，想謙遜幾句卻也是有心無力。不過看到諸人狼狽的樣子，尤其連一向清爽乾淨的水柔清一張臉都如鍋底般黑一塊白一塊，雖是體內翻騰得難受，卻也忍不住大笑起來。

小弦才笑得幾下，突覺胸腹間一陣劇痛，張嘴卻嘔出一口黑血。林青大驚，見這孩子雙頰赤紅，額間青筋暴現，知他熱火攻心下內傷發作，連忙將小弦抱在懷中，運功替他療傷。渡功入體時卻感到他身內忽寒忽熱，幾道異氣來回衝撞，幾乎收束不住。蟲大師亦伸出手與小弦相握，用無上玄功幫他壓制心魔。

林青與蟲大師昨夜救治小弦半天，對他體內異狀大致了然於胸，這兩人聯手何等厲害，只過了一小會，只見小弦面色漸漸如常，歡叫一聲：「好了。」林青與蟲大師互望一眼，卻知此刻僅是強行壓服傷勢，隨時仍有可能發作。

齊百川與關明月等人連忙上來關切幾句，更是對小弦大加讚賞。唯有鬼失驚望著小弦欲言又止，眼中閃過一絲複雜的神情。

原來小弦自幼熟讀《鑄兵神錄》，頗知鐵性。聽蟲大師說起這四塊鐵板各自相嵌筍合的情況，突然靈機一動，想到小時候頑皮時有次學著父親鑄劍，卻不懂其法，將未成型的鐵劍與範本一併放於火中加熱，鐵劍遇熱發脹即將範本生生撐裂。他對其理似懂非懂，但聽蟲大師如此說，想來鐵罩外亦似如範本般箍緊，若是將鐵罩加熱必也能將四周嵌合之處撐得變形，至少堅固度也會是大不如前，屆時再以掌力拍擊或有機會破壁而出……

所以小弦故意出言誘寧徊風火攻，又趁水柔清以石敲壁之機，混淆寧徊風的視覺，暗地卻告訴林青自己的想法。林青原本無計脫身，聽小弦的話索性冒險一試，這才與蟲大師鬼失驚等人定下計策：待火力將鐵罩烤得變形之際便合力出手。

此計原難成功，因鐵性雖是熱脹冷縮，但鐵罩渾然為一個整體，遇熱皆脹，如何能將嵌合處擠開？何況縱是鐵罩被烈火烤得變形，只怕廳內諸人亦早抵不住那濃烈高溫。果然待不了多久，諸人再也耐不住熱力，只得倉促間拚死發出並力一擊！

也是合當眾人命不該絕，那鐵罩在烈火炙燒下雖不變形，卻是乍然膨脹起來，而埋於地底的鐵板未受熱力，與鐵罩接縫處的鐵槽已被撐鬆。在眾人合力一擊下，鐵罩朝一邊傾側，另一邊即產生一股抬力，再加上埋於地底的千斤鐵板下墜之力，居然將鐵罩從地板的槽口間擠了出來，現出一絲縫隙。眾人一見之下更增信心，連續並力發掌，到得第三擊，鐵罩傾側之下另一邊翹起，終露出一道可容一人穿過的裂縫。

鐵罩傾側露出縫隙不過一剎那的功夫，稍縱即逝。但林青反應何等之快，立時施出千里不留蹤的身法，一掠而出鐵罩外。而寧徊風只道對方困於鐵罩中已是插翅難逃，哪能料到會有這等變故，變生不測下被暗器王一招得手傷了左目，只得匆匆逃走。

小弦誤打誤撞下，竟然一舉奏功，助眾人遁出絕地！

扎風憋了一肚子氣，狠狠一腳踢在地上一個黑衣人身上，口中嘰哩哇拉吐出一串藏文，想必不是什麼好話。蟲大師急忙拉住他：「留下活口！」

扎風猶不解氣：「死都死了留什麼活口？」蟲大師定睛看去，那些黑衣人個個嘴角流出黑血，俱已僵冷；而倒於一旁的吊靴鬼卻是太陽穴上中了林青一記袖箭，亦早已斃命。滿地屍身中並無魯子洋，想必是一見事情不妙立時窺空逃走了。

林青方才急於救人，出手極狠，但亦記得有幾人只是被暗器射中手足關節，見此情景不由一呆，正要伏下身去挨個仔細查看，卻聽周全長歎道：「林兄不用看了，御泠堂中人人口中暗藏毒丸，一旦事敗便圖自盡，絕不會留下活口的……」大家聽他如此說，心頭更增疑惑。聽這御泠堂行事神秘詭異，幫規森嚴，理應是一個大幫派，為何在江湖上聲名不顯？

齊百川向周全問道：「這御泠堂到底是什麼組織？還望龍……周兄說個明白。」

關明月冷哼一聲：「齊神捕當是審犯人麼？」

林青心中暗歎：關明月才脫大難便立時與齊百川針鋒相對，看來這麼多年來其含眦必報的心性倒是半點不改。他見齊百川怒意滿面，正欲對關明月反唇相譏，當下抬手止住。齊百川經此一役早收起了在京師中驕橫跋扈之態，加上確是心服林青，雖是心底十分不忿關明月的作派，卻也強忍惡氣閉口不語。

周全卻是身子微微顫抖，半晌不出一聲。他剛才身處危局不顧一切與寧徊風反目，現在安全了卻想起御泠堂中嚴規與對叛教者如附骨之蛆的追殺，不禁後怕起來。

林青望向周全：「周兄肯賜告最好，若不願說在下亦絕不勉強。」

周全長歎一聲：「周某雖一無名小卒，卻也明白知恩圖報的道理。這便帶眾位去獅子灘地藏宮救出龍判官，以謝林兄的相救之恩。」擒天堡的總部便在豐都城邊的獅子灘上，龍判官一向頗以自己外號為榮，總壇便以地藏宮為名。

「好呀，我們快去。」小弦喜道：「若是哭叔叔知道我來救他定是高興極了。」他天性重情，雖只與日哭鬼相處幾日，還差點做了日哭鬼的口中美食，卻只念著日哭鬼在寧徊風面前一意維護自己，巴不得早些救他出來。

周全緩緩道：「也好，我們這便先去涪陵分舵中救出日哭鬼，再去地藏宮。」

蟲大師又問起擒天堡內的情況，周全十分配合，知無不言。眾人這才知道寧徊風於八年前來到擒天堡，由於他精明能幹，處事果決，十分得龍判官的信任，這些年更是一意培植心腹，魯子洋便是其一手提拔上來的，擒天六鬼中的夜啼、滅痕、吊靴也已被其收買。待得寧徊風漸漸將大權攬於手中，便突然發難制住龍判官，找來周全做傀儡以惑手下耳目，這次又借機將日哭鬼制服，擒天堡實已被寧徊風一手操縱。

眾人議論紛紛，回想起寧徊風的心狠手辣，心中猶有餘悸，更是不解寧徊風收服擒天堡到底是何目的。周全神色複雜，似有許多隱情，卻只推說不知。

鬼失驚對林青與蟲大師一抱拳：「今日之事鬼某銘記於心，就此別過，林兄日後來京師若有什麼難處，儘可來找我。」話才出口，人已消失不見。這個黑道殺手一向獨來獨往，天性涼薄，極重恩怨，今日卻先後為蟲大師與林青所救，這番話雖亦是冷冰冰的，於他來說卻已是破天荒第一次向人示好了。

關明月與齊百川卻想到龍判官一旦脫困，只怕立時會清肅異己，擒天堡元氣大傷之下，與京師結盟一事再無任何意義，見鬼失驚離開，二人亦托言告辭。

「英雄自古出少年！」扎風操著半通不通的成語，先對小弦一挑大指，又從袋中摸出一顆雞蛋大小的明珠遞與小弦：「小娃娃，你救了我，這個給你。」

小弦鄙他為人，哼了一聲卻不伸手相接，扎風臉現尷尬。蟲大師微微一笑打個圓場：「我們漢人一向挾恩不圖報，明珠請大師收回，還請大師回吐蕃後見到蒙泊國師後奉勸幾句：漢藏間本無仇怨，以和為貴。」

扎風悻悻收回明珠，又見花想容一雙妙目只停在林青身上望也不望自己一眼，忍不住狠狠瞪了一眼林青，這才轉身跟著齊百川去了。

幾人往涪陵城中行去，水柔清笑道：「龍判官威震武林，想不到竟做了寧徊風的階下之囚，只怕已可從六大宗師中除名了。」

「是呀是呀。」小弦接口道：「幸好我沒做他的什麼乾兒子，不然真是再也抬不起頭了。」

林青卻是另有想法：龍判官名動武林，卻被手下師爺軟禁，此等大傷面子的事情自是越少人在場越好，他實不願再染指其間，以免受龍判官之忌。此次雖是險勝寧徊風，但擒天堡與泰親王結盟之事已然瓦解，想到故友許漠洋尚落在媚雲教中，只想帶著小弦早日去滇南相救，但小弦傷勢難解，莫不是要先往點睛閣走一趟？一時沉吟難決。

蟲大師向周全問道：「周兄日後打算何去何從？」

周全默然半晌，歎道：「大約只有隱姓瞞名亡命天涯了吧。」

蟲大師道：「我可薦你去裂空幫，裂空幫主夏天雷也算與我有些交情，只要周兄日後棄惡從善，當有一番前途。」

周全沉思，終搖搖頭：「多謝蟲兄好意，我自有去處，也不想連累夏幫主。」

蟲大師安慰式地拍拍周全的肩膀，苦笑不語。

林青心念一動，以江湖上白道第一大幫的實力，周全竟然尚出「連累」之語，這御泠堂來頭如此之大自己為何從未聽說過？再想到寧徊風能將邪道宗師龍判官玩弄於掌股間，當是梟雄之材，此人無論武功計謀均可算是超一流，卻不過是御泠堂中的一名旗使，這御泠堂的實力確是可畏可怖。他出言在先，也不好再問周全，但看蟲大師的神情卻似是知道御泠堂一些虛實，有機會倒要問問他。

幾人來到涪陵城中的魯家莊院，魯子洋卻根本沒有回來，想來是知道事敗遠走高飛了。

寧徊風將龍判官偷樑換柱，為防被手下看出破綻，近年來周全皆待在地藏宮中，少見外人。那守莊的「碧淵劍」費源還只道是堡主親自巡視涪陵分舵，忙不迭地出來迎接。雖是奇怪堡主與林青、蟲大師等人走在一路，卻也不敢多問，當下依命放出日哭鬼。眾人也不停留，隨即出莊，只留下費源一人苦思不解。

小弦見日哭鬼雖是神情委頓，但性命無礙也放下心來，自不免對日哭鬼說鬧不休，將困龍山莊內一場驚心動魄的爭鬥細細說來，直聽得日哭鬼目瞪口呆。這才知道龍判官早被寧徊風調了包，心道怪不得這一二年龍判官不理內務，一切都交與寧徊風打理，若不是京師來人結盟只怕連見他一面都難，原來竟是一個冒牌貨。

蟲大師越看日哭鬼越是眼熟，日哭鬼被他盯得萬分不自在，索性心中一橫，便以原來身分相認。他本料想以蟲大師疾惡如仇的性子定難放過自己，小弦卻向蟲大師求情一番，又將日哭鬼的淒慘身世一一道來，他口才本好，加上對日哭鬼實有真情，這一番講述將花水二女的眼淚也惹了出來。蟲大師見日哭鬼心中大有悔意，再加上這些年確也未聽到其作惡的傳聞，便只囑其日後改邪歸正，若再行惡定不輕饒。

日哭鬼眼見蟲大師原諒自己，當即立下毒誓重新做人，數年心結一日而解，對小弦更是感激不盡。

小弦又問起那劉姓船家被害之事，才知道竟是鬼失驚下手所殺。眾人問起情由，略一核計便分析出定是將軍府不願擒天堡與泰親王結盟，所以鬼失驚收買那船家暗害日哭鬼，以便造成混亂從中漁利，而事敗後便將那船家滅口。說起這黑道第一殺手神出鬼沒的手段，俱是心有餘悸。

諸人邊說邊行，已到了涪陵城外。

林青開口道：「去地藏宮救龍判官之事便交予哭兄與周兄，我另有要事，這便告辭。」

日哭鬼一來捨不得小弦，二來也拿不準是否能如願救回龍判官，連忙出言挽留。

蟲大師卻是知道林青的心意，他俠義為懷，知道龍判官脫困後定會在川內掀起血雨腥風，本想順便去勸阻幾句，但料想以龍判官剛愎自用的性格亦是無用，徒然惹上麻煩，何況他還要去滇南楚雄的焰天涯找尋花想容的哥哥花濺淚，當下亦是出言附合林青。

而周全自知見了龍判官凶多吉少，也與眾人告別。

小弦本想龍判官身為六大邪派宗師之一，定也算是個人物。卻聽他竟然被手下師爺擒在地牢中，心目中的形象登時一落千丈，再也無興趣見他，心底猶暗中慶幸總算不曾做他的義子。只是要與日哭鬼分別，卻有些捨不得，不免又是一番絮絮叨叨的話別。

待日哭鬼與周全分別離開後，小弦便慫恿林青與蟲大師一併去媚雲教營救父親許漠洋。

蟲大師沉思一番對林青道：「泰親王與擒天堡結盟之事已解決，我還答應了嗅香公子去找花家公子，不若我們兵分兩路，林兄去媚雲教，我走一趟焰天涯後便來與你會合。」

小弦實不忍與蟲大師等人分別，蟲大師與花想容倒還罷了，尤其水柔清那個「對頭」雖然處處與自己為難，但一路上爭來辯去倒頗也有趣，突然要與這個尖牙利嘴的小姑娘分手，心頭生出一絲不捨來。只是想到父親又不免擔心起來，垂下頭不語，卻覺得眼睛都有些微微酸澀了。

水柔清似是看出了小弦的不捨，笑道：「過幾天我們還會見面的，你這個小鬼頭可要跟著林大哥學長進一些，不要再騙人家的銀子了。」眾人想起小弦在三香閣中活像個暴發戶般的請客之舉，俱都大笑起來。連小弦一時也忘了計較水柔清叫自己「小鬼頭」。

蟲大師咋舌失笑：「林大哥！你這小丫頭才真是越來越沒大沒小了，難道與莫斂鋒也要平輩論交了麼？」莫斂鋒乃是水柔清的父親，在溫柔鄉索峰、氣牆、劍關、刀壘四營中主管劍關。而溫柔鄉中全以女子為主，是以水柔清跟著母姓。

水柔清正要分辯，卻見蟲大師眉頭一沉，林青朗聲道：「鬼兄去而復來，不知有何見教？」

道旁閃出一人，眉間一顆豆大的黑痣，正是鬼失驚。

林青巍然不動，蟲大師對花、水二女一使眼色，有意無意跨上半步，正好封住鬼失驚的退路，水柔清與花想容則是分守兩側，將鬼失驚圍在其中。林青淡淡道：「剛才在困龍廳中我說突圍之前不出手，現在是否已可不用守此約定？」鬼失驚來意可疑，對付這種殺手唯有先發制人方為上策。

鬼失驚左腕包紮著一塊白布，面色蒼淡，卻不將林青的威脅放在心裡，漠然的眼光掠過林青與蟲大師，落在了小弦身上：「鬼某從不願受人恩惠，卻欠下小兄弟一份情，所以特來說個消息。」

小弦甚是怕他，退後半步：「你要說什麼？」

林青啼笑皆非，小弦說到底也只是一個小孩子，所謂救下諸人也無非是機緣巧合，倒是蟲大師方才出手救了鬼失驚一命。想來這個心高氣傲的殺手不願就此示弱於蟲大師，這才藉口找小弦報恩。一念至此，對鬼失驚倒憑白多了一份好感。「鬼兄有話請講，若是不方便讓旁人聽到，我等可以迴避一二。」

鬼失驚聽林青如此說，顯見對自己十分信任，陰沉的面上亦露出一份感激之色：「林兄無需客氣，這個消息亦是說給你聽的。」他目光仍是盯住小弦，輕聲道：「寧徊風給這孩子施下滅絕神術，若不在一月內醫治，必有性命之憂。」

林青與蟲大師齊齊動容，看鬼失驚去而復返如此鄭重其事，必然不假。小弦此刻體內全無異樣，加上對林青與蟲大師極具信心，倒是不曾驚慌。不過聽鬼失驚將自己的生死大事如此明白地說出來，亦忍不住全身一震，臉上神情古怪。

蟲大師沉吟道：「多謝鬼兄相告，不知可懂解術麼？」

小弦欲言又止，本想說決計不要鬼失驚相救，但聽到「滅絕神術」這四個聞之心驚的名字，話到嘴邊終又咽了回去。

「我不懂解法。」鬼失驚搖搖頭：「此功極為歹毒，被制者全身經脈俱損，元氣於不知不覺間消散殆盡，一月內必亡，乃是御泠堂不傳之秘。何況我見這孩子內氣虛浮，只怕傷勢已提前引發，或許還撐不到一個月。」他略作停頓：「普天之下，怕只有一個人才能救他。」

林青沉聲問：「是誰？」

鬼失驚長吸一口氣，一字一句吐出一個名字：「景成像。」

水柔清本也為小弦擔心，聽到這個名字終放下心來。她似是氣不過剛才為小弦擔心般又開始戲弄這個「對頭」，轉過臉對小弦笑嘻嘻地道：「你這小鬼頭碰見我真是洪福齊天。景叔叔對我最好，只要我求他給你治傷，你這條命就算撿回來了。」小弦心中正是七上八下，勉強對水柔清做個鬼臉，倒也無心與她爭執。

鬼失驚望向林青與蟲大師，一臉凝重：「我的話說完了，兩位若想留下我，敬請出手。」

蟲大師大笑：「鬼兄有傷在身，又特意帶來這個消息，如此說豈不是太看不起暗器王與在下了？」

鬼失驚也不多言，拱手一揖，就此去了。

林青與蟲大師互望一眼，林青緩緩道：「這裡去點睛閣有多遠？」

花想容開口道：「我四大家族駐在湘贛交界處的鳴佩峰，由此去足有近二十日的路程，看來我們的計畫要改變一下了。」闇樓鄉塚四大家族在江湖傳聞中神秘至極，誰也不知道在什麼地方，林青此刻才第一次聽到鳴佩峰的名字。

「如此甚好，我早想請林兄一行，只是不知如何出言相邀。」蟲大師大掌一拍，一副正中下懷的樣子：「這樣吧。我與容兒仍是趕去焰天涯，清兒便帶著林兄與小弦先回鳴佩峰。」他見林青一臉疑惑，放低聲線，意味深長地道：「我不妨告訴林兄，你既然要挑戰明將軍，與四大家族的人見見面是極有必要的。」

林青一震，聽蟲大師的語氣他與四大家族確是頗有關聯，竟然還牽扯上了明將軍，實在弄不清楚是怎麼回事。蟲大師不等林青詢問，又續道：「林兄不必多疑，到了鳴佩峰自然一切都明白了。」

小弦怯生生地問：「那我爹爹怎麼辦？」

蟲大師安慰小弦道：「媚雲教主陸文淵雖為人優柔寡斷，但一向禮重賢士，頗有孟嘗之風。現在又正是媚雲教用人之際，你父親精擅匠藝，必不會為難於他。」

林青略一思索：「我卻有個擔心，龍判官急欲重樹威望，只怕立時就會拿媚雲教開刀。許兄與我患難之交，我必不容他受人傷害。」眾人聞言一怔，在江湖傳聞中龍判官性烈如火，此次被寧徊風如此算計，顏面全無，只怕真要落在媚雲教身上出這一口惡氣，倒是不可不防。

林青眼中神光一閃，決然道：「我仍是要先去一趟媚雲教，蟲兄亦按計劃去焰天涯，小弦便請兩位姑娘先帶去鳴佩峰治傷。」又對小弦笑笑：「你放心，多則二月、少則一月我必來接你。」

小弦不願離開林青，心想那鬼失驚說一月後自己的傷勢才發作，這一個月或許來得及隨著林青先救回父親再去那個什麼鳴佩峰……可心中思來想去，到底不敢拿自己的性命做賭。他人小心眼多，剛剛體驗到這種豐富多彩的「江湖」生活，正覺有趣，實不願去做一個病號，又想到若是萬一治不好自己的傷，豈不是要與父親和林青等人永別。一念至此，眼眶都紅了，只覺天底下再也沒有比自己更命苦的人。

花想容還道是小弦擔心自己的傷勢，出言安慰道：「小弦不要怕，景大叔醫術天下無雙，定可妙手回春，把你治好。」

「既然如此……」蟲大師想了想道：「容兒便帶著清兒和小弦走水路順江直下，過二天到了萬縣可去找段氏兄弟，由他們陪你們一同去鳴佩峰，路上也有個照應。」

水柔清拍手道：「好呀好呀，上次下棋輸給段老三我可不服氣，正好去報仇……」又對小弦笑道：「不要哭鼻子了，過幾天到了三峽，容姐姐有好多故事講給你聽呢。」

「誰哭鼻子了？」小弦憤然道，又拉拉林青的手：「林叔叔你可要早些來接我。」林青拍拍小弦的頭，含笑點頭。

蟲大師對林青解釋道：「那段氏三兄弟是四大家族的外姓旁支，武功皆是不俗，有他們在旁必能護得小弦安全。」林青知道四大家族中的弟子奇功異術層出不窮，本還擔心小弦的傷勢半路發作，聽蟲大師此言亦放下心來。

當下眾人計議已定，花想容與水柔清便將鳴佩峰的地址詳細告訴林青。那鳴佩峰在湘贛接壤萍鄉縣附近的羅霄山中，羅霄山山勢綿延數里，樹林密佈，若是無人指點實難找到。花想容對林青交代一番後，又從懷中取出一塊佩玉交於林青：「我四大家族在中原各地均有落腳處，若你到了萍鄉縣中，只要找到旗號上繡著一支玉色小花與三道水紋的一家米店，便可出示此信物，自會有人接應你來鳴佩峰。」

林青見那佩玉呈心形，色澤淡青，觸手溫涼，中空的地方嵌著一塊濃綠欲滴的翡翠，那翡翠卻是雕琢成一個「花」字，十分的精巧細緻。估計此玉應是花想容的貼身之物，本想說換個其他什麼信物，但看花想容輕咬嘴唇，俏臉生暈，又覺太著痕跡，只得收下放於懷中。

水柔清想起一事：「鬼失驚既然說那個什麼滅絕神術乃是御泠堂的不傳之秘，他卻如何知道？」

蟲大師眉間隱有憂色，分析道：「鬼失驚起先不說小弦的傷勢，卻又轉來找上我們。這是什麼道理？」

水柔清道：「莫不是想避開別人耳目，不過鬼失驚有將軍府做靠山，也犯不上怕齊百川和關明月吧？」

花想容冰雪聰明：「他想避開的人是周全！」

水柔清一驚：「我那天晚上夜探魯家莊時似乎被寧徊風誤認為是鬼失驚，可見他二人確是有某種關係。難道……」她頓了一下，一字一句地說出自己的猜想：「難道鬼失驚亦是御泠堂的人？」

林青不語。鬼失驚的來歷誰也不知，做了將軍府的殺手後出手絕不落空，與蟲大師並稱當世兩大殺手。若連這等人物都是御泠堂的人，這御泠堂的實力確是令人心悸！

蟲大師打斷眾人的猜測：「時間不早了，我們先送二位姑娘與小弦上船，林兄與我尚能同行幾日，不妨在路上慢慢參詳。」林青心中一動，蟲大師必是瞭解御泠堂的一些情況，或是不想當著幾個晚輩面前說出來。

當下林青同蟲大師將花想容、水柔清和小弦送至須閑號上，林青再對小弦囑咐幾句後，與蟲大師跳到岸邊，吩咐林嫂解錨行船。

須閑號沿江東行，順風順水下舟輕帆滿，十分迅速。

小弦蹲坐在船尾，望著江岸上林青與蟲大師的影子越來越小，終漸漸隱去，平生第一次感覺到了離愁別緒，心頭似是堵了一塊大石，激湧起一種難言的惆悵，忍不住歎了一聲。

「好端端的歎什麼氣？」水柔清在他身邊坐下，隨手拿起一支槳輕輕撥打著江水：「林叔叔不是說了最多二個月後就來見你。」

小弦又是一歎：「雖然如此，可心裡還是忍不住難受嘛。」

水柔清大笑：「看不出你小小年紀還挺多愁善感的，簡直像個女孩子一樣。」

小弦憤然道：「我才不像你一般的鐵石心腸，明知會許久不見也是眼睜睜地無動於衷。」

水柔清也不生氣，笑嘻嘻地道：「看來你真是沒有江湖經驗。」隨口胡吹起來：「像我這般常年行走江湖，便知道合久必分、分久必合的道理，從來不覺得有什麼難過。你必是從小就和爹爹在一起，從來沒有離開過吧。」

小弦一呆，點點頭：「是啊，從小我就一直和爹爹在一起。有時爹爹去山中採石，我一個人待在家中就不由怕了起來，總想著爹爹會不會不要我了，便早早到門口等他。後來懂事了些，才知道爹爹總會回來的……」

水柔清微微點頭：「你媽媽呢？」

「媽媽……」小弦臉色一沉，緩緩道：「我從沒有見過她，問爹爹也從不告訴我。」

水柔清一震，垂下了頭：「我四歲的時候媽媽就去了京師，那以後我和父親都再也沒有見過她。」

小弦料不到這個平日古怪精靈、伶牙利齒的「對頭」竟然也是從小沒有了母親，心中大起同病相憐之感：「你也不要難過了。至少你還知道媽媽在京城，而我媽媽只怕早就……」說到此心中一酸，再也說不下去。

「我才不難過！」水柔清話雖如此，面上卻不由自主流露出一種哀傷：「每次我一問母親的事，爹爹都會大發雷霆，後來我再也不問他。有次聽門中長輩無意間說起，好像是爹爹與媽媽之間起了什麼爭執，然後媽媽就一去不回了。」

小弦吃驚道：「她就忍心丟下你不管？」

「才不是呢。」水柔清驕傲地一甩頭：「每年媽媽都要托人給我帶好多東西，只是爹爹不許我去京師找她。哼，再過幾年我自己去。」她拉起小弦的手，故作輕鬆地笑道：「你也別傷心，也許你母親還在人世，待你長大了也去尋她。」

小弦與水柔清相識以來，尚是第一次聽她如此軟語溫言，不由把她軟綿綿的小手緊緊握住：「我已經長大了，等再見到爹爹我一定要好好問一下媽媽的事情。」

「你長大了麼？」水柔清笑道：「我怎麼看你還是個不懂事的小鬼頭呀。才不過與你的林叔叔分開幾個月，就差點哭鼻子。」

這一次聽水柔清罵自己「小鬼頭」，小弦卻沒有絲毫生氣，反是心中感到一絲溫暖：「說來也怪，剛才看到林叔叔離我越來越遠真是好傷心呀，就算被日哭鬼抓走和爹爹分開好像也沒有這麼難過。」小弦想了想又道：「大概我知道爹爹總會與我在一起，而林叔叔要去做他的事情，也許有一天分開了就再也不會見面了……」

「若是我們分開了你會不會難過？」水溫柔眼望著滾滾江水，無意識地隨口一問，立即反應過來，自己倒是漲紅了臉。

小弦沒有注意到水柔清的表情，一本正經地答道：「我說不上來。或許到了分開的時候我才會知道是什麼感覺。」

「哼，好稀罕麼！」水柔清本就覺自己失言，聽小弦如此說頓時氣不打一處來，一把甩開小弦的手：「等治好了你的傷，你就給我走得越遠越好，才不要再見你呢。」

小弦尚不明水柔清何以生氣，幸好早就見識了她各種不可理喻之處，見怪不怪，也不著惱：「治好了傷我自然會走，總不能一輩子留在四大家族中。」他雙眼放光：「到時候我就隨著林叔叔一起去江湖中闖蕩，定是有趣極了。對了，還要看看林叔叔如何打敗明將軍……」

水柔清淡淡道：「你林叔叔可未必願意帶著你。」

小弦自尊心大傷，大聲道：「林叔叔是我爹爹的好朋友，當然會帶著我一起。」

水柔清冷笑：「帶著你有什麼用，武功那麼差，只能是別人的累贅。」

小弦被這一句擊中要害，心底猛然一震。他從小便從父親口中聽說了許多暗器王的往事，心目中實已當他是自己最大的偶像，經這幾日的相處，更是對林青的靈動武功與果決處事佩服得五體投地。這些也倒還罷了，尤其林青雖是名滿江湖，卻是一派謙沖風範，對自己這樣一個小孩子亦是如朋友般尊敬，一點也沒有長輩的架子。爹爹有時還會倚老賣老地數落幾句，相比之下彷彿與這位才相處幾日的暗器王還要更親近一些。可聽水柔清如此一說，心裡雖是百般不願承認，但也知是實情。林青一意挑戰明將軍，當然不會總帶著自己這個「累贅」。

小弦一念至此，登時心灰，只是不願在水柔清面前示弱，勉強掙出一句：「我定要苦練武功，以後好做林叔叔的幫手。」

水柔清一語出口也覺得過份，趁機道：「我溫柔鄉中不收男弟子。正好你要去找景大叔治傷，要不我便求他收你入點睛閣門下為徒……」

小弦被水柔清剛才的話傷得甚重，他平日表面上頑皮胡鬧，心氣卻是極高傲，發狠道：「你放心，我絕不會與你們四大家族沾上任何關係。」猶覺得不解氣，又加上一句：「我最看不起那種仗著父親與長輩到處耀武揚威的世家子女。」

水柔清哪受過這等閒氣，當下俏臉一沉，差點脫口說出「你有本事就別去找景大叔治傷。」幸好話到嘴邊強忍住了，只是一時語塞，狠狠一跺腳，轉身跑入艙中。

小弦心中氣惱，定定地看著腳下永不停歇般奔湧不息的滾滾江水，一面想像著自己日後如何練得高強武功，在水柔清面前好好顯耀一番；一面又止不住地拚命思念起父親與林青來……

船行二日，到達川東萬縣。花想容便帶著小弦與水柔清去找段氏兄弟。

小弦這兩天與水柔清互不搭理，只是各找花想容說話。花想容雖覺蹊蹺，但對這兩個冤家的鬥氣早也習慣了，肚內暗笑，只當是小孩子賭氣也不放在心上，料想過幾日便會和好如初。

才一到段家莊院門前，不等花想容著人通報，水柔清便大叫起來：「段老三快快出來，上次輸給你太不服氣，我們重新比過。」

「呵呵，我當是誰大呼小叫，原來是你這個小丫頭。」三人並肩從院中走出，領頭一人二十七八，藍衫長袍，一臉溫和，活像是一個教書先生，先笑著點點水柔清的額頭，再對花想容躬身行禮：「花家妹子好。」

第二個人約莫小兩三歲，卻是面若重棗，濃鬚滿面，一身短衣勁裝，十分驃悍，對花想容一頷首，再看著水柔清嘿嘿而笑：「一個女孩家也這般爭強好勝，哪有半分溫柔可言？」

水柔清的目光卻只看著第三個人：「段老三，這次你跟我們一起去鳴佩峰，路上的時間足可讓我們大戰一百局，看看到底是誰厲害。」

那段老三不過十七八歲年紀，生一張娃娃臉十分逗人喜愛：「好呀，一局一鶴。你若是不怕便是下一千局也行。」

「一局一鶴?!」水柔清似是有些慌了：「那你輸了怎麼辦，難道你也會繡花？」

段老三笑道：「我輸了便給你捉活的。不過我們先要說好，不許悔棋！」

「呸！我悔過棋麼？」水柔清笑啐道。

那勁裝漢子接口道：「我證明，上次水家妹子的悔棋聲吵得我一晚上沒合上眼。」水柔清聞言不依，又跳又叫，眾人均是哈哈大笑。

花想容給小弦介紹一番，那年長的文秀書生名叫段秦；勁裝漢子是段家老二，單名一個渝字；那段老三喚做段成。小弦含混應了，他也不懂水柔清與段成說的「一局一鶴」是怎麼回事，只是心裡奇怪這三兄弟的相貌絕無半點相似，也不知爹媽怎麼生出來的。

當下花想容將來意說明，又對段秦暗地說了些什麼。那段氏三兄弟倒也爽快，知道小弦傷勢不能耽擱，稍事寒暄，段成便回屋匆匆收拾一番隨著花、水二女與小弦一起出了萬縣城，又坐著須閑號沿江東下。

才一上船，段成從背上包裹中取出一個大木盒，打開來卻是一副象棋，便與水柔清廝殺起來。

小弦生性好動，這一路來坐在船上哪也去不了，加上與水柔清賭氣，委實氣悶。現在見水柔清有了伴，更顯得自己孤單，想找花想容說話又怕打擾她做事，一個人坐在船頭上望著兩岸景物，百無聊賴。

他畢竟小孩心性，雖是暗地下了決心再也不理水柔清，但對那什麼「一局一鵠」實是非常好奇，呆坐了一會，忍不住回艙看二人下棋。

水柔清與段成正下至中局。段成為人十分隨和，見小弦笑笑打個招呼，而水柔清卻是滿臉嚴肅，腦袋就如扎到棋盤上一般，還不時發出一聲聲的長吁短歎。

小弦尚是第一次見人對弈，見那盤中棋子上不但寫著車馬炮士象，還有楚河漢界兵卒將帥等，頓時大感興趣，尤其見到水柔清一臉苦相，更覺快意。他也不多問，只是默然看二人對局，倒是段成看出小弦與水柔清之間的彆扭，覺得過意不去，主動找他說些話。

水柔清棋力本就略遜，加上當著小弦的面更是不好意思使出「悔棋大法」，勉強平了兩局後便連輸三局。她一向爭強好勝，卻在小弦這個「對頭」的眼皮底下連連失利，心中一急，更是亂了招法，眼見第六局也是敗勢已定，索性耗著時間苦思冥想，說什麼也不能再讓小弦看到自己認輸的樣子。

小弦自幼修習《天命寶典》，對諸事萬物皆有種敏銳的直覺，才看了幾局，大致便懂了一些門道。他心繫棋盤中，不免隨口向段成討教幾句，段成大占上風心中高興，自是知無不言。

水柔清只覺這兩人太不將自己放在眼裡，偏偏棋盤上又回天無力。她不怪段成殺招迭出，卻怪小弦多事，將一腔輸棋的氣惱盡數撒在他身上，咬牙切齒地道：「小鬼頭，知不知道什麼叫『觀棋不語真君子』啊？」

小弦也不含糊：「我是小鬼頭，不是君子。」他故意要氣水柔清，轉臉問段成：「段大哥，什麼叫一局一鶴？」

段成卻似是比較怕水柔清，對小弦擠擠眼睛：「咳咳，過幾天你就知道了。」

「不下了。」水柔清一把拂亂棋盤：「這一局算和了。」

段成笑笑不置可否，小弦察言觀色，知道這一局水柔清定是敗勢已定，笑嘻嘻地自言自語般道：「我知道了：認輸是直接說『我輸了』，認和卻是把棋盤攪亂就行了。」

水柔清大怒：「你這小鬼頭若是有本事，下贏我再說風涼話。」

小弦最忌被人叫「小鬼頭」，以往只有兩人相對也還罷了，如今當著段成的面被水柔清這般呼來喝去，心底騰地湧起火來，脫口道：「這有何難，你現在下得頭昏腦漲我不占你便宜，明天看我怎麼贏你。」

「好！」水柔清面色鐵青：「明天一早，誰輸了誰就，誰就……」她一時想不出來用何方法來做賭注，忽想到江湖上比武時常說的言語，脫口道：「誰就一輩子聽對方號令！」

小弦一呆。他剛才看了幾局，記下了馬走日象走田等規則，也不覺得有多難，料想只是水柔清棋下得太臭，自己若是研究一下定能打敗她。但真聽她說出如此賭注，也不禁猶豫起來。

段成打圓場道：「清妹何必認真，小弦今天才學下棋，如何會是你的對手？」

「誰是你清妹？」水柔清杏目圓睜：「這小鬼頭陰險得要命，你怎麼知道他是今天才學棋？也許他早就會下只是故意裝不懂來問你，好來打擾我的思路。」

段成啼笑皆非，不敢再說。四大家族中都知道水柔清平日看起來乖巧可人，真要急了激起火爆性子卻是六親不認，根本不講道理。

小弦再被水柔清在「小鬼頭」後面加上「陰險」二字的評語，怒氣上湧，差點就要出言應戰。總算他修習《天命寶典》多年，還能保持冷靜，心想若是萬一輸了以後聽這小丫頭的號令可真是要命的事情：「你別那麼霸道，我，我下船之前必能贏你。」他聽花想容說過船將沿長江東下，至岳陽進鄱陽湖轉湘江，至株州才下船行陸路，至少還要再走十餘天的水程，料想自己這十多天專心學棋，怎麼也不會輸給水柔清。

「好，一言為定，是男子漢就不要反悔！」水柔清再狠狠瞪了小弦一眼，轉身回自家艙中去了。

段成看看散落一地的棋子，再看看小弦：「你真是第一次學棋嗎？」

小弦木然點點頭。腦中猶閃現著水柔清最後瞪自己那一眼中隱現的敵意，不知怎麼心中就後悔起來，倒不是怕輸給她，而是怕真與她做一輩子的對頭。想到前日在船尾牽她的手說起彼此身世的情形，心中一軟，恨不得馬上找她認輸，只要她不要再這樣如當自己是什麼生死仇人一般……

段成倒沒有想那麼多，低聲勸道：「她的脾氣大家都知道，平日都讓著她，誰也不願真惹急了她。」看小弦表情複雜似有所動，又道：「要麼我幫你去說說，有道是好男不和女鬥，為一盤棋弄成這樣又是何苦？再說你不是還要找景大叔治傷麼，景大叔可最疼她了……」

小弦本已意動，但聽到段成說起治傷的事，頓時激起一股血性，大聲道：「景大叔疼她就很了不起麼？就算我傷重死了也決不求她……」

水柔清迥異平常的聲音遙遙從門外傳來：「少說廢話，抓緊時間找段老三多學幾招吧。」

段成一歎不語。

花想容知道此事後亦連忙來勸小弦與水柔清，但這兩人均是極執拗的性子，一意要在枰上一決高下。雖只是賭氣之舉，但心目中都當做是頭等大事，別人再如何勸都是絲毫不起作用。

當晚小弦就專心向段成學棋。小弦本以為棋道不過末學小技，以自己的聰明定然一學就會。試著與段成下了一局才知道全然不是那麼回事，上手簡單，下精卻是極難，不但要審時度勢，更要憑精深的算路料敵先機，往往一手棋要計算到數十步後……

段成亦是左右為難，他只比小弦大五六歲，自是非常理解這種小孩子的好勝心理，既不忍讓小弦如瞎頭蒼蠅般盲目研棋，又怕真要教小弦贏了水柔清她定會記恨自己。可轉念一想，水柔清雖是敗給自己，但棋力確是不弱，小弦只憑十幾天的工夫要想贏她談何容易？念及於此，教小弦時倒是盡心盡力，絲毫不藏私。

第二天水柔清也不找段成下棋，自個待在房中生悶氣。小弦正中下懷，便只纏著段成不分晝夜的學習棋術。只是苦了段成，一大早睜開眼睛便被小弦拉到棋盤邊，路上途經的什麼白帝城三峽等全顧不上看，還要時時對水柔清陪著小心，對此次鳴佩峰之行真是有些後悔莫及的感覺了。

小弦從小被許漠洋收養，許漠洋憐他身世，從不忍苛責於他，就是學武功亦只是憑著一時的興趣，這一生來倒是頭一遭如此認真地學一樣本事。他也沒時間去記下各種開局與殘局應對，唯有一步步憑算路摸索，幾天來沒日沒夜地苦思棋局，便連睡夢中也是在棋局中竭精殆慮。

花想容本擔心小弦如此勞累會引發傷勢，但見小弦著了魔般沉溺於棋道中，縱是把他綁起來不接觸棋盤，只怕心裡也是在下著盲棋，只好由得他去鑽研，暗中囑咐段成細心照應好小弦。

第三日。小弦正在和段成下棋，水柔清寒著臉走過來，揚手將一物劈頭甩向段成：「拿去，以後不許再亂嚼舌頭說我耍賴。」

段成眼疾手快一把接住，陪笑道：「四大家族中人人都知道水姑娘是天底下第一重諾守信之人，我怎麼敢亂說。」他倒真是再不敢以「清妹」相稱了。

水柔清聽段成說得如此誇張，面上再也繃不住：「噗哧」一笑，隨即又板起臉：「你馬屁也別拍得太過份，反正我不像有的人胡攪蠻纏不講道理。」哼著小調轉身姍姍而去。

小弦知她在諷刺自己，心道這「胡攪蠻纏不講道理」八個字用在她自己身上才是最適合不過，嘴上當然不敢說出來。卻見段成細細觀看手中之物，口中嘖嘖有聲：「別看這丫頭平日那麼厲害，女紅針線倒是門中一絕。」

小弦定睛一看，水柔清擲給段成的乃是一方手帕，上面龍飛鳳舞地繡著三隻鶴。那三隻鶴形態各異，或引頸長歌、或展翅拍翼、或汲水而戲，看不出水柔清平日大大咧咧一副嬌蠻的樣子，原來還有這溫婉細緻的小巧功夫。

段成笑嘻嘻地道：「清妹的紋繡之功冠絕同門，本來我打定主意贏她一百隻鶴，若不是你來攪局，日後我回萬縣城倒可給二位哥哥好好炫耀一番。」

小弦這才明白「一局一鶴」是什麼意思。不由肚內暗笑，試想水柔清若真是和段成下滿千局之數，怕不要繡幾百隻鶴，自己倒是救了她一回。他雖是心底驚奇水柔清尚有這本事，嘴上卻猶自強硬：「我見過許多女孩子比她繡得好上百倍。」

「噓！可別被她聽到了，你倒不打緊，我可就慘了。」段成連忙掩住小弦的嘴，搖頭晃腦地低聲道：「溫柔鄉中索峰、氣牆、劍關、刀壘四營中最厲害的武功便是索峰中的纏思索，清妹的父親莫斂峰雖是主營劍關，她自己卻是喜歡使軟索。這纏思索的手法千變萬化、繁複輕巧，要想練好便先要學女紅針線。清妹的那一雙巧手可是門中翹楚，就是普天之下怕也找不出幾個比她繡得更好的人，你這話若是被她聽到了豈不氣歪了鼻子，到時又會與你好一番爭執。」

小弦倒是沒想到練武功還要先學女紅，聽得津津有味：「那萬一是你輸了怎麼辦？」

段成嘿嘿一笑：「我當然不會學那些女孩子的玩藝，若是我輸了便捉隻活鶴給她罷了。」

小弦曾聽父親說起過四大家族的一些傳聞。那四大家族是武林中最神秘的門派，許漠洋也僅是當年聽杜四偶爾說起過，對四大家族門中秘事自然也不太清楚，小弦更是一知半解，此刻見段成年紀大不了自己多少，隨口說起抓鶴之事似是信手拈來毫不費力，對這神秘的四大家族更是好奇，忍不住問他：「我聽爹爹說起過四大家族是閣樓鄉塚、景花水物四家，你明明姓段，為何也是四大家族的人？」

段成也不知道小弦的來歷，見花想容對他如此看重，只道與蹁躚樓大有關聯，也不隱瞞：「點睛閣中人丁興旺是第一大家；溫柔鄉只許女子掌權，招贅了不少外姓，所以才分了索峰、氣牆、劍關、刀壘四營，聲勢上僅次於點睛閣；蹁躚樓一脈單傳，嗅香公子超然物外，素來不理俗事，但說話也算有些份量；而英雄塚武功卻必是童子之身方可修習，所以廣收弟子，每年只有武功最強的三個人才可以『物』為姓，方算是英雄塚的真正傳人。我們三兄弟的師父便是英雄塚主物天成。」

小弦聽得瞠目結舌，倒看不出這個大不了自己多少渾像個大哥哥的段成這麼大來頭，竟然是英雄塚主的親傳弟子。他雖是嘴上說看不起那些世家子弟，但從父親與林青、蟲大師那裡耳聞目睹下，心中對四大家族這神秘至極的門派實是大有好感，心裡頗羨慕段成，結結巴巴地道：「那你以後也要姓物麼？豈不是連祖先都不要了？」

段成一笑：「我兄弟三人本就是孤兒，若不是師父收養，只怕連個名字都沒有。對了，我還不知道你叫什麼名字呢？」

小弦一呆，父親本是姓許，自己莫不是也應該叫許驚弦才對？一時不知如何回答，只得含混道：「我大名叫做驚弦……」

「這名字不錯嘛。」段成倒沒有注意到小弦的神情異樣：「不過姓名只是一個記號，身外之物罷了。你可知道師父為何給我們兄弟三人起段秦、段渝、段成這三個名字麼？」

小弦想了想：「秦、渝、成均是地名，你們定是在川陝一帶被師父收養的。」段成含笑搖搖頭。小弦喃喃念著段氏兄弟的姓名，突想起自己上次給費源胡揑什麼費心費神的名字之事，腦中靈光一閃：「我知道了！你師父是讓你們斬斷情欲塵念……」

「好機靈的小子！」段成大力一拍小弦的肩膀以示誇讚，又湊在他耳邊悄聲道：「以你的聰明好好學棋，說不定真能擊敗那小丫頭。」

小弦不好意思地笑笑：「贏她也不算什麼本事，我看她在你面前還不是輸得昏天昏地……」

「你可別小看她。」段成正色道：「我師父可算是宇內第一國手，我學了十年棋算是得了他六七成的真傳，贏她卻也要大費一番功夫。若是你真在十幾天的時間內贏了她，真可謂是百年難遇的天才，以後行走江湖上，在棋界中只怕也少逢敵手了。」言罷連連搖頭，顯是在這場爭棋中根本不看好小弦。

小弦心裡一跳，這才知道原來水柔清的棋力絕非想像中的三四流水準，而段成習了十年棋方有如今的棋力，要讓自己才學十幾天的棋就贏下水柔清何異於癡人說夢。但他心氣極高，哪肯輕易服輸，看段成搖頭歎氣的樣子更是暗暗下定決心要爭一口氣，當下擺開棋盤：「來來，我們再下一局。」

段成縱然老成些，畢竟年紀也不大，雖對水柔清不無顧忌，深心內卻是巴不得小弦能贏下這一場賭棋之爭，好看看平日趾高氣揚的水柔清一旦輸了要如何收場。但想歸想，對小弦實是不報勝望，只是與小弦說得投緣，唯有盡心盡力教他學棋。

幾日下來，小弦進境神速。初時兩人對弈時段成讓小弦車馬炮，如今卻是讓一隻馬也頗感吃力，不由對小弦的天資大加讚賞。

愛棋之人極重勝負，似蘇東坡般「勝亦欣然敗亦喜」的怕是幾千年來也就那麼一個，段成棋力在四大家族中也就僅次於師父英雄塚主物天成，自視極高，縱是讓子也不願輕易輸棋，初時與小弦對局尚是權當陪太子攻書般心不在焉，不小心輸了幾局讓子棋後終於拿出看家本領，直殺得小弦丟盔卸甲、潰不成軍。

小弦初窺弈道，興趣大增。起先棋力不濟，眼見總是差一、兩步便可將死對方，卻偏偏被段成搶得先機，心裡尚極不服氣，死纏爛打堅不認輸，段成有意顯示棋力，往往殺得小弦就剩孤零零一個老帥。小弦性格頑固，與段成較上了勁，半子也不肯棄，往往子力占著優勢卻莫名其妙地輸了棋。段成又將捨車保帥、棄子搶攻等諸般道理一一教給他，小弦悟力奇高，棋力漸登堂奧，加上他每一局均是全力以赴，苦思冥想，算路越來越深，迫得段成亦得專心應付，一不小心便入了小弦設下的圈套。有些殘局本是小弦輸定的棋，他卻偏偏不信邪，冷著迭出，迫得段成走出各種變化，這種細緻的研究更是讓小弦棋力飛漲，最後倒是段成主動不予讓子，渾然將小弦當做了一個難逢的對手。

自古學棋者均是先看棋書，背下一腦子的開局與殘局譜等，似小弦這種直接由實戰中入手長棋的幾乎絕無僅有，結果練就了一身野戰棋風，全然不同一般像棋高手的按部就班穩紮穩打。此種棋風雖是獨闢蹊徑，但小弦心內沒有固定成法，加上他修習《天命寶典》，感覺敏銳而不失冷靜，每一種局面都是將各種變化逐一算盡，竟然不存在所謂高手的盲點，往往從不可能中走出突發的妙手來。

第七日，小弦執先逼和段成。

第九日，段成下得昏頭昏腦之餘，終被小弦覷到破綻勝了一局。

段成長歎：「似你這般十日內就有如此棋力的只怕舉世罕有。你去了鳴佩峰定要去見見我師父，他老人家愛材若命，定會將一身棋藝相傳……」

小弦搖頭道：「學一身棋術又有什麼用，要能像你師父那樣武功蓋世才算本事呢。」

「話不能這麼說。」段成正色道：「師父說過，世間萬物其理皆通，武道棋道到了極致，境界都是大同小異的。所以我四大家族門下有許多奇功異業，琴棋書畫不一而足。」

「這是什麼話？」小弦搖頭失笑：「武是武、棋是棋。比如一個武功厲害的高手要來殺我，我總不能提議先下一盤吧？」

段成撓撓頭：「師父這樣說必有他的道理，只是我資質愚魯不懂其中玄機罷了。」他又想起一事：「對了，當時師父給我舉了一個例子：吐蕃的蒙泊大國師本是佛學大師，由佛道入武道，現在就成了吐蕃的第一武學高手，若是來中原怕與明將軍亦有一場好勝負！」

小弦因扎風的緣故，對那個什麼吐蕃大國師實是沒有半分好感，卻料不到英雄塚主物天成如此推崇。心中忽動，《天命寶典》中亦有類似通一理而曉百理的說法，既然物天成如此說，更有蒙泊大國師的例子，只怕此言果是有幾分道理。

段成心中卻想到水柔清這一次怕是凶多吉少，小弦的棋力也算是自己一手教成的，又是惶惑又是得意，面上一片茫然。

小弦見段成發呆，突然指著他大笑起來。

段成愕然。小弦笑得上氣不接下氣：「你看你自己，髒得就像一隻大馬猴……」段成一呆，也是大笑：「你也好不到哪裡，還不快去江邊照照。」原來兩人這幾日除了吃飯睡覺就扎棋盤裡，連臉也顧不上洗，皆是一副蓬頭垢面的樣子。起先沉迷於棋局中倒也沒有發覺，此刻小弦終於勝了一局，心懷大暢下卻注意到了這一點。一時兩人各指點著對方，笑得前仰後合。

「什麼事那麼高興？」水柔清斜依在門邊，一臉清傲：「後天到了株州就要下船了，小鬼頭準備好了麼？」

原來這幾日段成天天教小弦下棋，水柔清便賭氣不見二人。這些日子與小弦鬧慣了，倒覺得花想容文文靜靜的性子實是不合脾胃，來的時候還有新鮮的風景可看，這回去的路上卻委實是氣悶無聊。天天裝模作樣地拿起一本書卻不知道看了些什麼，耳中仍是時刻留意這兩人的動靜，聽他們笑得如此厲害，簡直像「挑釁」，終於忍不住過來說話。

段成一見水柔清頓覺氣短，收住了笑期期艾艾地搭話：「就要到株州了嗎？這一路真是快呀。」

小弦卻是笑得更大聲，驕傲地一揚頭：「我已經準備好了，明日就與你開戰。」

水柔清見小弦有恃無恐的樣子卻也有些摸不著頭腦，她亦知道小弦是第一次學棋，自信絕不會輸給他，心中倒是不慌：「段老三做證，誰輸了就要……」

「一輩子聽對方的號令！」段成笑嘻嘻地接口道：「我知道清妹是天下第一號重諾守信之人，小弦這次的跟斗定是栽到家了，恭喜清妹收下一個小跟班……」他亦是少年人心性，此刻對小弦戰勝水柔清足有七八分的把握，倒是巴不得早些看到這一場「好戲」了。

水柔清看看段成再看看小弦，不禁有些心虛起來：「段老三你可不許支招。」

突又醒悟過來，一雙杏眼又瞪圓了：「你剛才叫我什麼？」

段成心情極好，倒也有心調笑水柔清：「莫非要我叫你清姐才對？」

水柔清冷哼一聲，上前作勢要打，卻突然止步，小鼻子一吸，轉頭就跑：「天呀，怎麼這麼臭？」

段成正是情竇初開的年紀，對這個同門師妹實有一種自己都不甚了然的情愫，一時被弄得滿面通紅，偏偏小弦還裝模作樣地湊近身來聞一聞：「哎呀，好臭。」忍不住抬手給了小弦一個爆栗，小弦捂頭大叫：「容姐姐快來救命……」

等花想容聞聲趕來時，猶見小弦與段成二人笑得滿地打滾，艙中到處都是散亂的棋子。

第二日午間，小弦與水柔清擺開戰局。說好一局定勝負，猜枚後小弦執紅先行。

象棋中執先優勢極大，水柔清起手時尚是小心翼翼，唯恐段成給小弦教了什麼欺著。走了幾步，見小弦中規中距、見招應招完全一副生手的樣子，執先的優勢蕩然無存，不免輕敵起來，只道必會贏得這一局，口中說笑不停，小鬼長小鬼短的一路叫來，連段成也不免被她譏為誤人子弟……

卻不知這正是段成與小弦故意如此。要知小弦雖是棋力大漲，但畢竟水柔清比他多學了數年的棋，認真對弈起來勝負實是未知之數。小弦開局時採用穩守的策略以惑水柔清，卻將子力遍佈全域，擺出久戰的架勢；水柔清得勢不饒人，更是招招進攻，出手如風，眼見小弦每每被迫得險象環生，卻總能於劣勢下履險若夷……

有時小弦故意顯弱勢兌子求和，水柔清一心要贏這一局，如何肯與他兌子。卻不料一來二去，再走了數步，幾處要點都被小弦借水柔清不願兌子退讓之際所占，形勢已漸漸扳平。

水柔清終於愣住了！

她本以為三下五除二就可能解決這個「小鬼頭」，卻不料棋至中局，自己倒是大大的不妙起來。起先花想容叫眾人吃飯她還頗驕傲地宣佈這一局不下完誰也不能走開，現在大是後悔，只可惡花想容不懂象棋，看了一會便走開了，不然拉她胡攪蠻纏一陣或可逃得這一劫……

水柔清本想以開局輕敵為由要求重下，一抬頭卻接觸到小弦那雙明亮地似是洞徹一切的眼光，底氣登時虛了，咬牙繼續走下去卻是回天無力，只好越走越慢，心中只恨不得須閑號突然撞上什麼暗礁翻個底朝天好攪了這一局。

段成輕咳一聲，揉揉眼睛。這一盤棋從午間下到黃昏，眼見水柔清敗局已定，卻偏偏耗著時間不肯認輸。兩個對局者尚不覺得什麼，他這個旁觀者卻是看得乏味至極，卻不敢開口說話，深恐水柔清又來一句「觀棋不語真君子」。加上這幾天沒日沒夜地與小弦下棋，終忍不住打個哈欠。

「要是睏了就去睡覺呀。」水柔清明知自己快輸了，口中卻是振振有詞：「看這樣子，怕是要下到天明了……」

段成忍不住咕嚕一句：「那你還不快點走？」

「啊！」水柔清裝模作樣地恍然大悟，口頭上倒是絲毫不肯服軟：「原來該我走呀，你怎麼不提醒我？」

段成給她氣得滿嘴發苦，還不敢發作：「是我錯了，忘了提醒你，現在你走吧。」

水柔清百般不情願地將車慢慢挪了一步，小弦卻是出手若電，立即應了一步，於是水柔清又開始了新一輪的大長考，口中猶對段成道：「別吵，我要好好算算下一手如何走……」

段成爭辯道：「我可沒吵。」肚內卻不爭氣地咕咕響了一聲。

又耗了一個時辰，棋盤上小弦底炮架個空頭，雙車左右夾攻，右邊卒蓄勢直搗黃龍，已逞必勝之勢，水柔清呆坐枰端，過了兩柱香的時間也無任何動作。

小弦只見到水柔清望著棋盤垂頭沉思，一動也不動一下，若不是看到她雪白的牙齒不時咬一下嘴唇，還真要當她睡著了。終也沉不住氣：「願賭服輸，你又何必……」話說到一半，卻見水柔清抬眼飛快地朝他一瞥，隨即低下頭，走了一步。

小弦眼利，那一剎已看到水柔清的目中竟已蓄滿了淚水，心頭猛然一震，從沒想過這個心高氣傲的小姑娘亦會有此刻的軟弱。

小弦腦中呆呆想著，按早計畫的步驟走了下一手，這一次水柔清卻是應得極快，看來是認命了，只是不肯當面臣服，非要小弦使出最後的殺招將死老帥方才推枰認輸。

小弦心中卻是翻江倒海。先想到水柔清平日總是不怎麼看得起自己，那日更是激得自己與她爭棋，還定下這樣一個侮辱人的賭注，非要讓自己低頭方才快意，何曾有一點憐憫之意？心中一發狠，直欲視她眼淚於不見，好好羞辱她一番，才解心頭大恨！又想到父親常教自己要得饒人處且饒人，與她又沒有什麼深仇大恨，不過是口舌之爭，何必如此趕盡殺絕？何況她也是從小沒有了母親，平日雖是凶霸霸的，但也好像有些可憐……

小弦腦中一片混亂，隨手應對，又走了幾步，卻聽段成長歎一聲。定睛看局中時，此刻自己底炮空掛，雙車連線迫帥，只要再走一步便可直取中宮，將死對方。看段成一副坐立不安的樣子，想必是不忍見水柔清認輸……

水柔清亦知回天無術，索性也不去防守，將馬兒踏前一步，雖然小弦再走一步便會將死自己，但好歹她下一手也可施出殺招，權當是寧為玉碎不為瓦全。

水柔清低著頭，小弦看不到她的眼睛，只看到她的唇上被牙咬出一道淡淡的血印，有一種莫名的悲壯，心中突就想到見她第一眼時自己的手足無措，閃現出她第一次對自己說話時笑嘻嘻的樣子，猶記得那時她眉目間盡是一種似笑非笑的俏皮，耳邊似又響起她不無善意的嘲弄：「又不是花你自己的銀子，你臉紅什麼？」……

小弦腦中一熱，緩緩拿起紅車縱移一步，卻沒有直取敵帥，而是放在水柔清的黑車路上。他已決意兌車，和了這一局……

「啊！」段成忍不住驚呼出聲，小弦失神下卻忽略了水柔清的黑馬即要臥槽逼將，只要避開與小弦兌車，便已逞絕殺之勢。

小弦立時發現了自己的疏忽，小臉漲得通紅，萬萬料不到自己一時之仁，竟然會鬼使神差般輸掉這一局。眼間彷彿已看到水柔清趾高氣揚呼喝的樣子，雖說「一輩子聽對方號令」戲言的成份居多，但這之後只怕再難在她面前抬起頭來。心裡痛恨，只想提起手來狠狠給自己一巴掌……

水柔清也愣住了，萬萬料不到小弦竟然在勝定的一剎出現這麼大一個漏著。她何等聰明，一見小弦將連線的紅車放在自己黑車路上，已知其兌車求和之意，但現在卻是已有機會直接將死對方老帥，贏得這一局……

水柔清更不遲疑，跳馬臥槽將軍，小弦無奈只得移帥，眼見水柔清手放在黑車上，下一步只要再一將軍自己便輸了……

水柔清拿起了黑車，稍稍猶豫了一下，卻沒有去將軍，而是吃掉了小弦的紅車。

小弦幾乎不敢相信自己的眼睛，卻聽水柔清輕聲道：「我肚子餓了。」也不待小弦與段成回答，頭也不回地起身離去。許是她站起來的太急，一滴濕漉漉的液體甩到了小弦的手上。

小弦一拍段成的肩膀，微微顫抖的語聲中有種不合年紀的平靜：「還不快去吃飯，我早就聽到你肚子叫了。」

段成苦苦一笑，目光仍是呆呆盯在棋盤上。

這一局，竟然和了！

第三章

浩氣療傷

景成像一見小弦紅光滿面，心火上湧，目赤膚乾，
竟像是要走火入魔的樣子，暗吃了一驚。
他初見小弦時查過其脈像，知他內力幾近於無，
還只道是滅絕神術被壓制近月後終反噬其主，
卻是無論如何想不到小弦在這十餘天胡打胡撞的練功下確已踏入走火的邊緣，
而那「六月蛹」氣亦被他體內心魔引發……

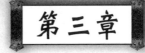

須閑號剛剛靠上萍鄉縣的碼頭，水柔清便驚喜地叫了一聲，搶先跳到岸上，撲入一個四十餘歲的中年人懷裡：「景大叔你莫非未卜先知麼？怎麼知道我們今天回來？」

那個中年人濃眉鳳目，寬額隆鼻，五縷長髯襯得一張國字臉上不怒而威。他相貌極有氣度，卻偏偏被一個少女於大庭廣眾下撲入懷裡，揪著衣衫不放，按理說應是有些尷尬，但他面上卻未見一絲不悅之色，渾若平常般先對花想容和段成笑笑，目光最後落在小弦的身上。口中猶對水柔清笑道：「我哪有什麼未卜先知的本事，只不過你容姐姐早早令你段大哥給我飛鴿傳書，要我前來迎接。她花家大小姐何等面子，我若是不乖乖地走這一趟，只怕她爹爹的折花手非拆了我這把老骨頭不可。」

小弦這才知道這個中年人竟然就是四大家族中排名第一的點睛閣主景成像，原本想他定是一副威武至極的樣子，卻不料這般平易近人，心中先就喜了七分。

花想容含笑道個萬福：「景大叔給足了我面子，若是下次爹爹再釀出什麼好酒，我拚著受罰也要給你偷來。」眾人料不到一向穩重的花想容竟也會去偷父親的好酒，皆是大笑。

原來花想容深恐有負林青所托，怕小弦路上傷勢發作，在萬縣便讓段家老大段秦放出飛鴿，略略說明了小弦的情況，非要景成像從鳴佩峰趕到萍鄉縣來接船。

小弦覺得景成像雙目看來，就若是有質之物般觸體生感，身內驀然騰起一股暖意，十分受用，更是佩服，急忙有模有樣地深施一禮：「誤中奸人毒手，愧不能復，還要麻煩景大叔出手相助，真叫小子過意不去。」也不知是從那齣戲文裡摘的台詞。

景成像一呆，料不到這個小孩子說話如此有趣，哈哈大笑起來。

水柔清白了小弦一眼，對景成像道：「你別看他樣子老實，可是一個不折不扣的小滑頭。」

景成像大笑：「好小子，若不是有些真材實學，豈能讓我們水姑娘評為小滑頭？」

水柔清嘻嘻一笑：「我若是評天下的老滑頭，定也有景大叔一份。」

景成像做洋洋自得狀，撚鬚而笑：「那當然，你景大叔自然是最有真材實學的。」眾人又是一陣大笑。

小弦自從與水柔清下過那局棋後便再沒有說過話。雙方都對那日彼此留情之舉心知肚明，相處時反較以往多了一種異樣的氣氛，偶一顧盼，均是匆匆避開目光，誰也不肯先示弱開口說話。此時小弦聽水柔清說起「小滑頭」，自然便想到了她給寧徊風起的「寧滑風」那個外號，不知怎地心中便是一蕩，抬眼望見她對自己甜甜一笑，種種恩怨頓時都隨風而去，一笑而泯。

段成未得師門允許不敢多做停留，隨即又乘著須閑號返回萬縣。景成像則帶著花想容、水柔清和小弦往鳴佩峰行去。

一路上景成像妙語如珠，再加上花想容善解人意，水柔清嬌俏玲瓏，小弦頑皮可愛，四人相處得十分融洽。

尋個空隙景成像細把小弦的脈像，臉上現過一絲詫色：「奇怪！滅絕神術吸食元氣，中者如沉疴久纏，可你體內卻是生機盎然，卻是何故？」

小弦便將自己如何用嫁衣神功破除寧徊風禁錮之事細細說來，饒是以景成像一代宗師，卻也萬萬想不到天下竟有如此自殘身體反增潛力的功夫，連連發問。小弦見景成像如此感興趣，花水二女臉有詫色，心中大是得意，忙將所學盡皆托出，不過他自己對嫁衣神功亦是一知半解，只恨以前不能勤下苦功，少了一個在水柔清面前炫耀的機會……

景成像聽得不斷點頭，大有所悟：「兵甲派鑄造之學四海皆聞，其武功卻一向不為江湖上所看重。但觀此嫁衣神功，雖是與傳統的武學宗旨全然不合，卻是別出蹊徑，若能好好發揮其長處，亦足可開宗立派，以振中原武林。」看小弦臉有得色，又讚道：「看不出你小小年紀，竟是身負如此奇功異術。」

水柔清與小弦作對慣了，更是一向不怎麼看得起小弦的武功，如今見四大家族中武功最高的點睛閣主亦如此看重嫁衣神功，不由對他刮目相看，替他高興，竟覺得自己臉上也似是頗有光彩，忍不住道：「景大叔可別小看這個小鬼頭。我聽蟲大叔說，他還身兼昊空門巧拙大師的《天命寶典》呢……」

「哦。」景成像臉色大變：「這是怎麼回事？」

小弦便將父親許漠洋與巧拙大師的關係一一道出。其實許漠洋雖經巧拙大師灌注明慧，亦不過只得了《天命寶典》五六成的精髓，小弦所知自是更少，尚不及一二。不過《天命寶典》主旨本就是以洞悉世情、通透命運為主，而小孩子懵懂入世，原本對俗欲塵情一竅不通，以耳聞目觀印證所學，反是事半功倍；就若以璞玉新銅為鏡，不蒙凡塵，所映即為所見。是以若論對《天命寶典》的領悟，便是巧拙大師重生恐亦不及小弦為高，只是小弦自己尚不得知罷了。

景成像靜靜聽著，不置可否，面上卻是時陰時晴，一派凝重。

花想容見景成像臉色不善，不知小弦說錯了什麼，有意轉過話題：「景大叔既然說小弦體內生機盎然，莫非在嫁衣神功的催逼下，滅絕神術已經不治而癒了麼？」

「不然。」景成像沉思道：「滅絕神術最厲害之處便在於其如附骨之蛆般難以化解，更有一股戾氣伏於心竅內，滯血阻氣，藥石難至。此戾氣有個名目喚做『六月蛹』……」

「六月蛹?!」水柔清接口道：「這名字好古怪。」

「六月乃蠶蛹脫繭之時。這便是形容中術者體內如埋伏了一隻繭蛹，平日全無異狀，外界稍有驚動即刻破繭而出，欲破此術亦必要有剝繭抽絲的耐心。」景成像一歎：「救治者若是不得其法，一旦引發戾氣，全身氣血無可渲泄便由七竅噴湧而出，受術者嘗盡精血翻騰之苦後五日方斃，死狀極慘，再無可救，是以才會以滅絕為名。」

花想容見小弦聽到景成象的形容如坐針氈的樣子，怕他發急，連忙安慰道：「景大叔醫術冠絕天下，必是有辦法治好你。」

景成像傲然道：「我點睛門中的『浩然正氣』由心脈通盈淵，講究持盈之道，博天地明睿、渡萬物元神，專化煞氣，正是此術天生的剋星。」

「那就好了。」水柔清拍手道：「我就說這等魔道邪術如何能難得住景大叔的神功。」

「小丫頭不要亂拍馬屁。」景成像面上陰鬱之色一掠而過：「這嫁衣神功雖是大傷元氣，卻也激發出人體內無盡的潛力，十分霸道，已將滅絕神術強行壓制住。但那名為『六月蛹』的戾氣卻極為頑固，雖遁離心脈，卻是散入奇經八脈中，與體內真元糾纏不休，若不能及時根除，只怕懸疣附贅、後患無窮。如今雖可用浩然正氣渡入體內護住心脈，但要想徹底痊癒卻是要大費一番周折了。」

小弦聽得目瞪口呆，料不到自己擅自使用嫁衣神功竟然會引出這麼大的後患，怪不得連林青和蟲大師都大感頭痛，不由暗罵寧徊風。不過聽景成像的語氣倒是仍有把握可治好，這才稍稍放心。

花想容面色微變，猜不透景成像話中的「大費周折」有何玄虛，她深怕有負林青所托，忙道：「這個孩子由蟲大師親自託付給四大家族，景大叔定要將他治好……」

水柔清奇道：「容姐姐為何不說林大哥？」

花想容臉生紅霞：「當著景大叔的面你也好意思叫『林大哥』？」

水柔清嘻嘻一笑：「你叫得為何我就不能叫？莫非我還要叫你一聲容阿姨麼？」

景成像那仿若洞悉天機的眼光在花想容胭紅的面上一掃而過，放聲大笑起來：「你放心，若不能還你們一個活蹦亂跳的『小滑頭』，我豈不是讓你們大叔前大叔後的白叫了？」

水柔清望著小弦：「嘻嘻，景大叔不用急，慢慢治好了。反正林叔叔一時也不會趕來接這小鬼頭，正好也可讓他見識一下我四大家族的行道大會。」聽她興高采烈的語氣，倒似是巴不得小弦傷越重才好，直聽得小弦哭笑不得。

景成像卻似是不想說行道大會之事，轉臉向小弦問道：「你可識字？」

小弦驕傲地一點頭。景成像又問：「可懂穴道麼？」

許漠洋雖教過小弦一些武功，但以小弦頑皮好動的性格如何肯下苦功，尚遠不如向段成學棋那麼專心，一併便只知道與嫁衣神功有關的幾處穴位。聽景成像煞有其事地如此發問，小弦臉上微微一紅，只得頗不情願地搖搖頭。

「六月蛹氣隨時辰不同渾身遊移不定，須得被救者自己感應，測準方位後才好下手醫治。」景成像見小弦面有難色，呵呵一笑：「這也無妨，我那有不少醫書，你可先修習一下各經脈穴道的位置。」又加重語氣：「這可是你性命交關的大事，需得好好學習。」

小弦一意想日後隨林青闖蕩江湖，本就有心學武功，聞言正中下懷，連連點頭。

水柔清本有心，趁機一拍小弦的肩膀：「景大叔答應收你為徒，還不快快磕頭？」

景成像連忙搖頭，肅容道：「清兒別胡說。這不過是替他治傷必要的步驟，有暗器王與蟲大師那樣的明師，我何敢大言收徒？」

水柔清吐吐舌頭，不敢再說。小弦卻知林青絕無閒暇教自己武功，只得黯然不語。

花想容急忙轉移話題：「聽小弦說寧徊風施術時又是扎針又是閉穴，看來這滅絕神術雖然厲害卻是無用，試想把人都抓住了何必再施展這類邪術，豈不是多此一舉？」

景成像歎道：「你可莫小看這滅絕神術，此乃御泠堂不傳之秘，手法輕重有異效果亦大不相同，且可在體內潛伏良久方始發作，正是用於控制堂中教徒的最佳法門……」

花、水二女和小弦再聽到「御泠堂」三字，皆是驚呼一聲。連暗器王那種人物都對御泠堂一無所知，萬萬料不到點睛閣主不出江湖，竟也知道這神秘至極的幫派。水柔清疑惑問道：「這滅絕神術既然是御泠堂的不傳之秘，景大叔卻為何知道得如此詳細？」

景成像傲然揚首，眉間掠過一絲殺氣，緩緩道：「御泠堂乃是我四大家族數百年的宿仇，我若不知，更有誰知？」

花、水二女齊齊一震，對望一眼，面上俱是驚疑不定。花想容是翩躚樓主花嗅香的女兒，水柔清按輩份亦是溫柔鄉主水柔梳的堂妹，兩人均可算四大家族二代弟子中的佼佼者，自詡深悉家族秘密，卻直至此刻才知道那御泠堂竟是四大家族的世仇。

水柔清待要再問，景成像卻已當先朝前大步行去，口中淡然道：「容兒清兒不必多疑，行道大會已近，你們遲早會知道這個秘密……」

小弦先是一驚，旋即想到這一個月都會與這穩坐四大家族第一把交椅的點睛閣主在一起，自可慢慢打聽這個秘密。再望一眼面露驚容的花想容與水柔清，對二女得意地擠擠眼睛，蹦蹦跳跳地隨著景成像往前行去。

羅霄山地勢綿延數百里，山峰聳峙，崖壁陡峻，嶙石激瀑，深溝險壑，更有滿山蒼松，茂密翠蔭，層迭山巒，幽奇煙雨，擁雲聚霧中常見虎豹狼熊出沒，少現人跡。就若是一個與世隔絕的桃源仙境，充滿了不為人知的神秘與奇幻。

四人在山間走了二日，滿目盡是崇山峻嶺，疊翠層林，不見人煙，已是進入羅霄山脈的深處。遮天叢林中隱現崎嶇山路，水柔清用手一指：「看，那就是鳴佩峰。」

小弦抬頭望去，透過迭嶂密葉，依稀可見前面一嶂嵯峨雄峰。映在層繞白雲間，渾如雪白宣紙中一硯淡墨，於素默中勾勒出一份雄壯來，氣韻非凡。再加上細碎陽光耀眼，颯颯清風拂面，目睹此情此景，直欲縱聲長呼，以舒胸臆。

景成像似知小弦心中所想，攬鬚長嘯。其音純厚，宛如橫簫在唇，聲震數裡，林鳥驚飛，千葉動顫，風滯泉凝，空谷迴響。嘯音嫋嫋未絕，又有一聲長嘯迎合而起，這嘯聲卻是激越鏗鏘，尤若巨臂擊鼓，鐵指敲鐘，與景成像的嘯音相輔相成，各擅勝場，激得小弦思潮洶湧，恨不能擊節詠歌，以壯襟魄。

那激昂嘯音越來越近，突戛然而止。一人忽現道中，大步行來：「景兄的浩然正氣嘯驚鳴佩峰，真是好興致啊！」

景成像敦厚一笑：「若非如此，怎請得動你老兄的大架？」

花想容與水柔清上前兩步：「見過物二叔。」

小弦見來人高達八尺，虬髯滿面，身材雄闊，渾如半截鐵塔，每一步踏下地面皆是現出一小坑，卻不驚起一絲塵土，氣度懾人。再聽了花想容與水柔清的招呼，立知來人正是段氏三兄弟的師父英雄塚主物天成，慌忙上前行禮。饒是他一向口若懸河，見了這英雄塚主的蓋天氣勢，竟半句話也說不出來。

「兩位侄女免禮。不知景兄叫我來有何要事？」物天成口中答道，卻聽得景成像在他耳邊輕聲說了句什麼，目光落轉在小弦身上，驀然一震，似是見到什麼極驚奇之事。

景成像見物天成的詫異模樣，臉色更是凝重：「物兄請借一步說話。」二人轉入一旁林中，只留下花想容、水柔清與小弦面面相覷。

花想容對小弦介紹道：「這鳴佩峰占地三百餘畝，此處入山口便是英雄塚，鳴佩峰左是溫柔鄉四營，中間是通天殿，殿後是點睛閣，右邊便是我翩躚樓了。」

小弦直到此刻方知道四大家族居然平日都駐在這鳴佩峰上，左顧右看一番：「我聽爹爹說過英雄塚上刻遍天下英雄的名字，為何卻看不見？」

水柔清笑道：「若是放個大墓碑在入山要道處，豈不要嚇死了人？」

小弦一想卻也是道理，口中可不客氣：「你膽小如鼠我可不怕，有空定要找來看看。」

「誰膽小如鼠了？」水柔清雙手插腰氣鼓鼓地道：「別說我沒有警告你，英雄塚內到處都是奇門機關，你若是亂跑亂竄，一旦迷了路可沒有人能救得了你。」

小弦亦是插起腰，與水柔清相對：「怎麼一到家你就神氣了？」

花想容怕他二人爭執，連忙對小弦道：「一塊墓碑有什麼好看，不如姐姐帶你到翩躚樓裡玩。」

小弦不好意思地撓撓頭：「聽說明將軍排在英雄塚的第一位，我可心中不服。依我看再過幾年就應該是林叔叔排在第一才對。」

水柔清這次總算不與小弦作對，拍手稱是。

花想容一聽說起林青，又盼小弦多說幾句又怕讓人看出自己的異樣。小弦也還罷了，若讓水柔清看出自己的心事那還了得，非弄得鳴佩峰人人皆知不可，想到這裡自己先微紅了臉，忙不迭的掩飾：「先去翩躚樓再去英雄塚吧。呵呵，我父親定會喜歡你。」

小弦聽林青與蟲大師說起過這位號稱「非醇酒不飲，非妙韻不聽，非佳詞不吟，非美人不看」四非公子花嗅香，心中早是大起好奇，相比景成像的敦儒寬厚，物天成的豪氣沖天，倒是這翩躚樓主更合他的脾氣，連忙答應：「好呀好呀，我最想見的就是花叔叔了，只要容姐姐不趕我，我就待在翩躚樓裡不走了……」

水柔清卻不樂意了：「哼，有本事你就別來溫柔鄉。」

小弦想到溫柔鄉的索峰、氣牆、劍關、刀壘，心裡又癢了起來。再想到花、水二女都如此看重自己，一心邀他作客，更是心頭大樂，也忘了與水柔清鬥氣：

「好好好，我先去溫柔鄉再去翩躚樓，然後我們一起去看英雄塚，反正有一兩個月的時間，足夠把鳴佩峰玩個遍……」

花想容連忙道：「你莫要瞎闖，後山可是門中禁地……」

水柔清笑道：「有我和容姐姐管著，保證你不敢亂跑……」

景成像的聲音驀然傳來：「這一個月你哪也不能去，好好待在點睛閣中給我修習經脈穴道圖。」

小弦一怔，也不知自己是否太敏感，聽景成像的聲音似是頗為異樣的嚴厲。抬頭一看，景成像與物天成並肩從林中走出，面上俱都是一派肅穆。他不明白發生了什麼事，只得老老實實垂手答應。

物天成望定小弦，良久不語。小弦給他看得心中發毛，不知自己犯了什麼錯，一時手足無措，站立不安，想躲在花想容身後又怕被水柔清看不起，壯著膽子喃喃道：「我聽說爹爹說起過物二叔的識英辨雄術，可是在給我看相麼？」

物天成語氣凝重，似是自言自語般緩緩道：「應該是沒有錯！」突然驚醒般哈哈大笑，跺足轉身，頭也不回地大步離去，邊走邊道：「識英辨雄又如何？人算天算又如何？這道難題便留給景兄了……」聲音漸漸遠去，終不可聞。

景成像沉默良久方長歎一聲，往前行去。三人不敢多說，匆匆跟上，心頭充滿了百般疑問。

上得鳴佩峰頂，當先映入眼瞼中竟是一排二丈餘高的參天巨樹，將前路遮得密不透光。

小弦睜大雙眼看去，那些巨樹足有千棵之多，枝幹挺拔，筆直蒼勁，不見旁枝，且排列得極為緊密，俱都剝去樹皮，只餘光禿禿的青白樹幹，其上鱗斑點點，縱橫成行，極具古意。整個樹陣就若是連成了一道林牆，最寬處亦不過只有二、三寸闊，人畜難越。而丈高處的樹頂上卻是枝葉繁盛，相互虯結，更有許多不知名的林鳥盤旋起落不休，高鳴清越，低唱婉轉，纏首交頸，撲翅拍翼，與蟲蚋不生的剛勁樹幹形成情趣大異的對比。令人不由生起踏出塵世之感……

小弦一路上雖是對峰頂有無數個設想，卻也萬萬沒有料到竟會見到如此奇景，一時張大了嘴說不出話來。

花想容對小弦解釋道：「此樹乃是長於北地的白楊，我們的祖先來此時攜種栽植，將整個峰頂圍起，如今已長成了一道天然的屏障。更是引來這許多鳥兒在樹上築巢砌窩，長年不散，因其鳥音若環佩相擊，故才有了鳴佩峰這個名字……」

「小鬼頭看傻了吧？」水柔清看小弦呆頭呆腦的樣子：「噗哧」一笑：「我最

喜歡這些鳥兒了，沒事的時候就來聽牠們唱歌。」

小弦半天才擠出一句話：「原來你們的祖先也都是北方人，我聽爹爹說起過塞外的草原沙漠，只是一直沒有機會去見識一下。」

景成像淡淡道：「數百年前，景、花、水、物四家都是長安望族，因避禍方才舉族南遷，來到此地。」

小弦本想問問四大家族還能有何仇人，竟然會迫得舉家南遷。看景成像不苟言笑的樣子終不敢開口。相比初見時的寬厚儒雅，現在的點睛閣主活像變成了另一個人。

水柔清走前幾步，來到一棵老樹邊，手放於樹幹上，目視小弦：「猜猜裡面會是什麼樣？」

小弦定睛看去，那老樹足有丈二寬闊，被摩娑得十分光滑，其上有縫，其邊隱見滑軸的痕跡，才知道原來竟是一道門。如此神秘莫測正是投他所好，卻實是猜不出門一開會有什麼驚人的景象，緩緩搖頭。心想此樹長得如此粗大，只怕已有近千年之齡，如此算來，四大家族來到此地也不知有了多少時候了。

水柔清手上用勁，門應勢而開。門軸上想必常塗油潤滑，或是有什麼機關控制，不聞一聲。

和風徐徐，雲煙繚繞，一道陽光破霧而來，在空中折射出七彩光華，令人目眩神迷。

門內是一片闊達數百步的平地，曉風山霧中，更顯得空曠悠遠，簡朗雄闊，乍眼望去，幾乎望不到盡頭。踏入門內，青石板鋪就的道路縱橫其間，兩邊綴以蒼松綠草，鳥鳴聲不絕入耳，幾疑來到夢中仙境。

小弦但覺眼前豁然一亮，驚得咋舌不已，誰能料到那片林牆後竟還會別有洞天，圍著這麼大一片地方。他自問也算見了不少世面，但相比在這鳴佩峰中一日所見，卻均是小巫見大巫了。

路上可見各色人等，均都不帶兵器，打扮不一而足。女子大多秀齒纖腰，娉婷輕盈，或淡妝素面，妙韻天成，或高髻木屐，婀娜碎步；男子則多是丰神如玉，氣宇軒昂，或疾服勁裝，虎行闊步，或長衫高冠，頗具古意。見了景成像俱是停步施禮，顯見景成像在四大家族中極有威望，亦有人與花想容、水柔清寒暄幾句，最後都頗為好奇地打量著小弦。

小弦見這四大家族中的人大多容顏俊美異常，意態瀟灑從容，心中暗暗稱奇。他平日倒從不覺得自己長得醜，此刻卻不由生出自慚形穢的感覺來。心中略感自卑，表面上卻是高高挺起小胸膛，目不斜視，安然面對周圍數十道猜測的目光。

四人走出近千步，穿過空地，面前又是一道小山峰。白楊林牆及峰而止，峰腳下卻現出三條岔路，左右兩邊仍是青石路，中間一道石階沿峰壁扶搖而上，依稀可見巍巍頂巔上一間大殿，於氤氳霽霧中若隱若現。

小弦記得花想容說起左方是溫柔鄉四營，右邊便是翩躚樓，張目望去，霧靄重重中卻是什麼也看不清楚。

景成像長吸一口氣，一指峰頂處隱約可見的大殿，語氣中充滿著倨傲與自豪：「那就是通天殿！」緩了緩，又命令道：「容兒與清兒先回家去，小弦隨我去拜見天后。」

小弦心頭疑惑，不知這天后所指為何？抬頭看去，幾百層石階密密的排列著，一直延伸到山頂雲深處。石階上斑剝殘缺，新苔漫染，全然不同腳下光滑的青石，有一份撲捲而來的古樸與蒼素，竟有一種欲要赤足踏於其上的衝動。那時隱時現的大殿雖談不上宏偉壯麗，但在雲霧瀰漫中更摻揉出高古悠遠的境界，顯得幽邃莊嚴、雄渾豪邁，再加上松籟浮空、冷寂茵綠，縱然不聞晨鐘暮鼓之聲，亦給人一種淡素拙樸的肅重韻味，果是不愧這通天之名。

花想容與水柔清不敢違逆景成像，雖百般不情願亦只好離去。水柔清覷個空低聲對小弦道：「好好養傷，過幾天我就來找你玩。」

小弦心裡一熱，相識這麼久，倒是第一次感覺到水柔清對自己的一份關切，輕輕點點頭。看著景成像與初識迥異嚴肅的樣子，渾不知他會如何待自己。忽就覺得在這鳴佩峰上說到底也只算是個「外人」，而這個「對頭」平日雖是與自己針尖對麥芒般不依不讓，卻也是個難得能說得上幾句話的朋友，這一分開，也不知自己要孤單多少時候……一念至此，鼻端驀然一酸，生出一份不捨來。

景成像卻不停留，沿著石階往上行去。邊走邊道：「通天殿後便是點睛閣。這裡是鳴佩峰的最高處，後山已封，其間有許多狼蟲虎豹出沒，禁止出入，你可要記住了。」若以小弦平日的性子，聽景成像如此說必會對後山更是好奇，不過眼見花想容與水柔清分頭離去，心中正充滿著一種說不明白的離愁別緒，隨口應了一聲，隨著景成像踏階行去。

走得近了，已可見那殿角飛簷、金瓦紅牆，懸鈴在輕風中叮叮輕響，琉璃在午日下熠熠生光，猶若給整個殿頂都敷上了一層金箔。小弦心中更是吃驚：這等規模的建築絕非朝夕可成，更要動用大量人力物力，可四大家族在江湖中卻是如此神秘、少為人知，真不知他們是如何做到的。

穿過一個寬大的拱廊踏入殿內，已有陣陣檀香傳入鼻端。整座殿宇皆配以明暗相間的層層密簷，幾盞鐵製蓮燈藏於柱樑間而不露，更增古拙。

一位宮裝女子的塑像立於殿中。她肩披斗篷，頭戴鳳冠，右手握著一方大印，左手輕提斗篷的下擺，右腿微抬，仿似正要走下殿中。

那雕像前有數個蒲團，景成像曲膝跪下，口中喃喃道：「景氏二十一代弟子景成像參拜天后，願天后佑我景、花、水、物四家永世昌明。」

小弦定睛看去，只見那天后的雕像面目栩栩如生，柳眉杏目，闊額高顴，圓臉尖頦，直鼻小口，美則美矣，卻總有種說不出來的威儀，令人在心頭萌出一份敬畏之意。

小弦膝下一軟，不由自主亦是跪在雕像前，合什閉目。

小弦尚是第一次進得這類殿宇廟堂，他修習《天命寶典》本就極具慧根。這一刻更被這大殿與雕像的肅穆莊重所感，一時心底湧上萬分虔誠，大感俗世苦難實多，盼能將心頭煩鬱盡托訴於冥冥上蒼、幽幽神明。他不知應該如何說話，便只在心中暗暗祝禱著。

過了良久，小弦方從恍然中醒來，一抬頭卻見到景成像一雙銳目如閃電般正端端射在自己臉上，心口猛然一跳，渾身血液似在這一剎窒住，俱都沖湧而上……

他一驚之下張口欲呼，卻突覺脅下某處似被開個口子般一緊一縮，一束異氣驀然由此處炸入胸腹間，將一股潮潮的腥味強行擠入喉間，一大口血已噴將出來。景成像上前一步，右手食指疾點在小弦胸前膻中大穴上：「你莫要怕，全身放鬆。我先以『浩然正氣』封住你心脈，只要找準『六月蛹』的位置，必可一舉除之。」

小弦依言放鬆身體，果覺得一股暖暖的氣流裹住胸腹，全身其餘地方卻是一片寒涼。

景成像將小弦打橫抱在懷裡，大步走出通天殿，往殿後行去，口中猶漫若平常地問道：「你剛才在天后面前許的是什麼願？」

小弦神智尚是清醒，回想剛才跪於那女子雕像前的情景：或許是這些日子都在想著日後如何能與林青同行江湖，當時湧上心間的第一個念頭不是祈求父親的平安，而竟是希冀暗器王能早日擊敗明將軍……

小弦疲倦地笑笑，想開口說話卻覺得全身乏力，只感覺到兩旁景物快速後退，心頭一陣恍惚。似又回到日哭鬼抱著自己在荒山野嶺中飛走不停的時候，思想起伏中憶起林青隻手托船的英姿、蟲大師的音容笑貌、寧徊風如何給自己布針施術、鬼失驚陰毒狡狠的目光、困龍廳內的一片黑暗、動不動就容易紅臉的花想容、與段成在須閑號上枰中苦鬥、水柔清的清澈眼光與那一滴飛濺到自己手背上的淚珠……

諸般事情紛紛湧上腦海，最後耳中彷彿又聽到在三香閣中初見林青時偷天弓發出的龍吟之聲，在耳中嗡嗡作響，眼中似見到一間閣樓，樓上匾牌書著三個龍飛鳳舞的大字——點睛閣。

然後便是一陣暈眩，什麼也不知道了……

小弦再次醒來的時候，已躺在一張潔白的床上。

這是一個窄小的房間，屋內設置簡單，可見一榻木床，一張木桌和幾把椅子，對面還有一個大書櫃，裡面放有不少書籍。桌上便只有一壺清茶，一盞爐香，一面油燈，除此更無他物。

房間雖是簡陋，卻打掃得十分素淨，窗明几亮，纖塵不染。小弦的意識漸漸恢復，看來此屋定是景成像的臥室，想不到他尊為四大家族之首，所住之處竟是如此簡單。

房門一開，景成像托著一碗粥走了進來，低下頭用小勺輕輕攪拌碗中：「你昏睡了三天，終於醒了。必是餓了吧，趁熱喝點粥。」

小弦料不到景成像會親自服侍自己，心中大覺不安，掙扎幾下，卻覺得全身乏力，想支起身來卻力有未逮，只得任景成像一勺勺將粥送入嘴中。

景成像緩緩道：「在你傷勢未好之前便留在此處，書櫃中有些醫書，你好生研習一下經脈穴道之術。六月蛹氣時隱時現，且稍遇外力便遊移不定，你若發現體內有一股蠢蠢欲動的異氣不可輕舉妄動，更不能運氣，將準確位置告訴我後便會幫你徹底除去……」

小弦回想自己暈迷之前確是在脅下有種異氣感，如今細察體內卻是全無異狀。訥訥半晌：「若是那個什麼六月蛹一直不出現呢？」

「那你就只好一直躺在這裡了。」景成像漠然道：「容兒與清兒來過一次，我命她們在你傷好之前不許打擾。」

小弦一呆，央求道：「景大叔，我若是只能一直躺在這裡只怕非迫瘋了不可，要不你找清兒來與我下下棋吧。」

「你也會下棋？」景成像奇道：「清兒的棋力可是不俗，在四大家族女弟子算是最強的。」

小弦心中大是得意，便將自己如何向段成學棋，十日後與水柔清舟中賭棋的事繪聲繪色地說出來。不知為何，似是出於想與水柔清共同保留一些秘密的念頭，倒不說起最後如何相讓於她，便只說逼得一局和棋。

小弦說罷，還只道景成像定會誇獎自己幾句，卻不料只聽景成像淡淡道：「你身挾《天命寶典》，對世間諸般技業均是上手極快，原也不足為奇。」又加重語氣道：「你現在的狀態絕不能妄動心力，乖乖看書吧。」

小弦頓覺無趣，偷眼看景成像，卻見他雙目倦意隱現，紅絲橫布。

他知道像景成像這等高手縱是幾日幾夜不眠也斷不會如此，或許是為了自己的傷勢大傷腦筋，熬夜苦思破法，一時心中頗感內疚，說不出話來。

景成像也不多言，眼看一碗粥餵完了：「你若是不飽，我再添些給你。」

小弦低聲道：「給我拿本書來看吧。」

景成像從書櫃中取出一本絹冊遞給小弦：「這本是《黃帝內經》，你亦無需硬行鑽研，只將經脈穴道的位置記清就好，若有不懂盡可問我。」竟無多餘言語，轉身欲離。

小弦心中尚有許多謎團未解，一心想與景成像多說些話。只是看他面上一副漠然的神情，不知從何話題說起。他剛剛喝了一碗粥，自覺得體力稍稍恢復，想坐起身來，不料手一撐床仍覺得渾身痠軟無力。

景成像聽到響動，轉過頭來輕聲道：「你不要亂動，至少十餘天內你都只能躺著。」

小弦不解：「為什麼？」

景成像眼望床沿：「我怕你妄動內氣，在你昏迷的時候餵你吃了一付『軟筋散』……」

小弦大驚，勉強笑道：「我又不會內功，如何能妄動內氣？景大叔……」

景成像打斷小弦的話：「你若不會內功如何又能使出嫁衣神功？」

小弦語塞。猶記得當時心中一想到運用嫁衣神功的各處穴道時，便不自覺地有絲絲內氣遊身而走，可自己確是從未跟父親學過什麼內功，這倒真是奇了。

原來那《天命寶典》雖非武學典籍，但卻是通今博古，集老、莊、易經等道學典藏為一體，匯陰陽於無極，化繁複為簡單，可於不知不覺中引發人體對塵世萬物的一絲靈覺，藉以汲取天地之精華。只不過這種發於本體的靈覺卻需得從小修習，待得年歲大了，耳聞目睹紅塵濁世，異感為凡囂所蔽，便再不能於至靜至極中與自然溝通。

此等道理別說巧拙大師與許漠洋不知曉，只怕當初撰下《天命寶典》的昊空門祖師昊空真人亦不自知。大凡這種理念玄妙高深的典籍都需飽學博識之士先熟讀萬卷書再來細細研習，不然一個初識字的黃毛小兒如何能解開那意念繁複的道家學術？

也是天命使然。許漠洋的《天命寶典》本就是巧拙有意無意間口述身教與強行傳功入體，既是難窺全豹，又無書典指導。許漠洋只恐時日久了心中遺忘有負巧拙傳功，便時時默誦於口，更是因為身處荒山野嶺無人交流，便只當對牛彈琴般說與小弦聽，權做聊以解悶。卻不料小孩子的識見原大都是得於父母後天的言傳身教，小弦在許漠洋的潛移默化下竟也初通《天命寶典》的皮毛，待他略微大一些許漠洋再有意相授，如此一來反造就了小弦以初蒙世事的垂髫之齡便打下道學根基這等千古未有之奇事，其中精微玄奧處連幾個當局者亦是不詳，也的確是造化弄人了……

小弦見景成像欲要離去，實是怕了一人獨對這空寂的房屋，一急之下脫口道：「景大叔莫走，我，我想多說會話。」

景成像淡然道：「你現在就只須好好看書，說什麼話？」

小弦勉強笑道：「從前我生病的時候爹爹都陪著我……我，我有點怕。」

景成像看了小弦半天，沉聲道：「我又不是你爹爹！」

小弦話才一出口立覺不妥。他對景成像的第一印象極好，在這人生地不熟的地方不知不覺便當他是親人一般。但轉念一想，說到底景成像與自己素不相識，只不過應林青與蟲大師之請給自己治傷，他身為一閣之主自是有許多事情要做，自己這樣要求確是顯得冒失了。解嘲般喃喃自語道：「你若是怕我動內氣便點我幾處穴道好了，用藥物豈不是顯得太沒有高手風度了。」

景成像厲聲道：「你還與我講條件麼？」稍稍一怔，似是覺出自己語氣太重，目光與小弦略略一觸即刻移開。

小弦萬萬也未料到原本安祥慈和的景成像會突然變得如此嚴厲，語音震得耳中嗡嗡作響，千萬種委屈一齊襲上心頭……

他極是敏感，覺得景成像似有什麼難言之隱。心道點睛閣主與暗器王林青也沒有什麼交情，給自己治傷費神費力，怕是未必心甘情願。一念至此，登時激起一股傲氣，咬住嘴唇不再言語。

景成像長歎一聲，輕撫小弦的頭，放緩語氣解釋道：「你不清楚其中的凶險處，若是妄加外力只會提前引發你的傷勢……」小弦甩甩腦袋，卻晃不開他的手。景成像也不多說，再歎一聲，朝門口走去。

小弦噘著嘴，賭氣般恨恨道：「我若是尿急撒在床上你可別怨我……」

景成像驟然轉頭，瞪了小弦半晌，也覺好笑，卻仍是板住臉：「我給你做個牽著繩子的鈴鐺，若要叫我只須拉鈴便是。」

一連幾日，小弦都在專心看《黃帝內經》、《子午經注》、《千金方》、《扁鵲神術》等各類醫書。可那些書上多是以古篆所書，小弦認得幾個，大多卻是不識。

他只道景成像有些嫌煩自己，也不去找他釋疑。索性不按那些經脈的走向，先去認穴道上標注的簡單文字，記住一個穴道的方位便在身上比劃幾下，然後再去認下一個穴道……

比如剛剛記下手肺經的「中府」穴，又立刻跳轉到任脈的「天突」穴，再轉至足腎經的「少泉」穴……

說來也怪，隨著他從一個穴道跳至另一個穴道，體內便有股氣流隱隱而動，宛若活物一般……

原來小弦雖因《天命寶典》有些內功的根底，卻從未正式修習過內功，根本不懂收放之法。而他一心要記下經脈圖上的各處穴道，隨著意念所想，內息便不自覺地循勢而行。

小弦記憶本強，不幾日能認下字的穴道俱都記住，左右無事便去認那些難檢字，按偏旁認取或是胡記一氣，一時似是而非的穴道記了一腦子，卻全然串連不起。只覺得一股內息亦在體內各處經脈間跳蕩不休，時而滯窒，時而暢通。他還以為是那「六月蛹」遊走全身，起初尚是有些害怕，慣了也便不當回事，反覺得十分好玩。他性子倔強，有時兩處穴道間的內息無法暢連，反而強行鼓動內息，力竭方止。

卻不知如此行功大是凶險，除非失心瘋了，否則誰敢似他這般將不依經脈運氣亂沖亂撞？有時甚至嘗試以內氣打通任督二脈，就連內家高手亦要修習幾十年後方敢如此行事，何況他一個初窺門徑的小孩子。

幸好一來小弦功力尚淺；二來他全心全意只為記下穴道方位，反對體內運轉的內息不以為意，恰恰合了道家「無為」的路子；三來他只怕這「六月蛹」氣收拾不住引發傷勢，稍覺不對立時換個穴道；四來《天命寶典》雖非武學典籍，卻是最講究順天行事，每當他睡覺休息時便不知不覺中將體內紊亂的內息帶上正軌……如此種種原因加起來，方不至於令他走火入魔，導致大禍，不然似他這般胡練一氣，只怕早是嘔血而亡了。

景成像每天都要來看他數次，卻只是送來食物清水，連目光亦不與他相對。

小弦心中賭氣，也不去向他請教體內的種種異狀，只是覺得體內氣息越來越強，有時幾欲收束不住。他非但不怕，反倒是心頭得意，試想若是能自己將這「六月蛹」氣迫出來更好，再不用看這原本寬厚突又變得有些不可理喻的點睛閣主的臉色。

如此過了十餘天。這日一早醒來，小弦忽覺頭暈目眩，體內異氣蓬勃欲出，他試著如前幾日將內息引導於各穴道，卻再也不見靈光。渾身精血似要沸騰般擠迫著每處毛髮血管，更有一股如實質般的氣流全身遊移不定，每過一處便蹁蹁而動，將身體脹得痠麻難忍，體內就似伏著一隻擇路而出的什麼怪物。

小弦心頭大駭，連忙拉鈴叫來景成像。

景成像一見小弦紅光滿面，心火上湧，目赤膚乾，竟像是要走火入魔的樣子，暗吃了一驚。他初見小弦時查過其脈像，知他內力幾近於無，還只道是滅絕神術被壓制近月後終反噬其主，卻是無論如何想不到小弦在這十餘天胡打胡撞的練功下確已踏入走火的邊緣，而那「六月蛹」氣亦被他體內心魔引發……

景成像聲音竟有些微微顫抖：「你可感覺到一股戾氣在全身遊走，在什麼穴位？」

小弦神智倒是無比清醒，體內感覺分外清晰，順著那股異氣移動的方向叫出穴道的名字：「天池、大包、梁門、中完……」

景成像的手指隨著小弦言語而動，打斷他道：「是中脘吧。」

小弦臉上一紅，知道自己定是認錯了字，口中仍是大呼小叫不停：「不對，又移到了神、神什麼穴……」原來那股異氣正在內息集中處，越行越慢，又緩緩移到了神闕穴。小弦不認識那個「闕」字，雖是性命關頭，也不願意再念錯字了。

景成像一聽立知其意：「六月蛹」氣先走手厥陰心包經的天池穴，轉足太陰脾經的大包穴，再行足陽明胃經的梁門穴，最後從任脈中脘、神闕而下，必是直通丹田氣海……一般情形下「六月蛹」氣尋隙破體而出，斷不會來到氣海這等人體內息勃發之處，實不知是何故，但情勢緊急也不及多想，拇指按在小弦氣海大穴上：「到得此處，我便出手助你……」

原來小弦這幾日胡亂練功，雖進展不大，卻是將體內各機能盡數打亂，散亂渾身各處的內息急欲歸於丹田彙聚，亦將「六月蛹」一併帶來……

小弦對景成像極具信心，倒也不怕。口中尚笑道：「景大叔儘管下手好了，待我傷好了可要好好出去玩幾天……」想到來鳴佩峰十餘天，別說去溫柔鄉、翩躚樓看水柔清和花想容，便連這點睛閣是什麼樣都不知道，巴不得早日傷癒後好去舒活一下筋骨。

小弦正在胡思亂想中。景成像以指按於他小腹不動，忽抬眼望來，神情極為內疚，澀聲道：「小弦，景大叔醫術淺薄對不住你，這一指下去，只怕你終身亦不能動武了！」

「啊！」小弦大吃一驚，腦子一時尚未轉過彎來。

「你全身經脈俱損，這一生再無可能修習上乘內功……」景成像目中滿是一種複雜的痛楚之色：「莫怪叔叔，就算沒有武功，好歹也是撿回了這條性命。」

小弦腦中「嗡」地一響，少年的雄心壯志盡皆被這一句話擊得粉碎。曾幾何時，他還幻想著能隨暗器王一併闖蕩江湖、快意恩仇，而一切就在這剎那間便俱成空言！一時張大了口半句話也說不出來，心中驟覺萬念俱灰，生不若死！

恍惚中，小弦但覺景成像輕飄飄地一指按下，似有什麼東西驀然跳出了體外，然後又有一股勁力直透各處經脈間，體內一炸，渾身欲裂，大叫一聲，昏暈過去……

小弦傷勢初癒，蒙頭大睡了幾天。

景成像給小弦服下軟筋散的解藥，一切均如從前，再無手足痠軟之狀。只是每每想及那些經脈穴道，體內雖隱有一絲感應，卻再不似前幾日那般意動氣生、猶使臂指。而小腹下氣海大穴更是窒悶生滯，如疊塊壘。

要知武學高手平日修身練氣，全賴體內相通的經脈將渾身各處散氣聚於氣海丹田，再沿四肢各經脈發出，就如雪融成水、集水成川、百川匯海般將體內潛能集於一處，方能有飛花傷人、隔山打牛等等常人不及的種種異能。

而景成像那一指不但引出「六月蛹」氣，亦令小弦全身經脈大損、更是傷及丹田氣海。縱使小弦日後再修習武功，雖仍可汲天地精華，卻無處彙集。就若零星水珠散亂各處不能彙聚成流，便斷不能再有驚濤駭浪、翻騰咆湧之勢。

其實小弦目前僅是傷及經脈與丹田要穴，令散亂內息無法集聚，其他均與常人無異。但景成像本就覺得對小弦有愧於心，再加上忙於行道大會前的諸般準備事宜，有意避開與他見面，就連一日三餐都是使下人送來，更沒有機會解釋其中的道理。

小弦不明其理，還以為自己這一生已與廢人無異，心頭氣苦，沮喪萬分，也不去找水柔清和花想容，每日昏睡，房門也不出。或是隨便翻翻書，或是對著空屋發呆，也不知在想些什麼……

這日在書櫃中看到一本《老子》，《天命寶典》本就傳承老莊易經之學，常常引用老莊之語以做注釋。許漠洋未讀過《天命寶典》，均是巧拙口授，對小弦也只是略加講解一二，是以小弦雖是心灰意冷至極，見到這本頗熟悉的《老子》，終耐不住好奇拿來翻看。

似懂非懂中，忽讀到一句「天之道，其猶張弓。」由這個「弓」字便驀然想到了暗器王林青。

算來到鳴佩峰半月有餘，與林青也分開了近一個月的時間，想到臨別時林青之言，只怕過不了幾天暗器王便會與父親一起來接自己。

憶起在涪陵城與林青、蟲大師分別時，心頭尚滿是雄心壯志，一意日後要做個像他們一般行俠江湖、笑傲武林、頂天立地的男子漢……可誰曾想自己如今已成一個廢人，別說日後隨林青去京師挑戰明將軍，就是陪著父親重回清水小鎮亦是一個累贅……

種種思潮席捲而至，再一想到數日不見生死未卜的父親。小弦平日雖也堅強，畢竟還是個小孩子，再也按捺不住滿腹委屈淒怨，但覺悲從中來，淚水漣漣而落……

房門「吱呀」一聲響動。小弦抬頭看去，淚水迷濛中只見一個高大的身影緩緩走入房內，在床沿邊坐下。他還道是景成像來看自己，生怕他笑話，連忙擦去眼淚。

來人卻不是景成像，而是一個四十餘歲面貌極為英俊的藍衣男子。他靜靜看著小弦略顯慌亂地拭去淚水，面上沒有一絲同情之色，反是有種極為誠懇的態度。

小弦奇怪地望著來人，一時尚微微抽噎，也不說話。

二人對視一會，藍衣男子先笑了起來，一拍床沿：「來，到這裡坐下，叔叔陪你說會話。」他的聲音磁性十足，非常好聽，每一個字都似是從胸腔蹙出，充滿了一種飽經滄桑的感覺。

小弦見他一笑之下眉頭先皺成一個「川」字，再緩緩朝兩邊舒開，顯出一副與他清雋面容絕不相符的憂鬱，就如平日都少有笑容一般。

他本就是性情中人，自幼修習《天命寶典》後更是對世間萬物極為敏感，此刻心傷自身際遇，原就是心神紊亂定力大減，再聽到藍衣男子低沉渾重的聲音，一剎間似可感應到對方也是迭逢不幸，憂患實多，雖不知他來歷，卻已視作與自己同命相憐……強按心頭酸楚，緩緩坐到床邊，待得那藍衣男子的大手輕輕撫上額頭時，鼻子驀然不爭氣地一酸，只恨不能抱著這陌生的男子痛哭一場，淚水幾乎又止不住要流了下來……

藍衣人長歎，也不勸解小弦，待他心情稍稍平復，這才開口道：「我聽清兒說起過你，早想一見，只是今日方才覓得一絲閒暇。」

小弦聽他語氣彬彬有禮，更覺親近。這些日子景成像對他不管不問，每日在屋中看書發呆實是太過孤單，此刻聽到水柔清的名字，精神一振：「她還好麼？為何也不來看我？」

藍衣人微微一笑：「你這兩個小孩子倒也有趣，她在我面前總說你如何如何可惡，但不讓她來看你卻又是不依不饒……」

小弦奇道：「為什麼不讓她來看我？」

「是我不讓她來。」藍衣人肅容道：「我怕你知道自己武功全廢後，見了她會不自在。」

小弦一呆：「為什麼會不自在？」

藍衣人定睛看了小弦好久，方才緩緩道：「看來是我錯了。本以為你定是如我少年時一般的心高氣傲，誰知並非如此。」

小弦更是不解。藍衣人語出奇峰：「你覺得她是你的對頭麼？」

小弦眼中驀然跳蕩出水柔清雙手插腰趾高氣揚對自己說話的樣子，縱是臉上尚掛著未拭去的淚珠也忍不住嘻嘻一笑。隨即又想到了她的百般「可惡」之處，鼻子一哼：「是呀，她總是一副覺得自己很了不起的樣子，處處看我不順眼，我可不服氣了。不過她現在雖然懂得比我多，武功也比我高，可總有一天……」說到此處心頭猛地一震，終於明白了藍衣人所說的「不自在」是何意思：自己這一生中，至少在武功的修為上怕是再也無法趕上水柔清了。

「不錯，你現在既已知道自己再也無法練成高深的武功。」藍衣人拍拍小弦的肩膀以示安慰，口中卻半分也不客氣：「那你還願意見她麼？」

聽到藍衣人將自己武功全廢的事如此明白無誤地說出，小弦呆了半晌，一時不知應該如何回答。心想若是以後見了水柔清都要聽她的冷嘲熱諷，還真不如不見。

「我給你說個故事吧。」藍衣人面色漠然，抬頭望向屋頂，過了良久方長長吁出一口氣。

「從前有一個少年，出身名門劍派，天姿聰穎，再加上勤奮刻苦，十八歲出師，不過二年的時間便已在江湖上闖下了不小的名頭。他家世顯赫，便有一幫江湖閑客四處對人鼓吹，說什麼他是中原第一劍，一手家傳劍法出神入化、所向無敵。少年好名，卻也不加制止。當然，真正的武林高手也不屑與他爭名奪利一般見識。

「所謂少年輕狂，意氣紛揚，這個少年自此便有些目空一切，真以為自己是天下第一劍手，越發驕橫起來。

「有一日，他來到一座山中，正在流覽山中景色，忽聽到琴聲陣陣。那琴聲如高山流水，飛泉激瀑，在山谷中繚繞不休，極為悅耳。這少年本是世家出身，略通音律，平日也常常附庸風雅地彈奏幾闋，卻無論如何也想不到這世上竟有人能將琴聲彈得這麼美、這麼柔，簡直便是人間少有的仙籟天音……」

小弦見那藍衣人說到此處，微微偏起頭，面露出溫柔之色，就彷彿正在側耳傾聽什麼音韻一般。他有了聽日哭鬼故事的經歷，料到藍衣人口中所說的少年只怕就是他自己。看他如癡如醉幾近失魂落魄的樣子，似還沉醉在那日的琴韻之中。心道此人言語不俗，若非那琴聲妙到毫巔，也斷不會讓他如此失態。不由對那彈琴者大起興趣。

藍衣人呆想了好久，方又續道：「少年呆呆聽了一會，那琴聲忽變，流暢的曲意一轉為鏗鏘，只奏出一個個的單音，若斷若續，錚然有聲。那琴聲雖不成曲調，每個音節卻又是清清楚楚透入耳內，挑撥著心底最深處的一點遐思……

「那少年心知必是位高人臨山撫琴，有心相識。循聲覓去，果在山頂的一棵大樹下發現了一具古琴，可四周卻是無人。他心中奇怪，走得近了，才發現樹上竟然有一人手執著一根長索擊敲在琴弦上，怪不得那琴音忽變單一。那長索一下下擊在琴上，落勁卻是恰到好處，只奏出琴聲卻不毀壞古琴。少年心中大奇：只怕從古到今，從沒有人能如此這般地彈琴，竟還能彈奏得如此好聽……

「樹間那人見到少年上得山來，便從樹上一躍而下。那少年卻是吃了一驚：原只道能彈出這般佳妙音韻的必是位前輩老人，不料竟只是一個十七八歲的少女。

「少女面蒙輕紗，看不清相貌，但體態婀娜，身法靈動，顯也是武林中人。少年為她琴聲所動，猶覺得心中怦怦亂跳，有心結識上前搭話，言語中自不免把自己吹噓幾句……」

小弦聽到這裡，想到自己初識水柔清時亦是在涪陵城的三香閣中大擺派頭，用計賺費源的銀子像個暴發戶一般做請客之舉……才知道原來這天下少年人的心性都是略同的，見到好看的女孩子便不由自主的要擺顯一番，想到這裡心有所通，面含微笑頻頻點頭。

藍衣人繼續道：「那少女聽了他的名頭，不但不以為喜，反是臉露不屑道，『原來你就是那個什麼中原第一劍？我早想會會你，不如就在此處比劃一下。』

「少年哪會把她的武功放在眼裡，何況剛聽了她的琴聲，如何肯做這般大煞風景的事，只是推託。可那少女琴聲雖柔，言辭卻甚是犀利，極盡尖酸刻薄，一副看不起他的樣子，終惹起了那少年的火氣……」

小弦想到自己與水柔清初見時她何嘗不是如此，心頭大樂。

藍衣人眉目間滿是一種溫柔之色：「少年只怕誤傷了少女，出手時尚留有餘勁，不料幾招下來，竟給迫在下風，終在百招後被少女一索纏住足踝，跌了一個仰面朝天。

「少女哈哈大笑，『什麼中原第一劍，原來都是江湖人吹出來的。』竟然就此揚長而去。那少年本就心氣極高，剛才本是故意留手被少女占了先機，如何肯服，當下拚命追趕，一心要再比一場找回面子。那少女索法高明，輕功也是不弱，二人由江南追到塞外，又從塞外追回關中。這一路上打打停停，少年縱是偶占上風，但那少女靈動機變，各種花樣層出不窮，竟是不能奈何她半分……」

小弦見藍衣人原本頗含幾分淒苦的臉上炯炯生光，似是從回憶中找到了睽違已久的快樂，忍不住插口道：「我知道了，最後少年定是把少女打敗了，不但讓她心服口服，還讓她做了自己的妻子。」

藍衣人哈哈大笑，重重一拍小弦的肩：「好小子，真有你的。」

小弦見他這一放聲大笑意興遄飛，豪氣盡顯，不由將剛才的憂傷拋到了一邊，與他一起大笑起來。

藍衣人笑道：「那少年與少女皆是心高氣傲之輩，雖是感情日篤，卻依然是誰也不服對方，也似將彼此當做對頭一般。呵呵，縱是婚後有了寶貝女兒還常常要比劃幾下。」

小弦倒是一心想聽聽少年如何追求少女的情形，想他二人一路打打鬧鬧日久生情，必是十分的有趣，只是藍衣人不說，自己也不好出口詢問。

藍衣人漸漸止住了笑，臉上重回那份漠然：「那少女出身於江湖上一個神秘的門派，幾與世人不相往來。何況她在門中地位不菲，門中長輩自是不同意她嫁與那少年，雖經她苦苦相求依是不准，其間反反覆覆幾經爭執，二人的感情亦是飽經磨難。

「那少年愛極了她，最後便自願入贅女家。他知道那少女門中的長老大多看不起自己，有意做出一份事業，那少女支持夫君，寧可放棄自己在門中的大權，專心替他撫養女兒。少年為了賢妻愛女亦收起舊日狂傲，奮發圖強，一步步在門中隱露頭角，終於獲得了門中長老的認可與信任……」

「那少年本以為自己功成名就，也替妻子在她門中爭了一口氣。隨著年齡漸大，早忘了昔日躍馬江湖、快意恩仇的時光，只願與嬌妻愛女就這般平凡攜手到老。誰知……」藍衣人說到此處，長長歎了一聲：「誰知他卻忘了一件事。」

小弦隱隱想到了什麼，心中覺得不妙，呆呆地看著藍衣人俊面上露出痛苦之色，也不知應該如何安慰他。

藍衣人歎了幾聲，又道：「原來年齡可以長大，性格卻是不會變的。他與妻子鬥氣半生，如今自己在門中為人所敬重，而妻子左右不過只是個賢妻良母，只道自己終於壓服愛妻，偶爾不免便露出些驕狂之氣。他妻子雖是隱忍鋒芒多年，性格卻一點也未變，二人時有爭執，各不相讓，終有一日將話說得決絕，他妻子一怒之下接受了門中一項艱巨的任務，就此遠走他鄉，一意要做成一件大事來打擊他的氣焰。起初他還道愛妻不過一時賭氣，斷不會狠心留下幾歲的女兒遠走，也不肯服軟認錯。

「兩人都是一般爭強好勝的心性，這一賭氣就是好幾年，待得時日久了，彼此更是放不下那份面子……」

小弦呆呆聽著，脫口問道：「他可後悔了麼？」

「是的。」藍衣人眼中隱有一層霧濛濛的光亮：「他這些年雖強忍一口氣不去找回妻子，但每當夜深人靜時心頭確是在後悔，後悔不能放下一時的驕傲，退讓一步，害得幾歲的女兒亦是從小就失去了母親……」他轉臉望著小弦：「你可知我為何要對你說這些？」

此刻小弦已對此人的身分確定了八成，聽他如此一問，心臟驀然怦怦亂跳起來，臉上更是一片通紅，訥訥道：「我，我與清兒其實也沒有什麼……」腦間竟然立時浮上「此地無銀三百兩」的俗語來。

藍衣人疲憊一笑：「我只是給你舉個例子，這世上的許多事情原不必爭一時意氣，功成名就又如何？絕世武功又如何？有些東西失去了才會知道其珍貴，為人在世，須懂得退一步方是海闊天空。」

小弦此時方有些明白藍衣人的用意，暗罵自己剛才的一番胡思亂想：「你放心，我縱是日後不能練成絕世武功，也不會自暴自棄。」

「你能懂我的意思最好。」藍衣人點點頭：「我曾聽清兒說起你讓棋的事，心中頗多感觸。那少年若是早就有你這份容讓之心，也必不會讓妻子與他抱恨終身。」

小弦聽水柔清連被讓和棋那麼丟面子的事都告訴這藍衣人，對他的身分再無懷疑，大著膽子道：「其實叔叔現在退讓一步也來得及，我知道清兒很想念她的母親……」

藍衣人一怔，再長歎一聲：「我若能放下，早就放下了。」起身走到門口，略一頓足，轉過臉自嘲般微微一笑，輕聲道：「我還忘了給你介紹一下，我叫莫斂鋒，連老天爺都教我莫斂鋒芒呢，哈哈哈哈……」言罷再不回頭，揚長而去。

第四章

四個故事

花嗅香見小弦欲言又止，抬手截住他的話：
「今日我來此，只為對你說幾個故事。
你能領悟多少、日後何去何從，便全看你自己的造化了……」
小弦更是摸不到半分頭腦，先有莫斂鋒給他講述一番，
再有水柔梳引他來到此處，現在花嗅香又要給自己講故事。
自己一個小孩子為何一日之內得四大家族中這些重要人物的如此看重？
實在是搞不明白。

小弦在房中發了好久的呆，他早聽水柔清說起父母反目之事，卻不料其中竟有這許多的波折。他對這等兒女之情似曉非曉，聽莫斂鋒的語意，對他的妻子實是愛之極深，彼此間卻偏偏不肯放下那一份面子，實是令人歎息不已。

一時竟是大有感悟，覺得人與人之間許多事情本是簡簡單單，卻偏偏因一時意氣而鬧得如此不可開交，委實難以理解。但轉念一想，旁觀者清，當局者迷，若是自己做了莫斂鋒，又會如何呢？

他不禁搖頭苦笑，自己當初與水柔清賭氣時還不一樣，雖少了莫斂鋒那份決絕，程度卻似也相差不遠。

想到水柔清，心中不由一動，這麼久沒有見到她，也不知她如今可好。看看天色剛過午後，倒不如趁機去溫柔鄉走一趟，也可順便見識一下溫柔鄉的索峰、氣牆、劍關、刀壘。想那莫斂鋒只是劍關關主，氣度上卻絲毫不遜於景成像、物天成等四大家族的首腦人物，卻不知其餘那幾位又是何等英雄模樣？

仔細想想，自己這些日子不願出門，原因之一是否亦緣於怕見到水柔清，拿不定她若知曉自己武功全廢的消息是否又會嘲笑自己？如今聽了莫斂鋒一席話，似乎膽氣略壯，心想反正她就算武功比自己高，下棋總還是不如自己；再加上給自己找到了個去溫柔鄉見識一下的藉口，當下更不遲疑，走出門外。

點睛閣只是一間三層高的小樓，僅有景成像與幾個僕傭居住。點睛閣近百名弟子都住在樓後幾排房屋中。

小弦一出小樓便遇上幾個點睛閣的弟子，但想來他們均得過景成像的吩咐也不阻攔小弦。小弦邊走邊看，繞著點睛閣轉了幾圈後認準道路朝前山方向行去。途經通天殿時，看見許多人在殿前忙忙碌碌，設旗搭台，景成像站在殿前不斷指揮著。原來是為幾日後的行道大會做準備，看樣子這六十年一度的行道大會聲勢上倒是不弱。

景成像遠遠見到小弦，卻轉身走進殿中不與他朝面。

小弦本對這行道大會甚是好奇，但如今心知自己再與武道無緣，哪還有心去湊熱鬧，又看到景成像進入殿中，隱隱覺得他是有意避開自己，心頭微感異樣。連忙加快腳步一路小跑避開殿前眾人的目光，沿著石階一口氣下到山腳的岔路上方才停步。

到得岔路上卻又開始猶豫，不知是先往左去溫柔鄉還是先去右邊的翩躚樓。他對水柔清那份初初萌芽的感情連他自己也不甚瞭解，只覺得又想見到這個「對頭」又怕見到她，一時竟有些茫然若失。

下意識地才往左首走兩步，忽想到剛才莫斂鋒告訴自己那個故事時，還誤以為他是想把女兒許給自己，心中登時七上八下的撲通一陣亂跳，渾如那日在三香閣灌了幾杯「入喉醇」的感覺，臉上又泛起了紅，急急轉頭往右行去。

才朝右走幾步，竟恍似看到水柔清一臉壞笑指著自己鼻子大叫：「好你個小鬼頭，為什麼不先來看我要先去看容姐姐……」忙又定下身子，尋思還是先去溫柔鄉的好。

正猶豫不定間，忽聽得一陣低低的琴聲隱隱傳入耳中。聽聲辨去，琴聲正是從左首溫柔鄉的方向傳來，他剛剛聽了莫斂鋒的故事，心知溫柔鄉的女子中必有不少人精通琴技，想到莫斂鋒將那琴聲形容為人間絕無的仙籟天音，一時心癢起來，有心一見彈琴人。這下似又給自己找到一個去溫柔鄉的理由，再轉過頭往左邊道路上行去。

路兩邊是一片幽矮叢林，種著各種奇花異草，沁人心脾。悠揚的琴聲如是一彎輕淌的溪流，從林中潺潺傳來，融融流入心田。說來也奇，小弦若是走得慢些，那琴音便略微加急，似在催他行路；而稍快幾步，琴音卻又舒緩起來。也不知是琴韻在跟著他步伐的節奏，還是他已不由自主地墜入了琴聲的魔力中。

小弦不由自主地尋聲前行，在縱橫交錯的花間小道左右繞行。初時越往前走琴聲越是清晰，漸漸低不可聞，偶有一兩聲掠過耳中，如風中絮語，山澗滴水，卻更是勾起一股想細聽其中玄虛的念頭……

小弦越走越遠，卻一直不見彈琴人的影子。漸覺四周愈來愈靜，再不聞蟲啾鳥鳴之聲，只有那猶若充注著天地間最鐘秀靈氣般的琴聲在耳邊婉轉低語，鼓盪不休。

不知走了多久，越走心中越覺得一片寧和。只覺得什麼塵世煩憂、功名利祿均不過是過眼雲煙，揮手即散，一切都無需記掛於心中。

隨著琴韻放緩，小弦亦越走越慢，腦中神思恍然。似聽到那冬日一團火爐內火苗的呼呼燃燒；似聽到那衝破暗夜孤寂的脆脆蛙鳴；似聽到那裸露於清風明月下的凜凜水聲；似聽到那馳騁金戈鐵馬間兵刃的叮叮交擊；似聽到那漫捲千里的滾滾風霜……

待小弦清醒過來時，夕陽正在西天渾然欲墜，鳴佩峰巨大的陰影將自己罩在其下，緩緩移動著，似在一寸寸地驅逐那泛彩的餘暉……

小弦大吃一驚：明明記得出門前不過午後，難不成自己會在這路上昏昏然地走了近二個時辰？

一道白色的影子掠過眼中。小弦抬頭看去，數步外的一棵花樹下，一個白衣女子美麗的側影端端映在一方豔紅的落霞中。

暮霧似一方輕紗般輕輕將她圍在其中，朦朧中只見她白衣如綴流蘇，更襯得絹裙輕薄，體態盈淡。透過迷濛的霧靄，隱約可見她側臉絕美的輪廓中充斥著一種凝靜與超逸，又有種不容人輕視的莊嚴，空氣中瀰漫著一股柔淡的幽香，仿似流溢著一份哀思而不怨嗟、奮悅而不狷狂、令人澈然大悟的禪意……

小弦揉了揉眼睛，如果這是一幅畫，那她一定就是畫中的仙子。

「你醒了。」白衣女子淡淡道。她的聲音輕矜而虛渺，恍似近在耳邊低語，又似遠在天邊傳音。

「清……」小弦才一出口立時啞然收聲。雖然這個女子從側面看起來很像水柔清，但卻有種水柔清不能比擬的矜嚴氣質，若水中的客愁，若絲蘿的幽夢。

白衣女子轉過臉來：「清兒哪有我這麼老？」

高盤的髮髻，柔順的長髮，雅淡的面龐，玲瓏的眉宇……

或許，她已不再年輕，因為她已沒有迫人眼目的豔光，沒有姿肆飛揚的笑容。而且，若沒有如韶歲月的打磨，流轉年華的沖洗，亦不可能擁有她這一份傾蓋天下的絕代風華！

但小弦仍可以確定：她一點也不老！雖然，他根本看不出她的年紀。

「你是誰？」小弦瞪大了眼睛，難以置信地望著面前這位華貴氣質更多於絕世容顏的女子，恍若做了一場尚未醒來的綺夢。

白衣女子不答，垂頭輕輕撥弄著手中的一尾裹於青綢間的瑤琴，清吟道：「抱琴倚斜陽，瑤池燕啼湘。這把琴的名字便叫做『啼湘』。」

小弦望著她手上那把極具古意的瑤琴，漸漸憶起剛才的事：「是你用琴聲將我引來的？」

白衣女子輕輕點頭：「以你的微淺的武功，竟然走了五百二十七步後方被我的『繞樑餘韻』所惑。《天命寶典》果然沒有令我失望。」

小弦一怔，她竟然連自己走了多少步都知道？

不知為何，雖然那個白衣女子的語氣漠然不帶一點感情，小弦卻仍能覺出她對自己的一番誠摯的善意。不但沒有絲毫的懼怕，反而是有種很親近的感覺，脫口問道：「一般人要走多少步？」

白衣女子悠悠道：「昔日華東獨行大盜孟通，聽我這曲『繞樑餘韻』後在太行山上疾行二千四百三十三步後方才不支倒地……」

小弦本以為白衣女子誇自己走的步數較多，頗有些得意洋洋，聞言大是沮喪，自己就算武功遠不及這個什麼華東大盜，但卻比他足足少走了四倍有餘。氣呼呼地道：「你既然明知道我的武功微淺，為什麼還要如此調笑於我？」

白衣女子正色道：「不然。那孟通內力不凡，起初拚盡全力抵禦我的琴音，直走到二千一百一十七步時方才踏入我『啼湘』琴的節奏中，由入韻到暈迷亦僅有三百一十六步；而你走到第二十二步便合拍而行，卻再走了五百零五步方被琴音惑住，其間足足走了四百八十三步之多，如何能讓我不吃驚？」

小弦驚得張大眼睛：「你一定從小就精於算術。」

白衣女子忍不住微微一笑，剎時面容如平地生波，將那份矜嚴之態一掃而空：「那你可知自己為何不到三十步就應我節奏而行了麼？」

小弦一想那個華東大盜走了二千多步才踏入琴意中，自己確是比人家差得太遠，大是氣餒，噘起小嘴：「我武功差嘛。」

「你不要看不起自己。」白衣女子搖搖頭：「若是你知道你差點把我的琴韻都引到你步伐的節奏中，你又做何感想呢？」

「真的？」小弦一跳而起，拍手大笑。他的心情被這白衣女子弄得乍起乍落，時而興奮時而沮喪，卻偏偏沒有一絲一毫的不悅，只覺得在她面前可以盡情展現自己的喜怒哀樂而不怕她笑話，這種感覺確是從來沒有過，便是水柔清也常常讓他氣得暴跳如雷。

白衣女子見小弦如此興高采烈，忍不住又是一笑。她隨即醒悟到以自己靜悟多年、波止若鏡的心力竟不能及時克制情緒，居然破天荒地連連發笑，心頭微震：看來《天命寶典》確是能夠暗中惑敵於不知不覺中，果不愧是道家極典！

小弦猶是大呼小叫不停：「為什麼會這樣呢？好姑姑你告訴我吧。」

白衣女子的臉上差點又被小弦這一聲「好姑姑」叫出一份笑容，連忙運功止住。淡淡一歎：「看來景閣主果是沒有說錯，你確是深種慧根，所以我琴音一發你立生感應。也正因如此，『繞樑餘韻』這等純以精神力施為的音懾之術對你便幾乎沒有效用。」

聽白衣女子說出景成像的名字，小弦脫口問道：「你是誰？」

「都說你聰明，我卻看你是個不折不扣的笨小子。」一個似是半醉半醒的男聲驀然傳來：「如此妙韻天成，溫婉纖柔，除了溫柔鄉主水柔梳，還能有誰？」

小弦轉頭看去，一個白衣男子已不知何時出現在一旁，灑然而不經意地斜靠在一棵大樹下。同樣是雪白、不染一絲灰塵的衣衫，穿在白衣女子身上，給人呈現出一種純粹至極點的美態；而穿在這個男子身上，卻似是遮著一個懶洋洋、倦怠至極點的身影，讓人直可從那份漫不經意的神態中讀出一份薰然醉意來。

耳中猶聽那白衣女子曼聲道：「花兄過獎了，若單以琴韻而論，我便遠遠不及秀姨。」

小弦早有些想到白衣女子是溫柔鄉主水柔梳，經那白衣男子證實，倒也不見吃驚。聽水柔梳稱呼其為「花兄」，腦中靈光一閃，嘴上卻是笑嘻嘻地道：「我可不是笨小子，就算認不出溫柔鄉主，但至少還可以認出翩躚樓主嗅香公子來。」

「非也非也！你依然是個笨小子。」白衣男子誇張的大叫：「我可不是嗅香公子，我乃四非公子是也。」

小弦早聽水柔清說過這嗅香公子將自己的名號改作了「非醇酒不飲，非妙韻不聽，非佳詞不吟，非美人不看」的四非公子。只是他明明是花想容的父親，長得卻是這般年輕瀟灑，更是從骨子裡透出一股滿不在乎、玩世不恭的氣質來，看起來倒像是花想容的哥哥。

「非也非也。」小弦也不相讓，學著花嗅香的語氣大聲道：「我看你不是四非公子，而是他的弟弟五非公子？」

這下連水柔梳也忍不住開口問：「為何是五非？」

小弦吐吐舌頭：「看他一上來就說我是笨小子，只怕還有一項『非孩童不欺』才對。」言罷已是笑得直不起腰來。

花嗅香也不生氣，哈哈大笑，對水柔梳道：「奇了奇了，這小孩子見了我等這般名動江湖的人物為何一點也不驚慌？莫非在娘肚子裡就吃了驚風散麼？」他卻不知小弦這些日子來分別見了林青、蟲大師、妙手王、鬼失驚、寧徊風、龍判官、景成像、物天成等各式人物，別說見了他，就算見了天下第一高手明將軍怕也是如此悠然。

水柔梳輕輕一啐：「胡吹自己名動江湖，也不怕人家小孩子笑話。」

小弦從林青、蟲大師及花水二女的言談中早就喜歡上了這個翩躚樓主花嗅香。此刻見他言行奔放不羈，一雙眼睛中卻隱隱流露著睿智的光芒，更覺投自己所好，相比之下便是心中最為崇拜的暗器王林青亦多了一份令人不敢貿然接近的肅然之氣。聽花嗅香說自己在娘肚子裡吃了驚風散，更是樂不可支，與他笑作一團。

水柔梳看一大一小兩個男子笑得如此開懷，苦忍笑意甚覺辛苦，勉強道：「花兄既然已出場，那我就先行告辭。小弦有空不妨來溫柔鄉玩。」

花嗅香大手隨意一揮，算是給水柔梳告別，眼睛仍是望著小弦：「溫柔鄉處是英雄塚，你小小年紀可別學我到處沾花惹草。」

聽花嗅香一本正經說自己沾花惹草還頗為自得，水柔梳再也忍不住一腔笑意，連忙垂下頭深怕被二人看到。一邊走一邊輕撫啼湘琴，琴韻尚繞空中不散，人卻已然杳然無蹤。

待二人笑夠了，小弦奇道：「水姐姐為何這就走了？難道她用琴音引我來此就是為了算算我能在『繞樑餘韻』下支撐幾步麼？」

花嗅香一挑大指：「這聲水姐姐叫得好。若你也隨別人叫一聲水鄉主，我轉頭就走，半句話也不與你多說。」

小弦也不知他說的是真是假，趁勢道：「那我叫你花兄可好？」

花嗅香一愣，隨即將口附在小弦耳邊，神神秘秘地道：「只有我兩人時倒不打緊，若有別人在場你可得給我留些面子。」

小弦萬萬料不到他會應允，搖頭失笑：「不好不好，這樣容姐姐下次見我豈不該叫我叔叔了？真真是全亂了套。我看我還是勉強吃些虧，喚你一聲花叔叔吧。」

「勉強吃些虧?!」花嗅香瞪大眼睛，又是一陣開懷大笑。

小弦渾不解這四大家族中如此重要的二人為何會來找上自己，心中藏著百般疑問，偏偏這翩躚樓主不急不忙，只顧東拉西扯，一時倒真拿這個「長輩」沒有辦法。

西天驀然一黯，夕陽已落下。

小弦漸漸看不清楚花嗅香的面目，唯見那如孤峰獨聳的鼻樑下一方濃黯的陰影。

花嗅香終於止住了笑，也不說話，只是盯著小弦一語不發。

小弦被他盯得左右不自在，不知剛才還嬉笑怒罵像個孩子似的花嗅香何以一下子像變了個人。剛想說話，卻覺得對方眼中精光一閃，觸體灼然生疼，心頭就是莫名地一顫，咬住嘴唇不敢開口。

花嗅香沉吟良久，方才緩緩道：「水鄉主先以『繞樑餘韻』誘你來此，在你昏睡時又以『素心譜』試圖化去你心頭戾氣，日後有天你自當會明白她的一番苦心。」

小弦本還想譏笑他自己為何又稱水柔梳為「水鄉主」，但聽花嗅香語氣鄭重，更有那一道幾可刺透人心的目光，終於不敢太過放肆，乖乖應了一聲。心中卻不明白他語中所指的苦心是什麼？自己的傷勢不是已被景成像治好了麼？如何還會有什麼戾氣？

花嗅香見小弦欲言又止，抬手截住他的話：「今日我來此，只為對你說幾個故事。你能領悟多少、日後何去何從，便全看你自己的造化了……」

小弦更是摸不到半分頭腦，先有莫斂鋒給他講述一番，再有水柔梳引他來到此處，現在花嗅香又要給自己講故事。自己一個小孩子為何一日之內得四大家族中這些重要人物的如此看重？實在是搞不明白。

好在小弦生性隨遇而安，倒也不為此傷神，一屁股坐在地上：「好呀，我最喜歡聽故事，你說吧。」

花嗅香斜靠在樹上一動不動，卻再沒有那份懶洋洋的神態，目光仍是緊緊盯著小弦，只是不再那麼灼人。

「昔有高僧住於高山，每日肩二桶往來於山下挑水澆園。桶裂及腰，山路崎嶇，每次僅半桶而歸，旁人均惑而不解，問其何不修桶挑水，以免於徒勞？」花嗅香的語氣一轉為凝重，再不似初見時的佻然：「你猜這個高僧如何回答？」

小弦心中想出了好幾種解釋：或是高僧勤於練武，或是無聊打發時間……但見花嗅香目光閃爍，料想必是有非常答案，當下搖搖頭，不敢輕易作答。

花嗅香道：「高僧指著山路上許多不知名的野花道：若非如此，怎有沿路花開？所以我澆得不僅是園，亦有這些花。」

小弦只覺得花嗅香語中大有禪意，心中隱有所悟，卻不知如何將自己的想法表達出來。

花嗅香看著小弦凝神思索，滿意一笑：「我聽容兒說起你與水家十九姑娘下棋的事，不妨再對你說一個棋的故事。」

「原來水柔清在溫柔鄉中排行十九呀！」小弦脫口道：「嗯，溫柔鄉主水柔梳亦是『柔』字輩，看來她的輩份倒是不低……」

花嗅香似有些惱怒：「你若是想聽故事就別打岔，若是要去找她就莫聽故事。」

小弦暗中吐吐舌頭，赧然道：「我聽你說故事，保證再也不打岔了。」也不知為何，本還在想那高僧的故事，乍一聽到水柔清的消息立時便有些忘乎所以。此刻聽花嗅香如此說，不免有些不好意思。

「有人怕鬧，遷居於荒山，果然夜夜寂然無聲，一覺睡到天明。不料過了一個月，每晚卻總能聽到有二人在下棋，那下棋二人雖從不交談，但每一手棋子拍於木盤上皆是怦怦有聲，吵得他再也睡不著。他本想喝斥，轉念一想這等荒山野嶺中如何會有二人下棋，莫不是山精鬼魅？心中害怕，不敢多說。時日久了，漸漸習慣了那頗有節奏的棋聲，倒亦可安然入眠。如此又過了數月，有一日此人大醉而歸，半夜酒醒，忽覺棋聲擾人，借著尚未散去的酒力，放聲大罵起來。棋聲驀然而止，以後再不可聞。只不過……」說到這裡，花嗅香呵呵一笑：「只不過這之後他夜夜惦念著那一聲聲棋子敲盤的聲音，反倒是再也睡不著了。」

「哈哈哈哈。」小弦聽得津津有味，初時尚以為是什麼神怪故事，誰知卻會是如此滑稽的結局，忍不住大笑起來。

花嗅香一本正經地問：「你可聽懂了麼？不妨說說你笑什麼？」

小弦一時語塞，呆呆地道：「我覺得那兩個鬼倒是挺可愛的，膽子那麼小，聽人一聲大喝就嚇跑了。」

花嗅香一愣，似是自言自語地道：「誰說你有慧根？我看仍不過是一個笨小子嘛。」

小弦臉一紅，隱隱捕到一線寓意，似有所悟。

花嗅香也不解釋：「你既然喜歡鬼，我便再給你講個鬼故事。」

小弦已知這看似遊戲風塵實則胸中大有玄機的翩躚樓主必是在借機點化自己，緩緩點頭，倒不似剛才那麼興奮，反是多了一份專注。

花嗅香又講道：「一人被仇家陷害喪命，一縷幽魂飄至奈何橋。孟婆勸湯道：『飲之可忘前生因果，投胎重新做人。』其人道：『吾死太冤，若不轉世復仇難消心頭大恨。』當下拒飲孟婆湯，徑投輪迴谷。來生果有上世記憶，自幼便苦練武功，執意要找那仇家一雪前生之怨。不料遍尋多年不得，年紀漸長，倒成了江湖中有名的一位俠客。皇天不負有心人，幾經尋訪，總算給他找到了仇家，原來那仇家轉世後卻只是一個酒店的小夥計。俠客不願蒙殘殺無辜的罪名一劍殺死仇家，便依著江湖規矩光明正大地給那夥計下書約戰於某日……」

小弦聽到此處忍不住道：「這算什麼？人家一個小夥計如何是他的對手，與殘殺無辜又有何區別？」

花嗅香一愣：「可那夥計的前世卻害死了他啊！」

小弦搖頭道：「前世歸前世，今生是今生。似他這般強逼著人家尋上世的仇怨又與父債子還有何差別？根本就算不得是個俠客。」

花嗅香料不到這小孩子竟然看得如此通透，長歎道：「早知如此，我或許都不必對你講這些故事了。」

小弦聽了一半的故事，哪裡肯依：「我不插話了，你繼續講吧。那個夥計可是被他殺了麼？」

花嗅香呆了半晌，又講道：「一個大俠去找夥計決鬥，江湖上的議論紛紛也不必說了。到了約定那日他去了酒店，先驅走旁人，與那夥計對飲一番，再將自己為何要殺他的道理一一說來，這才提劍欲殺之。卻不料一拔劍才發現自己氣力全無，竟是早中了那夥計在酒中下的毒。這倒也怪不得那夥計，不通武功唯有用毒方可保全自己的性命。於是，他便再次死於那仇家之手，你說這豈不是冤到家了麼？」

小弦料不到會是這般哭笑不得的結果，又是好笑又是同情，覺得那人實是倒楣透頂。

卻聽花嗅香繼續道：「這一次他死得更是不甘心，冤魂直闖閻王殿，欲要質問閻王為何如此待他？誰知那閻王卻是振振有詞，亮出通玄鏡讓他看看自己三生三世的境遇。你道如何？原來在二世前他的那個仇家卻是冤死在他的手上，上一世不過是二世前的報應，而今生的恩怨原不過是一次新的輪迴，如此冤冤相報，卻不知何時方休……那人看罷通玄鏡，長歎一聲，端起孟婆湯一飲而盡……」

聽完這個故事，小弦心頭湧上萬般感觸，欲言終又止，唯有長歎一聲。

花嗅香淡然道：「你可有所明白麼？」

小弦點點頭，似是能心領神會地捕捉到了什麼關鍵，卻又覺得一陣恍惚，復又搖搖頭。

花嗅香也不追問：「你現在不明白原也不足為奇，日後待你長大了，懂得事情多了，總會有所裨益。」

小弦眨眨眼睛：「還有故事麼？」

「你小子倒是貪心。」花嗅香失笑道：「也罷，再給你說一個故事，然後便給我乖乖回去睡覺。這幾天大家都忙於行道大會之事，過段時間我讓容兒帶你來翩躚樓玩耍幾日，我們再好好聊聊。」

小弦本想要問問行道大會之事，卻又記掛著花嗅香的故事，連連點頭。

花嗅香道：「一人立下宏願歸依佛道，便離家西行以求佛祖收其為徒。途經千山萬水，百種艱辛，終一日抵。佛祖問其路上所見，卻懵然不知。佛祖道：『你無慧根，可回。』他苦求不遂，悶而復歸。一時只覺人生無求，萬念俱灰，索性見山遊山，見水玩水，將情懷托寄於山水怡色之中。一路上姍姍歸來，忽見佛祖立於家門，笑曰：『如今可知途中所見？』其人大悟，遂拜入佛門，終成正果。」

小弦大叫一聲，剎時福至心靈：「我若是那人便不會拜佛祖為師。」

「哦。」這次倒是花嗅香不明白了：「為什麼？」

「因為……」小弦臉上現出一種從未有過的嚴肅，一字一句道：「他已是佛！」

花嗅香愣了好久，方才一拍雙掌，哈哈大笑起來：「好小子，居然比我還想得透。看來我這四個故事果是沒有白講。」

小弦肅而不語，眼望沉沉暮色。這一刻，猶若於黑暗中見到一盈稍縱即逝的亮光，忽覺得自己已然長大了！

二人靜默一會。花嗅香一把抱起小弦，幾個起落後便來到通天殿前，放下小弦，示意讓其回點睛閣。

小弦心裡實不願回到那空曠的小房間裡，靜足不前。

花嗅香明白他的意思，笑道：「我知道你心裡必有許多疑問，便允許你問我一個問題，保證知無不言。」

小弦有心再與花嗅香多說幾句話，嘻嘻一笑：「這多不公平，不如我們各問對方一個問題好了。」

花嗅香大笑頷首，覺得這小孩實是太有意思了。他只有一子一女，相較起女兒花想容名門閨秀般的矜持淡雅、兒子花濺淚略顯迂腐的至情至性，倒是小弦更合自己的脾胃。

小弦目光頑皮，伸出一個指頭：「你先問我好了，不過只有一個問題，要好好珍惜哦。」

花嗅香心中一動，脫口問道：「暗器王是什麼樣的人？」原來他見女兒回來後神思不屬如像變了個人，略加探聽立知花想容鍾情於林青之事，這個問題倒是替女兒問的。

小弦料不到花嗅香竟然問這個問題，仔細回想林青的英俊相貌、凜傲氣度，卻猶不知應該從何說起。

花嗅香原是隨口一問，見小弦面有難色，心想這個問題原非一兩句話能說得清楚，反正過些日子暗器王會來鳴佩峰，現在也不必太為難小弦，微微一笑：「你若說不出來也就罷了，現在你來問我吧。」

小弦卻是靈機一動：「我來到鳴佩峰足有半個月了，卻只見過四個男子：你、景大叔、溫柔鄉劍關的莫斂鋒莫叔叔與英雄塚主物二叔。除了景大叔，若是把你們三人加在一起，那便是暗器王了。」他自覺解答得極妙，興奮得手舞足蹈。

花嗅香著實一愣。物天成、莫斂鋒與自己可以說是截然不同的三個人，如果暗器王能集物天成的蓋世豪氣、莫斂鋒的倔強孤傲與自己的俊逸瀟脫於一身，倒真想像不出會是何等模樣？難怪一向眼高於頂的女兒花想容能對林青一見傾心……

他不願為此事多想，對小弦笑道：「現在應該你問我一個問題了，可準備好了麼？」

小弦心中大是猶豫，這些天來似是發生了許多事情。想到景成像有意無意地躲避自己；物天成見到自己時的奇怪說話；通天殿那不知何許人的天后雕像；嗚佩峰後山的禁忌；御泠堂與四大家族的關係……又想知道溫柔鄉那尚未見過的索峰、氣牆與刀壘的主人是誰；六十年一度的行道大會到底是怎麼回事；還想再問問水柔清的情況……一時千種念頭在心頭翻騰，竟不知道從何問起。

他見花嗅香一副胸有成竹的樣子，好勝心大起。心道反正這許多問題一時也問不完，索性問一個最出他意料的問題。眼珠一轉，清清喉嚨：「我的問題是——你有多大年紀了？為什麼我看你那麼年輕，就像容姐姐的兄長一般？」

饒是花嗅香千算萬算，也想不到小弦問出這麼一個無關緊要的問題。聽小弦說到花想容的兄長，不由想到兒子花濺淚，也不知蟲大師是否能將他找回來？他生性灑脫，略略一呆復又哈哈大笑起來：「我中年得子，如今已達知天命之年。四大家族的各掌門中，除了水鄉主尚不到四十，你景大叔和物二叔亦都已是年過花甲了。」

小弦訝道：「為什麼你和水姐姐看起來都那麼年輕，而景大叔和物二叔看起來卻要老得多呢？」

花嗅香眉宇一沉：「這算第二個問題吧？」

小弦耍賴似地搖搖花嗅香的手：「當然不算第二個問題啦，你可說過要如實回答我的……」

「好吧好吧。」花嗅香拗不過小弦，側起頭將臉湊到一朵花上，似在聞其香氣，望著小弦，眉目中滿是笑意：「你可知我為何名叫嗅香麼？」

小弦奇道：「難道就因為你喜歡嗅花香麼？」

花嗅香笑道：「因為斷根的花過夜即敗，所以我便只是嗅香而非摘香。這個答案你可滿意麼？」

小弦恍然有悟。自從見到花嗅香以來，雖是他常常嘻言笑語若毫無機心的孩童，但句句皆含有一種深深的玄意。有心聽他多說些話，故意搖搖頭：「不滿意不滿意。你這個回答最多只解釋了為何自己看起來這般年輕，卻沒有說及其他人。物二叔先不必說，但至少我看景大叔也應該算是個愛花之人吧……」

花嗅香昂首望天，良久不語。小弦看花嗅香的神情肅然，心頭打鼓，不知是否自己問錯了什麼。

「人有所思，形諸於色。」花嗅香沉聲道：「我與水鄉主皆是袖手塵事逍遙世外的性子，而景大哥與物二哥卻都視祖上遺命為不可推卸的責任，自然要容易老得多了。」

小弦心中大奇：「有什麼祖上遺命？」

花嗅香眼中暴起精光，旋即黯下：「這個問題我已經可以不答了。」

小弦噘起嘴：「不答就不答吧，我遲早會知道。」

花嗅香長歎一聲：「這件事你最好還是越晚知道越好。」亦不多言，就此飄然而去。

小弦回到點睛閣的時候已是深夜了，景成像見他這麼晚才回來卻也不多問，隨便囑咐幾句便匆匆離去。

小弦躺在床上思潮起伏。這一日發生的種種事情逐一襲上心頭，只覺得這神秘的四大家族中實是有太多難解的謎團，思來想去，小腦袋想得生疼，就連武功被廢之事都淡忘了。輾轉到半夜三更時分，仍不能眠。

好不容易睡著了，在夢中似進入了花嗅香所講的四個故事中，猶見那挑水的高僧、復仇的劍客、荒野的棋枰、求道的過客……最後卻是來到一座大山中，循著那渾若仙音的琴聲來到山頂上，撫琴的溫柔鄉主水柔梳轉臉對他一笑，卻忽地變做了水柔清……

第二天，小弦一覺醒來，竟已是日上三竿。

桌上放著一碗清粥，兩個雞蛋，卻不知景成像何時送來的，想是看他睡著香甜不忍打攪。小弦心想：景大叔雖然沒有完全治好自己的傷，對自己確是真的不錯。

小弦正覺腹中饑火中燒，爬起身來幾口將一碗粥喝個底朝天，慢慢吃著雞蛋，尋思是否去溫柔鄉見見水柔清。

突然想到昨日莫斂鋒既然來過與自己說了那些話，自然不會再阻攔水柔清來見自己，而她卻為何現在還不來，或許她自有她的玩伴，本就看不起自己這個廢人……

一念至此，頓覺自卑。又想到昨夜花嗅香說起這幾日四大家族正忙於六十年一度的行道大會之事，只怕整個鳴佩峰上就只有自己一人如此清閒，又何必去打擾別人……

似他這般年齡正值情芽初萌的男孩子本就敏感多心，加上對水柔清那份說不清道不明的感情在心頭作祟，不免疑神疑鬼一番，索性拿定主意要等她先來見自己。

只是他實在閑極無聊，翻了幾頁醫書也覺無味。望著對面的大書櫃，心想或許其中還有什麼可看之書，當下便去書櫃中一陣亂翻。

抽出一本厚書，卻見其後櫃面上鑲著一根銅管，隱隱還有細微的語聲傳來，卻是聽不清楚。他雖知偷聽他人說話不合江湖規矩，終耐不住心中好奇，便抬張椅子墊在腳下，伏耳過去傾聽。

原來那銅管正接在點睛閣數步外的通天殿中，卻是景成像以防有人擅闖通天殿所用，誰曾想鬼使神差地被小弦發現了書櫃後的秘密。

只聽見一人低聲道：「若是林青知道了這件事，只怕不肯干休，景大哥打算瞞著他麼？」正是那英雄塚主物天成的聲音。

景成像的聲音緩緩從銅管中傳來：「這畢竟不是什麼光明磊落之事，我這幾日心中總在回想，實是愧意難當。屆時便將其中因果都告訴暗器王，若他不肯甘休，我接著便是。」

小弦乍然聽到林青的名字，再細細分辨物天成與景成像的語意，心中一震：莫不是四大家族要對暗器王不利？連忙凝神細聽。

銅管中又傳來物天成的聲音：「這樣也好，昨日水四妹與花三弟都分別見了那孩子，依他二人的心性，必是對此事極度不滿，縱是景大哥不說，只怕他二人也會告訴林青。」停了一下，又和言相勸道：「景大哥也不必太過擔心，反正如今木已成舟，我想暗器王總不至於為了一個孩子便與四大家族反目成仇吧……」

景成像沉默良久，方才顫聲道：「此事全是我一人所為，與四大家族的名譽並無關係。最多也便是自廢武功謝罪……」

物天成急急打斷景成像的話：「景大哥乃家族之首，身懷天后遺命，何須因一個孩子而內疚至此？」

景成像長歎道：「我自問一生從不虧欠他人，唯有此事令我這幾日寢食難安。若是手下不明真相的弟子得知此事，更難服眾，這個家族之首實是愧不敢當，日後我若有什麼差遲，便由你接管四大家族之事，務要承祖宗遺訓，盡心輔佐少主，以成大業……」

物天成亦是一歎：「我雖見那孩子容貌與少主相沖相犯，心中對此事亦是頗多疑慮。何況憑少主的蓋世武功、經韜緯略，這孩子亦未必真能給他威脅。而我們這般逆天行事，是禍是福實難斷言……」

「你也不必多想，反正事已至此悔之晚矣。」景成像毅然道：「我景家世代忠心耿耿，稟承天后遺訓，絕計不容少主受到半分傷害……」

小弦聽到這裡，一顆心已驀然沉了下去，變得冰涼。

他何等聰明，從這幾句話中已判斷出景成像竟是故意借治傷為名廢去自己武功，怪不得總覺景成像在躲著自己，原來竟是有愧於心。

小弦心念電轉，剎時明白了一切原委：難怪昨日莫斂鋒、水柔梳、花嗅香這三位四大家族中的重要人物都會蹊蹺地找上自己，定是知道了景成像的所做所為以示補償；怪不得水柔梳要用什麼「素心譜」化去自己的戾氣，原來是要化去自己心中怨氣才對；怪不得花嗅香要講那些故事給自己聽，妄想用什麼宿命恩怨的道理點化自己……他們原來是怕林青知道此事後與四大家族為難！

他雖是修習過《天命寶典》，對世間萬物自有一種不縈於心的冷靜。但這個消息實是太過驚人，如晴天霹靂般將他對四大家族的種種好感一掃而空，更有一種被這些大人物玩於股掌間的憤怒。

他自幼生長在民風純樸的清水小鎮，根本料想不到這世間竟會有景成像這等人物：表面上對自己關切有加，暗中卻使出這樣的毒計。就是與那口蜜腹劍的寧徊風相較尚有不如，十足一個偽君子。若不是自己在無意間聽到這段對話，心中還會萬分感激景成像治好了自己的傷……

小弦越想越恨，拚命忍住奪眶而出的眼淚，狠狠將手中的書砸在地上，轉過身將桌椅一陣亂踢，發洩著滿腹怨氣：什麼四大家族，全是些沽名釣譽、虛情假義之輩，對自己這樣一個小孩子亦是這般不擇手段……

他初嘗人心險惡，反是將景成像的用心想得加倍不堪。甚至連水柔梳、花嗅香等人的用意也懷疑起來，只道這四大家族的人皆是一丘之貉，如此對待不過是讓自己安心留在鳴佩峰以做人質，下一步才好對付林青。

桌上的粥碗落地，砰然粉碎，瓷片四濺。

這響聲讓小弦稍稍冷靜下來，一個念頭由心底騰然而起：我定要從這裡逃出去，絕不能讓他們再利用我來對林叔叔有任何傷害……

小弦想到這裡，更不遲疑，飛速穿好衣服，悄悄走出屋外。他知道通天殿離點睛閣相距極近不足百步，若是從前門出去定會被人看見，當下便從點睛閣的後門閃出。

點睛閣後面本是點睛閣弟子的居所。所幸再過幾日便是行道大會，點睛閣弟子都去了通天殿，加上平日也無人敢擅闖鳴佩峰，竟無人守衛。

小弦穿過幾排房屋，被那道林牆擋住去路。林牆排列緊密，間中僅餘幾寸的間隙，小弦雖然體瘦，卻也擠不過去。再看看高及數丈的白楊，縱能攀上只怕亦會立即被人發現，當下便沿著林牆行走，欲找個可容自己鑽出的缺口。

一直走了近百步，方才發現林牆上露出一道一丈多寬的出口，卻被一大叢荊棘封鎖起來。透過荊棘林縫望去，只見一大片的樹林，隱還有一條羊腸小路通在林間……

小弦心中一動，知道這必是景成像所提及的後山禁地。他一心逃出鳴佩峰，心想這後山既然是禁地，四大家族的人應該不會來此處找尋自己。當下顧不得荊棘尖利，用手撥開一道可容自己鑽過的縫隙，幾經周折總算從這片荊棘叢中鑽了過去。他心思細密，怕被人發現自己逃入後山，重又用荊棘將縫隙填好，忙出了一身的汗，尖刺將小手劃得鮮血淋漓，連身上的衣衫亦被劃得七零八落。

小弦稍稍休息一會，望著前方那一片黑沉沉的樹林，心頭亦是有些發虛，不知其中是否會有什麼毒蛇猛獸。可事已至此，斷沒有回頭的道理，將心一橫，便沿著那小路朝樹林中走去。

那小路蜿蜒而下，久未有人通行，鋪著厚厚的一層落葉，踏足上去如地毯般輕軟。小弦只恐其間有蛇蟲，找了根樹枝一面探路一面緩緩前行，棍頭點處，只覺土質甚為堅固，撥開枯葉，其下竟也是以青石鋪就，不過比起前山那些青石板卻是厚闊了許多。

走了半里路的樣子，約莫已下到半山腰處，山風透林而入，更顯得林影幢幢，陰風習習。雖是白日午間，卻是越見荒涼。

小弦自小便在山野中長大，倒也不見驚慌，只是想到身上一點食物清水也無，也不知這裡下山還有多遠，路上若能找到果樹須得多採集一些；又想到身無利器，若是碰上什麼野獸就糟了……正在胡思亂想間，恰好看到右手方有一根大木棒橫於二枝樹椏間，那木棒約有兒臂粗細，一頭尖利，正是一件上好的防身武器。小弦心中大喜，便伸手去取。

剛剛走近那樹椏，突覺腳下輕輕一震盪，只聽得左側樹林間發出一聲響動。回首一看，卻是有一塊重達百餘斤的大石驀然由林中拋出，帶著忽忽風聲直向小弦的後腦襲來……

小弦大吃一驚，還好那大石雖是來勢凶猛，速度卻甚緩，只是大石封住了左方與後面，右邊又正好是一棵大樹，迫不得已只好往前跨出一步。腳下又是一震，那支橫於樹椏間的木棒迎著小弦的來勢倏然射出，就似是小弦湊身往前撞上去一般。

那木棒來速亦不很急，只是若往後退讓必和那大石相撞，小弦躲無可躲，還好動念得快，一矮身往右邊大樹邊上一靠，以求避開木棒……

尚未等鬆口氣，大樹猛一晃蕩，腳下一緊，一根野藤驀然彈起，先收縮再拉扯，就如一個活套般正正箍在小弦的小腿上。

小弦一聲驚呼都來不及喊出口，便頭下腳上地從那大石與木棒交錯而過的縫隙中被野藤倒吊而起。

「砰砰砰」連響三聲，頭兩聲是大石與木棒分別擊在樹幹上，第三聲卻是那野藤在空中斷裂，又將小弦重重摔了下來。幸好地下是厚厚數層枯葉，才不至於有骨折頸斷之禍。即便如此，也將小弦摔了個七葷八素，眼冒金星。

這機關設計得極為巧妙，大石與木棒來勢緩慢全是障眼之法，那根野藤方是關鍵所在，竟是算好了中伏者躲避的方向，意在生擒。若不是那野藤年久朽壞，只怕現在小弦已被倒掛在半空中了。

小弦被摔入樹林深處，趴在地上，半晌未回過氣來。等了許久看四周再無動靜，方才緩緩爬起身來，揉一揉摔得生疼的脖頸。他心知必是剛才腳下踩到了什麼機關，可現在地上到處都是枯枝敗葉，根本看不出機關設在什麼地方。小弦在林間呆立良久，眼睜睜地望著數十步外的青石小路，竟是不敢隨便出腳。

「你是何人？為何擅闖後山禁地？」一個蒼老雄勁的聲音驀然傳入小弦耳中。

小弦只覺那聲音似是近在耳邊，抬頭四顧卻是不見半個人影。正要回答說自己乃是四大家族的弟子，轉念一想，此處既是四大家族的禁地，景成像又一再叮囑不得擅闖，誰知對擅闖禁地的本門弟子定了什麼家法，當下住口不答，一心要將那人激出來。

「好吧，你不說話便留在這吧。」那人卻不急於現身，悠然道。

小弦被那巧妙的機關懾住了，心想寧可落入這人的手中也好過現在困於這危機四伏的樹林中，連忙大聲叫道：「那你先把我救出來，我便告訴你我是誰。」

「你一個小孩子，倒會給老夫講條件。」那人口中嘖嘖有聲：「看這路上腳步的痕跡你應是從前山而來，若非本門弟子可不管你。」

小弦聽他口氣應也是四大家族的人物，口中含混道：「外人如何能輕易到四大家族中……」

「這倒也是。你是點睛閣的傳人麼？」那人似是不再懷疑小弦的身分。

小弦對景成像一肚子怨氣，如何肯認，連連搖頭。

那人倒不著急，又不緊不慢地問道：「莫非你是溫柔鄉的外姓弟子？」

小弦心想讓他這般問下去遲早會現出馬腳來，不答反問道：「你為什麼不猜我是翩躚樓的人？」

那人嘿嘿一笑：「花家子弟從來都是俊逸風流，若是有個你這樣的醜小子，只怕愧對祖先。」

小弦聽他諷刺自己長相醜陋，心頭大怒，又不知如何反駁，忽想到昨日剛從

《老子》中讀到一段話，強忍著氣道：「美之與惡，相去若何。前輩以貌取人，豈不有失風範。」

那人似是呆了一下：「看不出你這小孩還懂得不少道理。好吧，算是老夫說錯了，先給你道聲歉。」

小弦料不到他會直承其錯，自己倒不好意思起來，喃喃道：「長相都是父母給的，我也是身不由己啊……」

那人哈哈大笑起來：「是極是極，想我當年雖是口上不說，心裡亦是非常妒忌翩躚樓主花柏生的那張小白臉。」

小弦奇道：「翩躚樓主是四非公子花嗅香呀，這個花柏生又是誰？」

那人一歎：「嗅香都做樓主了麼？花柏生老來得子，我上次見嗅香還是一個三四歲的小孩子呢。」

小弦更是吃驚：「那是什麼時候的事？」

那人沉吟一會，似在默算年份，又長歎一聲：「山中一日，人間千年。嘿嘿，這一閉關竟就是近五十年的光景了。」

小弦已知此人定是四大家族中的長輩，聽他口氣比花嗅香、景成像等人至少高出一輩，卻不知為何會在此處閉關五十年之久？這後山為何又是四大家族的禁地？

正苦思難解，卻聽那人語氣忽冷：「老夫已可確定你非點睛閣與翩躚樓弟子，只怕水家女子也不會生下你這份相貌，你到底是何人？」

小弦心想此人既然只記得數十年前花嗅香的模樣，怕是閉關久不見外人，自己倒不妨瞎說一氣或可蒙混過關：「前輩的眼光果然厲害，我是英雄塚的弟子。」

「胡說。」那人斥道：「你若是英雄塚的弟子，如何會不識這遊仙陣？」

小弦恍然大悟，他聽父親說起過英雄塚傳人皆是精通機關消息學，怪不得這人一口咬定自己不是英雄塚的弟子。口中猶強辯道：「這裡到處都是落葉，教我如何能認得出來這便是遊仙陣法。」

「好個嘴硬的小傢伙！」那人失笑道：「既然如此，那你現在知道了陣法名目，便自己走出來吧。只要你能走出來，老夫絕不再為難你。」

小弦大是頭痛，想到剛才差點被大石木棒擊中，又被莫名其妙地倒吊起來，如何還敢亂走，索性拿出耍賴的法寶：「我學藝不精，早忘了這遊仙陣應該怎麼走……」

「倒要看你嘴硬到什麼時候？」那人又是一陣大笑：「好吧，老夫便告訴你：坎三離七，師六履一，轉小畜三步，再踏明夷二步，如此反覆便可走出這遊仙陣。」聽他口音應是年齡極大，偏偏心性卻是半分不肯容讓。一意讓小弦自露破綻，口中所說的都是伏羲六十四卦的方位，若非精研機關術之人定是懵然不知。

哪知《天命寶典》原就出於老莊與易經之學，小弦自幼便對這伏羲六十四卦了然於胸，當下心中默算方位，按那人所說左轉右繞，果然平安無事地走回青石小路上來。

「咦！」那人一驚：「原來你果然是英雄塚的弟子。」

小弦大是得意：「前輩剛才說只要我能走出來便不為難我，說話到底算不算數呀？」

「想老夫縱橫江湖多年，如何會與你一個孩子計較，答應的事自不會耍賴。」那人傲然道：「你小小年紀便如此精通本門機關消息術，倒是難得。不知你師父是哪一位？物天成還是物天曉？」

「機關消息術有什麼了不起？」小弦聽那人誇獎，拍手一笑：「我認識英雄塚主物天成。那個物天曉是什麼人？是物天成的兄弟麼？」他畢竟缺少江湖經驗，雖然有心蒙混過關，但如此直呼物天成的名字，自然一下就讓人知道他非是英雄塚的弟子了。

「天曉是天成的師弟。」那人也不急於揭破小弦，隨口答了一句又問道：「你這小孩子既然認識天成，必然亦知道這後山是四大家族的禁地，為何還要擅闖？」

小弦語塞，眼珠一轉：「可沒有人對我說過這是禁地，既然如此我這便下山，日後再來看望前輩。」說罷急急朝前走去，心中卻想若是走了定是一輩子也不會再來這裡了。

那人沉聲歎道：「老夫閉關多年，這幫徒子徒孫越發不爭氣，竟然讓一個外人闖到後山禁地來，真是氣煞我也。」

小弦聽他口說氣煞，語氣卻是平淡無波毫無生氣之意。忽想到他雖是說不難為自己，但若是叫來什麼徒子徒孫抓自己可是大大不妙，連忙道：「前輩隱居多年，必是寂寞得很。通天殿正在準備行道大會，你倒不妨去看看熱鬧。」

那人不語，只是嘿嘿冷笑。小弦看不到他的影子，那笑聲卻是近在耳邊，心中發毛，不知他打什麼主意。加快腳步，口中猶叫道：「前輩既然說好不難為我，若是叫人幫忙可也不算本事。」

那人哈哈大笑：「老夫一世英名，豈會與你黃毛小兒一般見識……」小弦才稍稍放下一顆心，卻又聽他續道：「不過你竟然連行道大會之事都知道，若是不問個清楚，豈不是讓人將我四大家族都看扁了？」

小弦聞言大驚，又不敢往樹林中躲，只得一路飛奔，聽這人的聲音如此蒼老，只希望他人老體弱趕不上自己……

只聽得那人一聲呼哨，一道黑影從天而降，一把將小弦抓起。抱著他在空中連翻幾個跟斗，直往數步外的一個山洞中撲去。其勢道之疾、速度之快，簡直不似人力所為。

「你……」小弦才來得及吐出一個字，只覺得天旋地轉，耳邊呼呼風響，腦中一暈，下意識閉上眼睛，後面的話盡皆吞回肚中。

忽覺身子一沉，已踏在實地上。小弦這才敢睜開眼睛，卻見已來到一個山洞中，面前一個老人負手而立。

那老人皓首蒼顏，一頭白髮披垂至腰，連眉毛都是花白的，只怕是足有百歲高齡。上身裸露無衣，只在腰下圍著樹葉紮成的短裙遮羞，對照著他一頭白眉白髮，看起來不倫不類至極。

小弦心頭不忿，質問道：「你為何說話不算話？」但見那老人一雙精光閃閃的眼睛如刀槍般刺來，連忙止聲。

老人嘿嘿冷笑：「你休得胡說，老夫如何會騙你一個小孩子。你看清楚，抓你來的是青兒，老夫可沒有出手。」

小弦這才發現他旁邊還蹲坐著一隻猴子。那猴子個頭極大，一身毛髮零零疏疏，露出青白色的皮膚，腰下竟也如老人一般圍著樹葉，忽閃忽閃的眼睛正好奇地盯著小弦。

小弦方明白剛才抓自己來洞中的竟是這隻大猴子，怪不得在空中翻得頭都暈了。鼻中哼了一聲：「反正我總算見識四大家族的假仁假義、口蜜腹劍、笑裡藏刀、虛情假義……」一時將能想出來的成語都用上了。

老人也不喝止小弦，由得他亂說一氣，臉上一片漠然毫無表情。那隻名喚青兒的大猴子卻對著小弦咧開大嘴，齜著一口白森森的尖牙嘶嘶而叫。小弦嚇了一跳，不敢再說。

老人沉聲道：「你小孩子懂得什麼？我四大家族最重承諾，老夫之所以讓青兒抓你來還不是因為你擅闖禁地，形跡可疑。你老實說到這裡來是受何人主使？竟然還知道行道大會的名字？」

小弦大聲道：「沒有人主使我。若不是被你們四大家族逼得走投無路，我才不願意到這來呢……」

「笑話！」老人冷冷截住小弦的話，不屑地一聳肩：「我四大家族縱不是什麼名門正派，卻也絕計不會欺負你一個小孩子。若不講實話我也不打罵於你，便把你重新放在那遊仙陣中……」說到這突想到小弦已懂得出陣之法，又厲聲道：「你如何懂得伏羲六十四卦？莫不是偷學英雄塚的機關消息學，被人發現後荒不擇路才跑到這裡來？」

小弦大叫：「誰稀罕他們什麼機關消息學，自小爹爹就教過我伏羲六十四卦。」

老人目光閃爍：「那我四大家族的人為何要逼迫於你？」

小弦脫口道：「他們一心要拿我做人質暗害林叔叔和蟲大叔，還廢了我的武功……」

老人奇道：「你林叔叔和蟲大叔是什麼人？」

小弦一挺胸：「就是暗器王林青和蟲大師呀。」

老人垂目想了想，搖搖頭：「什麼暗器王？什麼蟲大師？沒聽說過。」

小弦心道你閉關五十年當然什麼也不知道了。當下又將暗器王與蟲大師的事蹟挑幾件說與老人聽，他心中本就佩服這二人，講得口沫橫飛，一臉自豪，倒像是說自己的英雄事蹟一般。

老人聽得幾句，又問起蟲大師的相貌，撚著長長的白鬍子哈哈大笑起來：「老夫還道是誰，竟是小蟲兒這孩子，原來他在江湖上已闖出了這麼大名堂！唔，不錯不錯。」

小弦喜道：「你認識蟲大師？」

老人微微一笑：「他是老夫兩個愛徒之一。」

小弦樂了：「那就好辦了，我們原是自家人嘛。」

「誰與你是自家人？」老人卻是一沉臉：「景成像若要對付那個暗器王也罷了，無論如何也不會對小蟲兒不利，你這番鬼話我如何能信？」

小弦大急。他見這老人雖然像個野人般連衣服都不穿，但面目和善也不似什麼陰險小人，而且又是蟲大師的師父，索性豁了出去，便將日哭鬼如何將自己擄走；到了涪陵城如何碰見林青與蟲大師；自己又如何中了寧徊風的毒手用來給暗器王下戰書；如何在困龍廳中逃出鐵罩；如何來鳴佩峰治傷被景成像廢了武功；自己又如何偷聽到景成像與物天成的「陰謀」後逃到這裡來的情形一五一十地說了出來。

這事原本複雜，但經小弦身臨其境地娓娓道來，倒也精彩紛呈。足足講了大半個時辰，才總算把來龍去脈說清楚。

老人聽得聳然動容，料想他一個孩子斷不可能編出這樣的情節，已是信了七八分。又拿起小弦的手細細把脈，果然是內息散亂無可收束，口中喃喃道：「這可奇了。成像那孩子自小厚道誠實，如何會下這般狠手？何況你還是小蟲兒託付於他的。」

小弦聽他將堂堂點睛閣主也叫做孩子，不由噗哧一笑。隨即想到自己的境遇，恨聲道：「小時候厚道長大了可未必，若不是無意間聽到他和物天成的對話，我還一直在心裡感激他呢。對了，他們好像是擔心我對什麼少主不利……」

老人聽到這裡，臉現驚容：「他們如何講起少主之事，你詳細說來。」

小弦記性甚好，景成像與物天成的那段對話記得十之八九，當下又對老人細細講述一番。

老人一改從容不迫的樣子，越聽面上越是凝重，徐徐頷首。

小弦講完了，向老人問道：「那個少主是什麼人？為什麼英雄塚主說我與他容貌相沖？」

老人不答，喃喃自語道：「天成精修識英辨雄術多年，應該是不會錯了。」又望向小弦，冷然道：「你也不用瞞我了。你的伏羲六十四卦不是傳於你爹爹，而是巧拙大師！」

小弦驚得張大了口：「我可沒有騙你，確是爹爹教我的。」

老人看小弦神情不似作偽，又問道：「你爹爹又是什麼人？與巧拙是何關係？」

小弦從小聽許漠洋說起巧拙大師傳功之事，便再轉述給老人。

老人聽完，面上陰晴不定，呆怔了良久，方才仰天一聲長歎：「天意如此，天意如此啊！」

小弦心中迷惑，呆呆望著老人。

「跟我來。」老人轉身往洞內走去。不待小弦答話，那隻大猴子似是聽懂老人話語般不由分說一把抱起小弦，蹦蹦跳跳地跟著老人行去。

小弦自然是拚命掙扎，但那猴子勁道極大，竟是不能脫身。在洞中曲曲折折走了數十步，眼前忽然一亮。原來那山腹內竟是別有洞天，竟是一個被四面山峰環繞著的山谷。

山谷並不大，一條潺潺小溪從中橫貫流過，左邊靠山壁處有一大一小的二間茅屋。谷正中有一間小亭，內放一張石桌，幾張石凳，石桌上尚有一局殘棋。谷中林草滿園，芳香襲人，溪水清澈見底，偶可見大大小小的遊魚穿梭其間，溪邊的小卵石被陽光曬得微微發燙，卻不硌腳，一踩下去便陷於溪邊鬆軟的草地中，令人只想赤足踏於其上；更有各種不知名的奇花異樹夾溪而立，迎風搖曳生姿，溫柔的陽光從葉片的間隙中墜下來，映得滿地斑駁，渾若仙府。

小弦料不到這山洞中竟有這麼好的去處，心頭豁然一亮。看那陽光朦朧，微風習習，野花搖曳，草地鬆軟，驚得大睜著雙目，只恨不得在草地上翻幾個跟斗。那大猴子卻先是歡叫一聲，放下小弦躍至一棵桃樹上，隨即幾個大桃子便擲將了下來。

「青兒！」老人叫喚一聲，大猴子乖乖地跳下樹來，跪伏在老人腳下。

小弦見那猴兒乖巧，心中喜歡。忽想到了水柔清，心想若帶著這隻也叫「青兒」的猴子到她面前大叫幾聲，保準氣歪她的鼻子。一念至此，不由面露微笑。

老人拍拍猴兒的頭，再打一聲呼哨，似是下了什麼命令。青兒一躍而起，往那大間茅屋中跑去，不一會手中捧著一個四四方方的油布包，恭恭敬敬地送到老人的手上。

老人拿起油布包，卻遞到小弦的手上，悵然一歎。

「這是什麼？」小弦奇怪地望著老人。

老人做個讓小弦打開油布包的手勢，面色凝重，一字一句道：「這件東西我保留了整整三十餘年，如今便交予你，希望你能善用之。」

小弦看那表面上油布顏色泛黃，果是年代久遠之物，按住滿腹疑惑，一層層打開已變得脆硬的油布包。

布盡。裡面卻是一本薄薄的書冊，扉頁上四個鍍金大字驀然刺入小弦的眼中——

天命寶典！

第五章

驚天之秘

「反正你日後便陪著老夫在此，告訴你也無妨。
這本是四大家族中的一個大秘密，僅是幾個首腦人物知曉，
便是一般門中弟子亦不知道行道大會的真實目的。」
愚大師面上現出一份痛苦之色：
「訂下賭約的是我四大家族一個宿仇，
雙方約定每隔六十年便會各遣門中精英而戰，
敗者固然自此一蹶不振，勝者亦是元氣大傷……」

小弦驚得一跳而起，一時口舌都不靈便了：「這，這《天命寶典》如何會在你手裡？」

「你急什麼，既然將書都給了你，這其中的關鍵遲早會說與你聽。」老人走到石桌前坐下，一拍石凳：「來來來，我們坐下慢慢說。老夫這一閉關就是五十年，好久都沒有與人說話了。」

小弦心中百般疑惑，應言坐在石凳上：「你先說你到底是誰？」

「我是誰?!」老人嘲然一笑，沉思片刻：「經這許多年的不理諸事、悠然悟道，老夫早已忘了自己的名字。小蟲兒既然都被叫做什麼蟲大師，那你便叫老夫愚大師吧。」

饒是小弦滿懷心事，也不禁被他逗得笑了起來：「這名字不好聽，不如叫鳥大師吧。」

「你懂什麼？此愚非是花鳥魚蟲的魚，而是愚昧的愚。」愚大師瞪了小弦一眼：「待你活到我這般年齡，便知道這天下的許多事情原不是我等凡夫俗子所能預見，比之難臆測的天命，這世間的芸芸眾生哪怕再是聰明過人、智慧超群，亦全都不過是愚人罷了。」

小弦聽他語中飽含禪意，正要凝神細聽，青兒卻強行遞來一只桃子，咬一口下去只覺其味甘多汁，又不免連連叫好。

愚大師奇怪地看了小弦一眼：「你這小孩子雖是看起來有些慧根，卻又極易為凡塵百像所惑，若說巧拙千挑萬選便找出個這樣的傳人，老夫實在是有些不解。」

小弦分辨道：「我可不是巧拙大師的傳人，他都死了六年多了。」

「巧拙死了?!」愚大師一震：「他的師兄忘念呢？」

小弦道：「忘念大師死得更早，好像有十幾二十年了吧。」

愚大師長歎一聲，眼中的光彩漸漸黯淡下來：「老傢伙都死了，這江湖原是你們年輕人的……」見小弦臉上亦現出茫然之色，蕭然一笑：「此事頭緒甚多，我也不知應該對你從何說起。你心裡必有許多疑問，便由你來問我吧。」

小弦撓著頭想了一會，才開口問道：「你上次見巧拙大師是什麼時候？你閉關前麼？」

愚大師抬起頭想了想，緩緩道：「那是上一度行道大會後又過了十一年的事情了。」

小弦暗自吐吐舌頭，行道大會六十年一度，算來應該是四十九年前的事情了，當時連父親許漠洋都沒有生下來，而心目中有若神人的巧拙大師亦只不過還是個翩翩少年……如此一想，頓覺時光荏苒，歲月如梭，心頭湧上一種時空交錯的奇異感覺。

愚大師抬首望天，聲音低沉而緩慢，充滿著一種對往事的追憶與懷念：「經行道大會慘烈一戰，四大家族的精英弟子幾乎損失殆盡，過了十一年方漸漸恢復元氣……」

小弦一驚，忍不住開口問道：「這行道大會到底是怎麼回事？我只當是四大家族開什麼會議，莫非要比個你死我活麼？」

愚大師望定小弦：「你可知行道大會這名目的由來？」

小弦喃喃念了數遍「行道大會」這四個字，疑惑道：「難道是替天行道的意思？」

「不錯。」愚大師點點頭，又苦笑一聲，長歎道：「我經了這五十年的閉關冥思方才知道，天道自有老天來拿主意，我等凡夫俗子的所作所為無非是稍盡人力，卻是於事無補。」

小弦對此觀點卻是大不以為然：「爹爹卻告訴我說人定勝天。像漢高祖、唐高宗等皆是出身草莽，被貪官污吏逼得活不下去方才揭竿而起，從而成就一代霸業，若是聽天由命束手待斃，又如何能開創一代基業，成為後世傳誦的開國明君？」

「唐宗本是名門望族，這倒也不必深究。」愚大師澀然一笑：「不過你怎知唐宗漢祖起兵造反不是天意？所以冥冥中才自有神明相助，方能以布衣之身加冕登基。」他一手指天，語音沉渾：「這世上萬物，無論是公王相侯、平民白丁，甚至鳥獸禽畜，無一不在上蒼的注視下碌碌一生，到頭來皆是化做一坏黃土，誰又能逆天行事？」低頭望定小弦，一字一句加重語氣：「這便是天命！」

小弦愣了一下，心中猶是不服，爭辯道：「照你如此說，人生在世皆是不由自主，一切都是天命註定，那又有何趣味？」

愚大師慨然道：「天意皆由天定，何用俗人插手其間，所謂替天行道亦無非是癡人說夢罷了。順天者昌，逆天者亡，人生的趣味不過是做出一份選擇而已，而這份選擇卻才是最難決定的。」

「選擇?!」小弦心頭一片疑惑：「能有什麼選擇？」

愚大師道：「老夫算到這幾日便是行道大會，所以開關出山卻恰好遇見了你，這便可謂是冥冥天意。而我的選擇一便是將這本《天命寶典》傳交與你，二便是殺了你以絕後患。」他目光一冷，寒聲道：「難就難在老夫現在也不知應該如何選擇方是順應天命！」

小弦嚇了一跳，喃喃道：「我一個小孩子能有什麼後患？」

愚大師嘿然道：「若非如此，景成像如何能對你下這等狠手？」

小弦被他勾起恨事，憤聲道：「他既已廢了我的武功，你又想殺了我，如此對付一個小孩也算是順應天命麼？」

「所以老夫才難以選擇。」愚大師歎道：「雖知你是個禍端，但不明天意，更不願做那傷人性命的事。何去何從，委實難斷。」

小弦看愚大師雖是臉色平靜，但觀他行事喜怒無常，誰知是不是真抱著殺自己的主意，心頭大悸，勉強笑道：「你既已傳書給我，便已是做了選擇，必是不會再殺我了吧？」

愚大師厲聲道：「老夫傳書給你是因為受人所托，忠人所事；是否殺你全憑天意而定。二者其間大有分別，豈可混為一談。」

小弦被愚大師的言語弄得昏頭轉向，脫口道：「你既說一切事情都是早早定下了。那或許老天爺就是要讓你猶豫不決，到死了也不知道應該怎麼對我才好。哼哼，什麼天意全都是騙人的幌子，說得好聽，無非是找一個心安理得對付我的藉口罷了，反正誰也不知老天爺到底是什麼意思……」說到此急忙住口，生怕就此惹怒了他。

愚大師一呆，思索起來。他與小弦思想的區別便是天與人孰為本末的問題，若是依小弦的說法，那麼所謂順天逆天云云說到底仍是以自己的好惡標準來判定，有任何選擇亦都是不出天意所料……

要知人初萌世事時原是一無所畏，隨著年齡漸長閱歷漸增，便將一些不可解釋的現象皆歸於鬼神之說。愚大師的年齡實已近百歲高齡，閉關五十年中除了精修武功便是在思考天地間這些玄奧的問題，只是心中抱著先入為主的印象，認定一切俱是早早安排好的結局，皆不出於天命……他與小弦這樣一個無邪孩童的思考方式自是截然不同，如今被小弦一言無意提醒，心中似隱有所悟。

「哈哈哈哈。」愚大師大笑數聲，拍拍小弦的肩膀，柔聲道：「你這孩子倒也有趣，老夫便賭一把天意，權且放過你。反正你武功已廢，縱是日後行走江湖怕也不免為人所害，不如便陪著老夫留在此地，或可安度餘生。」他閉關近五十年，每日便只有那隻名叫青兒的大猴子相陪，寂寞得緊，如今見到小弦這般聰明伶俐的一個小孩子，實是非常喜歡，只想與他多說些話，口中說要殺他，心中卻是無半點意思。

小弦見愚大師一時不動殺機，放下心來。心想這老人這麼一大把年紀還能活幾年？待他老死了自可離開這裡……他心中這樣想，口中當然不敢說出來。

那青兒十分機靈，見主人對小弦言笑甚歡，登時將幾隻大桃子直往小弦的懷裡塞，弄得小弦手忙腳亂，哭笑不得。愚大師則似是沉浸在思考中，對青兒的頑皮視若不見，默然不語。

小弦生怕愚大師又想到什麼事情與自己為難，加上急於知道四大家族的事情，忙又追問道：「這行道大會既然是替天行道的意思，為何又會弄得四大家族精英盡喪呢？」

愚大師長歎一聲：「行道大會挑選四大家族門內精英，不過是為了一個賭約。」

小弦一呆：「什麼賭約？」不由想到自己這些日子先有與日哭鬼的賭約，再有在須閑號上與水柔清以棋相賭，面上不由露出一絲笑意來。

「反正你日後便陪著老夫在此，告訴你也無妨。這本是四大家族中的一個大秘密，僅是幾個首腦人物知曉，便是一般門中弟子亦不知道行道大會的真實目的。」愚大師面上現出一份痛苦之色：「訂下賭約的是我四大家族一個宿仇，雙方約定每隔六十年便會各遣門中精英而戰，敗者固然自此一蹶不振，勝者亦是元氣大傷……」

小弦面現古怪之色，一個名字衝口而出：「御泠堂！」

愚大師大奇：「這個名字便是四大家族中也沒有幾個人知道，你卻是從何得知？」

小弦剛才對愚大師說起過寧徊風之事，卻未提御泠堂的名字，此刻再將詳情說出。愚大師臉色越發陰沉，低低自語道：「御泠堂竟然不顧約定插手武林之事，看來是被我四大家族壓服整整二百四十年後，終耐不住要重出江湖了。」

小弦問道：「你們賭的是什麼？」

愚大師望著小弦，口中冷冷吐出二個字：「天下！」

小弦被愚大師的目光盯在面上，只覺得脊背冒起一陣寒氣：「這我就不懂了，天下又不是什麼可以拿在手中把玩的寶物，卻要如何去賭？」

「雙方這一場豪賭，賭得是何方有資格去插手天下大事，也是指以何種方式去開創基業、治理國家。我四大家族與御泠堂觀念截然不同，四大家族信奉知天行命，仁治天下；御泠堂則主張武力征服，枕戈用兵……」愚大師冷笑道：「一將功成萬骨枯，若是以御泠堂的方法行事，這天下戰亂紛爭幾時能定？」

小弦大有同感：「是呀，這天下百姓誰不想和平安寧，自是都願意接受仁治的方式。」

「話雖如此說，卻也並不盡然。誰都知道成王敗寇的道理，卻總有人相信自己必是那成者之王。為了博得一份功名，自是巴不得這天下越亂越好。」愚大師一歎：「且看這數千年來，除了炎黃堯舜禪讓帝位，又有那一個開國皇帝不是踏著千萬人的屍骨才一步步取得權位的？武力征服天下雖是急功近利，卻是最直接最有效的方法。」

小弦隨口道：「那不如雙方合作，用御泠堂的方法奪取天下，再用四大家族的方法治理天下，如此豈不是什麼都解決了？」

「兔死狗烹，鳥盡弓藏。這辛辛苦苦得來的天下如何能與別人分享？」愚大師肅然道：「自古皇帝即位，第一件事就是排除異己，唯恐有人威脅到自己的帝位，這等權謀之術你當是小孩子遊戲那麼簡單麼？何況便是小孩子的遊戲中豈不也是拉幫結派，呼朋引伴，動輒以武力相捋，可見人性本劣……」說罷長長了歎了一聲。

小弦心中凜然。想到自小與村中孩童玩耍時果然如此，孩子王必是其中氣力最大的，見別的孩子有什麼合自己心意的東西便強行索要，稍有不從勢必引出一番爭鬥。雖只是幼童嬉鬧，但以小見大，莫非人的天性果是如此不堪麼？他實不願做如此想，卻找不到話來反駁，只得喃喃自語安慰道：「那只是小孩子不懂事罷了，像我與幾個小夥伴間還不是今天吵了嘴明日道聲歉便重又和好了。」

愚大師正色道：「這天下大事關係著天下蒼生的命運，可不似小孩們的玩鬧，什麼恩恩怨怨一句道歉便煙消雲散……你不見盛唐之後先有安史之亂，再有黃巢兵變，其後又是五代十國長達數百年的戰亂，戰火肆虐蔓延下弄得民不聊生，國破家亡。是以我四大家族才會與御泠堂殊死相爭，絕不容他荼毒百姓！」

小弦猶豫問道：「我聽說書先生講過那些戰爭，莫非都是因為御泠堂惹出的禍事？」

愚大師微微一笑：「御泠堂二百餘年來都敗於我四大家族之手，倒是給了俗世久違的一份寧靜。」他雖沒有直接回答小弦的問題，但小弦細品其語意，心頭不由一震。

小弦想到孩童間的爭執，笑道：「若是有一方故意耍賴呢？」

「雙方的祖上皆曾在天后面前立下重誓，決不敢違。這其間又牽扯到了數百年前的一段恩恩怨怨，你也無須知道太多。」愚大師似是不願多說此事，岔開話題道：「總之四大家族與御泠堂雙方約定，誰賭輸了便六十年不入江湖，任對方去奪取天下。」

小弦聽到「天后」的名字，更生疑惑：「為何要是六十年？」

愚大師肅容道：「六十年恰為一甲子，正好窮天干地支之數，氣運流轉，大變方生。」

小弦越聽越感興趣：「卻不知是如何賭？大家比拚誰的武功高麼？」

「賭的方式由敗方選擇，由雙方各出二十人，自然是以武功為主。呵呵，總不會是猜拳行令吧。」愚大師呵呵有聲，面上卻全無笑的表情：「起初幾次比鬥大多是以武力分出高下，但後來敗方為求一勝均是不擇手段，不乏訂下些詭異之局。所以我四大家族中才會對各項奇功異業、偏門雜學皆有涉獵，表面上似是不聞世情，怡閑俗事，其實便是為了應付這六十年一度的天下豪賭……」

小弦這才明白四大家族琴棋書畫機關消息等樣樣皆精，原因竟是為此。忙又緊張地問道：「這一次卻是如何賭呢？」

愚大師臉色一沉：「這二百多年來我四大門派連勝四場，御泠堂必會絞盡腦汁想出一種賭法以求勝，但不到最後誰也不知他們會想出什麼名堂。」他再悵然一歎：「再過得一個月，便是四大家族與御泠堂賭戰之時了。」

小弦雖恨景成像廢他武功，但聽到四大家族連勝四場時卻也不禁握緊小拳頭，口中讚歎有聲，輕輕一拉愚大師的白鬍子：「上一次是如何勝他們的，愚爺爺快講給我聽。」

愚大師聽他叫自己一聲「愚爺爺」，面露笑意，又瞬間逝去：「上一次賭戰時老夫尚是四大家族之盟主，先是在行道大會中挑選出門下二十名精英弟子，然後便在這鳴佩峰中與御泠堂的二十名高手殊死一戰……」他臉色變幻不定，似是在回憶六十年前的激烈戰事。停了良久，方緩緩道：「御泠堂上次提出的賭法是雙方二十名高手俱都擠在一個山洞中，不許用暗器毒藥，然後封住洞口，互相拚殺一日一夜。之前誰先破洞而出便做負論，直到第二日哪一方剩下的人多才算獲勝。」

小弦一呆，悚然不語。

「那山洞不過兩丈寬闊，洞口一封，立時便是伸手不見五指，每個人都如做了瞎子一般根本分不出敵我的方位，只能使盡平生絕學不讓任何人靠近自己。一時四周兵刃的相接聲、暗器的破空聲、人瀕死前的慘叫聲不絕入耳，直到這麼多年過去了，老夫似還常常在夢中聽到……」愚大師回想那慘烈無比的一戰，臉上猶有悸色：「御泠堂有備而來，二十名高手個個心懷死志，根本不管別人的死活，而我四大家族的二十名弟子卻擔心會誤傷自己族人，甫一交手便吃了大虧……」

小弦越聽越是心驚。雖是明明見愚大師好端端地在眼前，六十年前必是從那山洞中殺了出來，卻還是忍不住打了一個寒噤：四大家族享譽江湖，御泠堂能與之對抗數百年自也不弱，兩派為求一勝定是高手盡出，這四十名絕頂高手在二丈方圓的山洞中做拚死搏殺，一日一夜後能活著出來的怕也不過寥寥數人……

愚大師續道：「御泠堂能做我四大家族的宿敵，人材自是層出不窮，但在武學修為上卻實是遜了我四大家族一籌，再加上數百年未能一勝，所以才孤注一擲定下這般賭法。不僅這二十名高手互有在黑暗中作戰的默契，更是算定我四大家族內多是秀逸之士，又一心眷顧同門之誼，難以在這等艱苦的環境下生存，也確是極工心計了……

「只不過他們卻漏算了一點：我四大家族弟子均是本門嫡傳，人數上雖不及御泠堂多，卻是個個忠心耿耿，視為家族赴義是無尚的光榮，如何是他御泠堂良莠不齊的弟子可比？何況在那漆黑一片、生死一線的關頭，什麼陣法與配合全都使不上，靠得仍只是自身武功上的潛力與那份捨生取義的氣勢……」

小弦懍然，在那種惡劣的環境下，縱有一方能剩下幾名高手，另一方恐怕便只能是全軍覆沒。

「御泠堂起先在一片混戰中尚能占得些許優勢，待得分清敵我界限，局面僵持時便抵不住我四大家族的反撲，到第二日能出得洞口的，便只剩下老夫與二名四大家族的弟子了。」愚大師眼望天穹，神情木然：「這場賭鬥拚得已不是武功計謀，而就是一個『義』字。其間過程雖是凶險萬分，畢竟是我方勝了。」

小弦聽得驚心動魄，長長吁出一口氣：「這御泠堂忒也可惡，定下這麼一個賭法，分明就是要拚得兩敗俱傷，對雙方都沒有什麼好處……」

愚大師沉聲道：「你不明白為了這六十年一度的賭約，雙方平日都是韜光養晦，蓄精儲銳，力求畢其功於一役，決戰時自都是拚盡全力。雙方實力本就相差不遠，縱是勝了，亦只是慘勝而已……」他眼中閃過複雜至極的神色，驀然仰首長嘯，似又重拾回當年的沖天豪氣，傲然道：「我四大家族雖是元氣大傷，精銳幾乎損失殆盡，但經此一役，御泠堂至少亦是數十年內再也無力染指天下。」

小弦想了想道：「那為何不趁勢一舉滅了御泠堂，以絕後患？」

愚大師垂下眼瞼：「這賭約乃是天后所定，她老人家就怕雙方最後有違賭約，鬧得不死不休，所以才設下了一個護法。若有一方毀諾，面對的便是對方與賭約護法的聯手一擊。」

小弦大奇：「這賭約的護法又是什麼？」

愚大師望定小弦，一字一句地吐出三個字：「昊空門！」

小弦猛然一愣，旋即驚跳而起。他見愚大師能拿出《天命寶典》，便已猜到四大家族與昊空門定是有什麼關係，卻無論如何想不到昊空門竟然會是四大家族與御泠堂對決的護法。只是心中雖有萬般疑問，卻是張口結舌，真不知應該從何問起了。

經過這許多的變故後，愚大師早是心止如水，語氣平緩如初：「昊空門祖師昊空真人乃是天后的方外至交，淵源極深，所以才會一力擔承起這數百年來的護法之責。為避嫌疑，昊空門平日與四大家族和御泠堂絕不往來，上一次來鳴佩峰，還是因為給尚不滿半歲的少主相面……」

小弦心境稍稍平復：「這少主到底是什麼人？」

愚大師道：「少主便是天后的後人，此事更是我四大家族中最大的機密，除了幾個掌門與相關人等，無人知道少主的存在。」

小弦一怔：「那為何要對我說？」

愚大師正容道：「你或可謂是這世上唯一能對少主構成威脅的人。你想想若不是因為少主，景成像何以對你下此辣手？不過雖然現在你武功被廢，但景成像如此逆天行事，誰亦不知是否會有什麼可怕的後果。我對你說出其中緣由，只希望或能使事態有所改變。」

小弦再是一震，心頭對這尚不知名的少主泛起一種宿命糾結、難以言喻的玄奧感覺。喃喃道：「我一個小孩子能對他有什麼威脅？或許是你們搞錯了也說不定。」

愚大師神秘一笑，反問道：「你可知欲爭天下最重要的是什麼？」

小弦想了想，喃喃念道：「水能載舟，亦能覆舟。你說的莫非是民心？」

愚大師失笑：「這定是說書先生教壞了你，所謂『得民心者得天下』不過是做皇帝的想將位子坐得安穩才弄出的說辭。守業固然需要民心，可創業時需要的只有二點：一是實力；二是明君！」

小弦只覺愚大師所說的許多話都是前所未聞，一想卻也是道理，徐徐點頭。

愚大師續道：「四大家族與御泠堂豪賭天下非是為了讓自己做皇帝，而是為了天后，哪一方勝了便可輔佐少主以成霸業。只可惜天后雖有經天緯地之材，其後人卻少有她那樣的雄才大略，一連幾代皆是不成大器。我四大家族雖然承天后遺命，卻也不想弄個昏君上台，是以這數百年來亦只能隱忍以待明主……」

小弦笑道：「多生幾個總會出來一個明主吧……」

「你莫要打岔，聽我說完你自會明白一切。」愚大師一瞪小弦：「天后極有遠見，更是見慣了宮闈爭權，父子、兄弟殘害的例子，早就定下遺命，每代只可有一位少主，而且三十歲後方可娶妻生子。」

小弦心想若是這獨苗少主未成親便一命嗚呼卻不知如何是好？或是生下一雙孿生兄弟又該如何？但看看愚大師嚴肅的樣子，只得暗地吐吐舌頭，把疑問壓回肚中。

愚大師仰首望天：「昊空門精修《天命寶典》深悉天道與相理，是以每次少主出世皆會請來一查命相，看看可否是匡扶明主。我與昊空門上一代掌門苦慧大師神交已久，卻直到四十九年前方第一次見面，同來的尚有他的兩個徒兒忘念與巧拙……」

小弦心想這少主原來已近五十歲了，只怕應該叫做「老主」才對。口中當然不敢說出自己的念頭，聽愚大師說起巧拙大師的名字，更是專心致志，不敢稍有分神。

愚大師道：「或是天降大任的緣故，這一代少主自幼命舛，尚在十月懷胎中父親便遇意外而亡，一生下來母親便難產而死。可他在出生半年中卻是不哭不鬧，已是顯見不凡，令我四大家族中人皆是嘖嘖稱奇。只要苦慧大師能看出少主日後果能有一番成就，便可輔佐少主一平天下，一振這壓抑了數百年的雄心大志……

「苦慧大師來到鳴佩峰，看少主的面相，卻是良久不語，再命人準備好各種事物圍在少主周圍以供他抓取。準備的事物既有鈴鐺、剪紙、彈珠等尋常孩童玩耍之物，還有金、銀、明珠、翡翠等名貴之物，亦有木刀、木劍、兵書、官印等以備奪取天下之物，苦慧大師甚至還將巧拙大師的道冠亦擺在了少主的身旁……

「當時在場諸人都極是緊張，若是少主去抓些什麼鈴鐺彈珠之類的東西，甚至抓塊金錠在手裡，豈不又是空等這幾十年。記得我當時便一心祈求少主去抓那方官印……」

這抓周之舉各地民俗都有，原不過是一樁趣事，何曾想四大家族竟會因此來定這少主日後的志向。雖是有些牽強，卻也可見四大家族對明主的一番期盼之情。

小弦聽到這裡，不由大感羨慕。他對自己幼時全無一點印象，心道有機會定要問問父親自己小時候是否也抓過什麼不尋常的事物？一時聽得入神，忍不住又脫口問道：「他最後選了什麼東西？」

愚大師卻沒有怪小弦插言：「只怕在場所有人都沒有料到少主的行為。他竟然將所有東西都一樣樣地撿到自己身邊，逐一把玩，最後卻只將兩樣東西擲到一邊。」他臉上露出一種奇怪的表情：「一樣是那方官印，一樣卻是那頂道冠。」

小弦一呆，這個少主確是顯得有些與眾不同。

愚大師又道：「巧拙其時年紀尚輕，見少主將自己的道冠擲到一邊，便上去拾撿，卻不料半年不聞哭聲的少主好端端地竟突然望著他大哭起來，又將周圍的東西亂丟一氣，一時將眾人弄個手忙腳亂……苦慧大師默然良久，方才開口道：『此子氣相不凡，可成大業。』

「有他這一句話，我四大家族可算是盼到了頭，諸人鼓掌相慶，只待少主成年後即可匡扶他成就大業，完成天后遺命。卻不料苦慧大師又歎了一聲道：『但看他眉闊骨清，顴高頰狹，必是心性乖張，戾氣極重。縱成霸業亦是屍積成山、血流成河之局『……』

小弦一震，他雖不怎麼信這些命相之說，但苦慧大師身為昊空掌門人，深諳《天命寶典》，只怕所說必有其理，心頭驀然生寒。

愚大師沉吟良久，整理一下思緒，又續道：「眾人皆是大驚，忙問苦慧大師有何解法，苦慧大師口授天機：『此子須得置於尋常民舍磨勵銳氣後再圖教誨，如此或可保不至於為禍江山。』說罷這番話後，苦慧大師便帶著兩位弟子飄然遠去。

「苦慧大師雖是如此說，但我四大家族與御泠堂爭來爭去便只為了少主，如何肯讓他冒如此風險？一時門中分為兩派，一方願從苦慧之說，將少主送於某民家收養；另一方卻是堅不允許。二方爭執不下，最後便只等老夫這個盟主來拿主意……

「世道險惡，且不說將少主放於尋常農家是否能安然成長。那御泠堂覷伺左右，保不準何時會來搶奪少主；可若是養出一個如秦始皇那樣的暴君卻又如何是好？老夫左思右想，委實難決。

「我英雄塚的識英辨雄術傳承於《河洛圖書》、《紫微神術》、《鬼谷算經》等，雖不及《天命寶典》博大精深可斷少兒面相，但亦有察奸識忠之效。老夫與那苦慧大師雖然僅是初見，卻能看得出他懸壺濟世、悲天憫人的胸懷。苦思數日後，索性一橫心，便打算聽從苦慧大師之言。

「四大家族中景、花二家皆是嫡傳子系，水家卻多有外婿，老夫的英雄塚更是只收外姓弟子，實難說是否有人為御泠堂所收買。此事事關少主安危，更須得小心從事。當下老夫便與各家族掌門定下一計，由花柏生暗中去外地找到一個亦有半歲男嬰的人家，將少主偷偷與那家男孩相換。而老夫則聲明退位盟主，專心培養少主。

「經鳴佩峰與御泠堂殊死一戰，眼見本門精英盡喪，老夫已是心灰意冷，心萌退意，正好借此機會交接盟主之位，帶著那實為農家的嬰孩到此後山中閉關，以備與御泠堂下一次的賭戰。這近五十年來我從未出過後山一步，這裡也因此成為了四大家族中的禁地！」

小弦心中一動：「那農家的孩子就是蟲大師！」

「不錯。小蟲兒這孩子確也無辜，自幼便不得不離開父母。」愚大師點點頭：「老夫本不願收他為徒，但一來憐他身世，二來朝夕相處感情日增，加上或許日後御泠堂懷疑他身分會對他有所不利，便將英雄塚武功之外的一身雜學盡皆相傳。他十四歲時便離開了鳴佩峰，老夫與他最多只有半師的名份，你既說他已是江湖上有名的白道殺手，定是日後又有奇遇，武功確是與老夫無干了。」

小弦這才知道蟲大師對各種奇門異術皆有涉獵竟是源自於愚大師，人稱蟲大師手下四大弟子各擅琴棋書畫，由此已可見愚大師確是學究天人，不愧是四大家族上一代盟主。他發了一會呆，又問道：「你為何不願教蟲大師武功呢？」

愚大師望著小弦，眼中大有深意：「他本是一農家少年，雖不通武功，卻可安於平凡、知養天年，老夫又何必將他拉入江湖這個是非地中？善泳者溺於水，你莫看這江湖上的好漢大俠們人前人後風光無比，最後又能有幾人不是死於刀劍之下？」

小弦心知愚大師借機點化自己，隱有所悟。自己雖被廢去武功，但下半生平凡終老或可安度一生，是禍是福誰又能說得定？

愚大師見小弦似有意動，笑道：「你若願意，老夫亦可將一身雜學盡皆傳於你。以後雖不能有驚世武功，但縱情於山水書畫、琴韻棋枰之上，卻也能逍遙一生。」

小弦低頭不語。他原不過是山野孩童，這些日子涉足江湖，才覺得這樣的生活對他實是有極大的誘惑力。再一想到景成像借療傷之名廢去自己武功，心頭大恨，抬起頭毅然道：「這樣本也很不錯。但點睛閣主的做法實在讓我難以心服，我絕不願就此忍氣吞聲，我……」說到此又黯然不語，事已至此，他又能如何？莫不成讓林青幫他找景成像報仇麼？

愚大師輕歎一聲，他對景成像的做法亦是大大不以為然，本想借此對小弦有所補償，此刻看小弦眼圈都發紅了，心中更生憐意。他無親無故，幾十年不見外人，此刻有個如此聰明可喜的孩子與自己為伴，渾如便當成了自己的孫兒一般。

小弦終放不下心中的諸多疑團，拋開心事：「巧拙大師後來又來找過你麼？為何這《天命寶典》會在你的手上？」

愚大師答道：「老夫與巧拙只有四十九年前的一面之緣。這本《天命寶典》乃是苦慧大師過得十四年後交與我的。」

小弦不解：「苦慧大師為何要這樣做？」

「這其中的緣故老夫亦是直到聽苦慧大師說起方才明白。」愚大師歎了一聲，面露敬服之色：「昊空真人能為天后護法，實有鬼神莫測之能。昊空門中流轉神功霸絕天下，《天命寶典》悉破天機，苦慧大師身兼二項之長，不但武功傲視同儕，更能對後事有一種超乎尋常的預見力。老夫歷經風雨、閱人無數，這天下亦沒幾個人能看在眼裡。唯有苦慧大師，雖僅見過他兩面，卻是老夫這一生最為欽佩的人。唉，只可惜他告訴了老夫那幾句話後，自知道破天機，執意坐化於青陽山中。老夫不能多聆他良言諍語，實乃平生至憾……」

小弦心中一凜，苦慧大師因為說了這幾句話而坐化，定是一個驚人的大秘密，顫聲問道：「他說了什麼？」

愚大師淡然注視著小弦，良久不語，眼裡卻漾起一道鋒利如刀的精光。小弦被他盯得心慌意亂，隱隱已想到這幾句話莫不是與自己有關，而景成像廢自己武功恐怕亦是這個緣故。

他雖不信真有什麼玄妙預見，但苦慧大師道破天機後竟然寧可坐化而逝，可見這個秘密是何等驚人？欲要開口詢問卻覺得喉間驀然一哽，幾乎再也沒有聽到真相的勇氣。

愚大師望了小弦好久，方才移開目光：「苦慧大師雖有先知卓見，但此事事關天下氣運，亦是難以斷言。你此刻既然已武功全廢，知曉與否都不再重要，免得徒增耽心。」他輕咳一聲，跳過話題又繼續道：「一晃就是十四年的時間，苦慧大師第二次來鳴佩峰亦是為了少主。其時少主已在那農家中長至成人，為防走漏消息，更怕御泠堂對少主不利，這十四年間我們都沒有告訴少主事實真相。

「那農家夫婦本是一小戶人家，十分忠厚老實。丈夫每日耕種，妻子便去當地一富戶家做傭人，後來懷了身孕，那家富戶要辭退她，不但不給工錢，反賴她偷了首飾，要去告官。正好花柏生路見不平，便幫那農家夫婦討了一個公道。那對夫婦感其恩德，加上也希望自家孩兒日後能有份出息，換子之事也不宣揚，反是把少主就當親生孩兒一般盡心撫養……

「苦慧大師說起要將少主放於農家撫養亦正合我四家掌門的心意：一連幾代天后傳人皆不成器，原因之一便是從小嬌慣，少了那份生於逆境的毅力，將少主放於尋常農家長大也盼他能練就出一副耐苦的心志。加上為避人耳目，也不多給那農家銀兩，花柏生一年也就去看二三次，是以少主雖是皇家後嗣，從小卻也吃了不少苦頭。

「花柏生每次去看少主皆會傳他一些吐納之法以避疾病。少主雖是年幼，卻是十分聰明，一學就會，他只怕少主幼不更事，四處炫耀，亦不授他武學招式，反是多教他史書典學、兵法韜略、安邦治國之學。少主長於偏鄉僻壤，少了坊間的玩鬧，反更是可以靜心練功讀書，根基打得極牢，小小年紀便是文采斐然，出口成章，頗有見地。花柏生每次回鳴佩峰提及少主皆是讚不絕口，深喜天后後繼有人。

「如此過了十二年，花柏生眼見少主日漸長大，怕錯過學武的年齡，有意接他回鳴佩峰，卻不知會否有違苦慧大師之言，便令人給苦慧大師傳信，苦慧大師卻回應說還需再待幾年。過了兩年，苦慧大師果然來了鳴佩峰，卻是執意要收少主為昊空門傳人……」

小弦原本尚是心神不屬，拚命猜想苦慧大師的什麼話會與自己有關。聽到此處方才真正大吃一驚，面上現出難以置信的神色，失聲道：「且慢！你，你，你說的這少主，難道就是明將軍?!」

第六章

弈天之訣

愚大師侃侃而談：「正如劍客對決，在低手的眼中盡是空幻花式，
自以為強勁的招法於對方卻不過是隔靴搔癢，根本不見效用；
而在高手的眼中卻能一舉窺破對方的虛實，
視各種虛招、誘招而不見，如狼奔虎躍般直取要害……」
小弦身體一震：「我懂了，這就是境界的差別！」

小弦聽愚大師說起那四大家族的少主乃是昊空門傳人，不由大吃一驚。他曾聽許漠洋說起過昊空門內之事，昊空門上一代便僅有忘念大師與巧拙大師兩個傳人，巧拙大師雖是給許漠洋傳功授業，但卻並無師徒名份，除此之外巧拙大師並沒有其他徒弟，而忘念大師便只有明將軍這一位弟子。難道愚大師口中所說的這個少主便是那京師手握重權、號稱天下第一高手的明將軍麼？

「你如何知道少主的姓氏？」愚大師亦是略吃一驚。

這個秘密實是太過驚人，小弦心中浮起一種命運難測的迷惘感，隨口答道：「明將軍出身昊空門，流轉神功天下誰人不知……」他再一細算明將軍的年齡，與這四大家族少主亦大致吻合，可心中實是不願相信這個事實，抬起頭望著愚大師，抱著萬一的僥倖追問道：「這個少主的名字可是叫做明宗越麼？」

「不錯，少主複名宗越。他已做了將軍麼？」愚大師點點頭，若有所思：「少主自小便送於農家收養，老夫閉關後不出此山，僅是在少主半歲時見過他一面，掐指算來他如今已是近五十的人了。唔，以少主的鴻鵠大志，區區一個將軍又算得什麼？」他閉關近五十年不見外人，雖與外界根本不通消息，心裡卻時刻也未放下天后遺命。而直到此刻從小弦口中才知道當年那個嬰兒竟已變做了叱吒四方的大將軍，不由老懷大慰，撚著白鬚哈哈大笑起來。

小弦回想愚大師所說的事情，逐漸理出一份脈胳，心頭卻更是糊塗起來：「既然如此，巧拙大師為何還要與明將軍為敵呢？」

愚大師沉聲道：「天后傳人一向由我四大家族與御泠堂兩方賭戰的勝者培養，昊空門收下少主實是大出常規，更不能讓御泠堂得知其中真相，是以其中真相苦慧大師連兩個弟子也沒有告知。」他微一皺眉，口中喃喃道：「少主拜於忘念門下，巧拙身為師叔竟然會與少主為敵，看來苦慧大師的話果是沒有錯。」

小弦只覺腦子亂得像一鍋燒開的水，依愚大師剛才所說，景成像廢自己武功便是怕自己可能會對少主不利，可自己與明將軍卻是一點關係也沒有，真不知是從何談起？

愚大師又道：「老夫閉關之後便將四大家族盟主之位交與花柏生，他一聽苦慧大師要帶走少主，自是不答應。昊空門的流轉神功雖然威力無窮，我四大家族卻也不見得輸於它。可苦慧大師執意如此，雙方爭論不下，花柏生便與點晴閣主景翔風、溫柔鄉主水惜君一併帶著苦慧大師來後山找老夫……」他眼神一黯，語中滿是一份蕭索之意：「不知不覺中歷經數年滄桑，昔時舊友俱是撒手西歸，人鬼殊途。在場的五個人中，現在便只有老夫還苟存於世了。」

小弦這才知道四大家族上一代幾個掌門的名字，卻不知愚大師真名叫做什麼？想到這老人在這荒山中閉關苦修，唯有一隻猴兒相伴，心中不由泛起一絲同情。

愚大師出了一會神，又繼續道：「老夫自也不同意苦慧大師帶走少主。但最後苦慧大師說了那幾句話，便讓我們俱都改變了主意。」

愚大師望著小弦欲言又止的樣子，拍拍他的腦袋柔聲道：「你也莫要問老夫這幾句話是什麼？苦慧大師曾言明他說出這幾句話後道破天機，其命恐不長久。我們起初尚是半信半疑，後來過了幾個月便聽到苦慧大師坐化的消息，方信之不假。」他又是輕輕一歎：「景成像必是從他父親景翔風那裡知道了這個秘密，所以才會廢你武功。不過如此逆天行事，到底會有什麼後果卻是無可預料了。」

小弦聽得心癢難耐，實想不出幾十年前苦慧大師的幾句話如何會與自己拉上關係，料想愚大師定然不會說，只好再問道：「苦慧大師為何又會把《天命寶典》留給你呢？」

愚大師道：「苦慧大師給兩個弟子分傳昊空門的兩大絕學，忘念修習流轉神功，巧拙參悟《天命寶典》。而苦慧大師之所以要將《天命寶典》交與我，原因之一便是為了不讓巧拙收徒。」

小弦想到父親許漠洋曾說起巧拙大師雖是傳了他《天命寶典》的學識，亦指點過一些武功，卻執意不允有師徒名份，原來竟是出於苦慧大師的師命。奇道：「這又是為何？難道苦慧大師不想讓昊空門發揚光大麼？」

愚大師臉上泛起一份敬重：「苦慧大師悲天憫人，所作所為深謀遠慮，我等凡夫俗子原也不必深究。」他反問道：「巧拙為何要與少主為敵，你可知其中緣故麼？」

小弦道：「我曾聽爹爹說起明將軍武功大成後便叛出昊空門，等到忘念大師一死便來搶奪《天命寶典》，所以巧拙大師才會與他為敵，還製下了一把偷天弓對付他……」當下又將許漠洋講給他的舊事東一句西一句地說了出來。

小弦對明將軍與巧拙大師的恩怨所知不多，愚大師亦聽不太明白，思索道：「人亦分五行之命，相生相剋。想當初少主一見巧拙便放聲大哭，只怕這二人便是天生的對頭，原因亦只有局中人才知道，待你修習了《天命寶典》，或可明白其中玄妙。」他大有深意地望著小弦：「你可知我為何要將《天命寶典》給你麼？」

小弦一愣，悚然搖頭。

愚大師道：「苦慧大師雖不讓巧拙再收徒，卻實不願讓昊空門的千年至典就此失傳，將此書給老夫便是為了留交有緣之人。景成像廢你武功，老夫將此書給你也算做一份補償，畢竟……」他略略一頓，聲音澀然：「畢竟，你亦可算是昊空門的傳人。」

小弦猶疑道：「苦慧大師既然不讓巧拙大師收徒，你如此做豈不是有違他的心意？」

「苦慧大師私下將《天命寶典》給老夫時，曾說天意既已定、人力終難撼。這世間的芸芸眾生，任你機關算盡，到頭來怕還是敵不過這冥冥天意。」愚大師一歎：「不瞞你說，老夫細察你脈像，確是百脈俱廢，絕無可能再修成內功。何況此書亦不過是命理相術之學，只盼你能從中悟得一份慧理，將這一場大禍化於無形……」

其實愚大師心中還另有一層想法：四大家族講究順應天命，而景成像廢小弦武功之事實是逆天而行。天威難測，誰知會不會惹出什麼不可臆度的變故？是以愚大師才寧可把《天命寶典》交與小弦，只盼能化解其中恩怨。更何況《天命寶典》精深博大，窮一生之力亦未必能窺通玄虛，若是能讓小弦專注於其中，再不理塵間諸事，卻也不失為是一件幸事……他這份對宿命的惶惑之心，卻是不足為外人道了。

小弦還想再問，忽聽得叮叮鐺鐺數聲鈴響，尋聲望去，卻是右首樹上掛著的一串風鈴。一旁的青兒又跳又叫大是興奮，不解何意。

愚大師呵呵一笑：「已到午膳時間了，待老夫給你做個東道。」

小弦這才知道這鈴聲竟然是為了提醒吃飯，怪不得青兒如此高興，又想到自己上次在涪陵城三香閣中做東道之事，面上亦露出一絲笑容。不過此刻不聞絲毫風吹，卻不知那串風鈴為何響了起來？仔細看去，才見到有一枝極細的纖絲由風鈴上牽往小屋中，不由問道：「那是什麼？」

愚大師解釋道：「老夫將沙漏做了些小改動，每到吃飯的時間這鈴鐺便會自動響起來，一日三餐從不中斷。」又哈哈一笑：「此乃養生之道也。」

小弦聽父親說起過英雄塚中有一項絕學便是機關消息之術，大生嚮往：「愚爺爺你可要教我。」

愚大師笑道：「這些不過是些惑人耳目的小玩意，只要你感興趣，老夫自然會教你。」

青兒口中吱吱有聲，似是急不可耐。小弦還想再問剛才的問題，愚大師一擺手：「我們先吃飯，那些話不妨慢慢說。反正你下半生都要在這裡陪著老夫，有的是時間打發這山中的漫漫光陰。」他看看小弦的表情，又安慰道：「你也不用難過。紅塵險惡，歸隱山林實是許多人夢寐以求的事。何況這山中的日子並非你想像的那麼清苦，當年小蟲兒陪著老夫十餘年，整日說話下棋、觀山看水，或去山中抓抓鳥兒，與青兒一起玩鬧，卻也其樂融融。咳，老夫已有許多年沒有與人說這麼久的話了……」

小弦呆了一下，面上卻無惱色。他自幼便生活在荒嶺中，雖然這些日子的境遇讓他大感興趣，一心設想日後當如林青、蟲大師那般闖蕩天下笑傲江湖。可聽愚大師剛才那麼斬釘截鐵地說自己絕無可能再練成武功，原本沸燙的心情登時降至冰點，剎時只覺得心灰意冷至極，如若能就在此地陪陪這看似驕傲實則孤獨的老人，閑來看看《天命寶典》，或是研究一下機關之術，就算老死荒山倒也不是什麼不可接受的事情……

愚大師口中呼哨幾聲，一拍青兒，笑道：「來來來，老夫介紹你二人認識一下。」

青兒似能聽懂人言，對小弦咧嘴一笑，伸出毛茸茸的大爪子要與小弦握手。

小弦見那猴兒如此可愛，登將一腔鬱悶先拋出腦海，笑嘻嘻地抓住青兒的爪子：「猴兒你好，以後可不許欺負我。」

愚大師笑道：「青兒非是猴族，乃是猿類。只要你對牠有一分好，牠便會回報你十分。這世道人心多變，爾虞我詐，反是與畜生打交道更省些心力……」

小弦忙對青兒一躬：「原來不是猴兄是袁兄，剛才叫錯了你可不要生氣。」

青兒亦是久無玩伴，見小弦不似主人那般不苟言笑，立刻好一番上竄下跳，將各種不知名的果子如獻寶一般源源遞來，逗得小弦與愚大師皆是大笑起來。

愚大師歎道：「當年小蟲兒與青兒亦是十分相好，如今過了這麼多年，青兒外貌尚未多變，只怕小蟲兒卻已變得讓牠認不出了。」言罷不勝唏噓。

小弦心中一動：「蟲大師又如何離開了你？」

「當年苦慧大師要帶走少主，自然也將小蟲兒還與農家。」愚大師略帶悵然道：「那以後，老夫便與青兒相依為命，再也沒有見過外人，這後山中一待就是三十餘年了。」

小弦一手拉住青兒，一手拉住愚大師，認認真真地道：「以後有我和青兒一起陪你，你就不會寂寞了。」

愚大師一呆，他原料想小弦定是不願留在此地，還以為他故意如此說讓自己安心。但他精擅識英辨雄術，立時看小弦語出真誠不似作偽，心頭亦泛起一絲感動。旋即作態般哈哈大笑：「誰說老夫寂寞了？你可知山中一日比得上人間千年，老夫在這裡過得無比快活，早已不留戀紅塵中的花花世界了……」

看著青兒急切的樣子，小弦的肚子也咕咕作響，忽想起一事：「你這些年不見外人，莫不就是只吃些果子？我可受不了。」

愚大師一笑：「你莫著急，且看我給你變些戲法。」說罷對青兒打個手勢，青兒蹦蹦跳跳地閃入屋中。

只聽得頭頂上喀喇喇幾聲響動，一個大籃子從天而降，端端落在小弦眼前定住。小弦定睛一看，那籃上亦是牽著幾根絲線，想來是青兒入屋內拉動了什麼機關，便將這籃子直送到自己面前。

那籃中卻是放著幾塊精緻的點心，小弦拿起一塊放在口中，雖是過得時間久了有些乾硬，味道卻也可口。只是實在想不通這些點心是從什麼地方來的？

愚大師看出小弦的迷惑，解釋道：「你放心，這頓權且將就一下，晚上想吃什麼儘管告訴老夫，就算你要些時鮮菜肴也可以給你弄來。」

小弦大奇：「你真會變戲法麼？」

愚大師一笑：「只要老夫想吃什麼用什麼，便寫張條子讓青兒帶到前山，自會有人準備好讓牠帶回來。嘿嘿，這傢伙鼻子端是靈光，半夜三更也能找到膳食房……」

小弦恍然大悟，笑道：「只怕縱是找來好吃的，路上也早給青兒都偷吃得精光了……」

兩人一猿一起用飯，倒也是種奇觀。

愚大師幾十年不見外人，如今碰上小弦這個聰明乖巧的孩子，更是一吐多年來憋悶在腹內的話，大覺快意。他武功精深，已近辟穀之態，平日也就只吃幾枚果子，看到小弦一會與青兒爭食最鮮紅的果子，一會又非逼得青兒去嘗幾口點心，更是心頭大暢，言語也多了起來，引經據典指點風物，又將各種機關妙術一一指給小弦看。

小弦聽愚大師見聞廣博，言語風趣，對他初見時的戒備與懼意早已一掃而空，這一餐下來，不知不覺間二人竟已似是相識多年的忘年知交一般言談無忌了。

那《天命寶典》為昊空門兩大絕學之一，在江湖傳聞中十分神奇，實際卻並非武功秘笈，所以苦慧大師才放心交與愚大師。愚大師這些年閉關苦悟本門武學，閑遐時亦偶一翻看《天命寶典》，他四大家族武功本就是道家的路子，講究知天行命，隨性而為，與《天命寶典》中某些天命術理一一印證下，亦覺得大得教益。

六十年前愚大師身為英雄塚主，更是統領著武林中最為神秘的四大家族，本是心高氣傲，頗有些自命不凡。再經與御泠堂一戰後，心念慘死同門，加上一意稟承祖訓，替天后傳人重奪天下，情性更是變得剛烈果敢。不料這五十年中受《天命寶典》清淡無為的潛移默化，早已沒有了當年的傲韌心結，變得怡然恬淡，平日間一人與青兒獨處尚不覺得什麼，如今和小弦說了這麼久的話，才驚覺在自己身上發生的變化。

也正因為如此，才造成了愚大師與景成像對待小弦完全不同的態度，亦可謂是天命使然了。

吃完了飯，愚大師又將小弦帶到那小間茅屋中。屋內有一張石床，一張石桌，一盞油燈。那燈油早枯，蛛絲密結，灰塵滿布，看來久未有人居住，想是從前蟲大師的居所。青兒極是興奮，找來幾根樹枝指指劃劃，只做是打掃一番，引得小弦哈哈大笑。

小弦原是天性達觀之人，料想脫身不得，又見到愚大師慈愛有加，青兒乖巧頑皮，一時倒也不生逃走之念。何況再過一段時間林青與蟲大師會來鳴佩峰，以蟲大師與愚大師的交情，必會想辦法帶自己離開。當即放下心事，與青兒又笑又跳玩做一團，愚大師卻一人走出門外。

小弦與青兒玩鬧一會，想起愚大師，出門一看，卻見他一個人坐在石桌旁，對著那局殘棋發呆，似是遇到什麼難解之處。

小弦自從與水柔清下過那一局後再未摸過棋子。剛才心懸自己的安危，又是急於聽愚大師講訴往事，倒沒有注意這棋局。如今心態已平，不由大生興趣，當下走到石桌前，往那棋枰中望去。

愚大師感應到小弦走近，卻連頭也不抬起，擺擺手道：「你先去陪青兒玩，莫要吵老夫，這局殘棋解了五天卻還沒有看出門道來。」

小弦與愚大師混得熟了再不怕他，笑道：「或許我能幫你解開呢。」

「你這小娃娃不知天高地厚！」愚大師輕斥道：「老夫都解得頭疼，你能有什麼本事？」

小弦得意地一笑：「你可別看不起我，我的棋力也不弱。連四大家族中的第一高手水家十九小姐都下不過我。」他心想反正愚大師數年不出後山，料也不知四大家族的近況，樂得大吹法螺，將水柔清的棋力說成是四大家族中的第一高手。

愚大師一愣，哈哈大笑起來：「你若說溫柔鄉的仙琴妙韻也還罷了，要說起這象棋，只怕普天之下也沒人敢在老夫面前誇第一。」

小弦這才記起段成說他師父英雄塚主物天成可算是宇內第一國手，而愚大師乃是物天成的師伯輩，只怕棋力不遜於他，自己這樣泛口胡說可露了馬腳，不由臉上一紅。心想愚大師解了五天的棋局定是非同小可，連忙往那枰中看去。

只見那棋局中紅黑雙方交纏在一起，黑方車炮雙馬齊集紅方城下。騎河車蓄勢待發，列手炮佔據要衝，鴛鴦馬掛飛角，形勢已是一片大好。但紅方士像俱全，單炮殿於士角，背立帥後，守得極為嚴密，看似岌岌可危，一時卻也找不出擒王之招；倒是黑方後營空虛，只餘一單士護衛老將，紅方雖少了一馬，但單車沉底座將，偏馬躍躍待發，尚有一過河卒逡巡於紅方中宮，只要躲過黑方數輪攻擊，便會施出致命殺著。

小弦越看越是心驚，看似黑方子力占優兵臨城下，大是有望取勝，但若稍有不慎，便有可能被紅方趁虛而入。粗觀黑方若想取勝必須要先與紅方兌炮，可一旦強攻無果，便輪到自家受攻……小弦一連想了數種招法直算到十幾步外亦找不到黑方一舉獲勝的招法。

愚大師沉聲道：「這局殘棋名為薔薇譜，乃是前人留下的十三秘譜之一。老夫窮半年時光解開了十二譜，唯有此局令我難以入手。」

小弦腦中算棋，隨口道：「這名字倒是好聽。」

「那薔薇雖美，卻是萼下有刺，你道是那麼好摘麼？」愚大師嘿嘿一笑：「正如此局黑方若是出擊無力，立時便會被紅方反噬。」

小弦經那十餘天與段成的苦戰，算路足可達至三十步外，猶難算盡其中變化。黑方攻擊點極多，但卻找不出有效的棋路能以雷霆萬鈞之勢一舉摧毀紅方，若要退守防禦，偏偏過河卒擋住車路，唯有送炮斃於紅方馬腿可望爭得一線喘息之機，但如此必將白損一炮；而黑方攻勢一弱，紅方必是車前馬後、發炮逐卒爭得先機，其後變化就更是繁複，似乎雙方都有機會……再要往下算去，只覺眼前微微一黑，胸口煩悶欲嘔。

愚大師知道小弦乃是用腦過度，輕輕一指搭在小弦太陽穴上，用功助他化開心魔：「此譜乃是千古疑局，內藏玄機，須得平心靜氣方有能望覓得妙手解開僵局。若是棋力不到，萬不可妄動思路。」

小弦轉過頭去不看棋局，但一顆心猶纏在枰間烽火之中，如何脫得開。何況以他的倔強脾氣，哪肯就此服輸，略喘幾口氣，復又去苦思冥想。

其實這象棋殘局遠不及圍棋變化無方，只要按各種棋路先試著走幾步便可找出最佳應手，是以由古至今從沒有解不開的象棋殘局。只是這二人都是一般的癡性，若不能一舉解開所有棋步，斷不肯落子試走。

一老一少呆立棋枰前，不知不覺便是幾個時辰。青兒上竄下跳一陣，見二人毫無反應，也有模有樣地學著站在一旁，一雙烏溜溜的眼睛好奇地左右張望不休。

又是一陣鈴響將二人驚醒，愚大師拍拍小弦：「先吃飯吧，明日再繼續想。」

又是一歎：「老夫已推算至五十七步後，卻猶看不出結果。」

小弦只算到四十餘步，發狠道：「解不出我便不吃飯。」

「你這孩子倒也是個倔性子。」愚大師大笑：「不過老夫若也是如你一般，怕是早就餓死了。」

小弦見愚大師口中發笑，臉上卻是毫無歡容，心想愛棋之人如何能說放就放，怕只是他強迫自己不去想棋，好打發這山中的漫漫時光。一念至此，臉上不禁現出一份同情之色，隨口安慰道：「愚爺爺堪破了勝負，自是不必拘泥於其間，讓棋念佔據心神。」

愚大師飽經世故，一見小弦的臉色頓知其意：「你錯了，老夫非是堪破勝負，而是另有原因。」

小弦不解，惑然望向愚大師。

愚大師一指棋枰：「老夫解過上百局古譜，知道這等殘局均是於層層迷霧中設下各種關礙，往復循環，利用解局者思路上的盲點大做文章，而正解往往便是在不經意間無中生有，執意苦研反為不美。這薔薇譜妙若天成，幾無破綻，能制出此局的人定是一位棋枰高手，深諳巧攻拙守之理，棋力絕不在老夫之下，與其在他設下的迷宮中瞎闖，倒不如跳出局外，從棋枰之外來領悟棋枰之內的玄機……」

小弦聽得發昏，喃喃道：「照你這般說，莫不是不懂棋的人更容易找到正解？」

「此話原也說得通。」愚大師正色道：「世間萬理原是類同，盛極而必衰，正若月有陰晴盈缺，花有綻放凋謝，長堤毀於蟻穴，莽林焚於星火。如此完美之局必留有一處隱著，當局者迷難以洞悉，但若能置身棋外，以局外者的眼光來重新審時度勢，再以抽繭剝絲般的耐心，引出對方那一絲間若細髮的破綻，便可以電掣雷轟之勢一舉直搗黃龍。」

小弦大覺有理，點點頭：「道理雖然如此，但如何方能做到置身局外、找到那一手隱著呢？」

愚大師侃侃而談：「正如劍客對決，在低手的眼中盡是空幻花式，自以為強勁的招法於對方卻不過是隔靴搔癢，根本不見效用；而在高手的眼中卻能一舉窺破對方的虛實，視各種虛招、誘招而不見，如狼奔虎躍般直取要害……」

小弦身體一震：「我懂了，這就是境界的差別！」

「境界這兩個字可謂道出了棋之神髓。」愚大師微笑：「不妨說說你領悟了什麼？」

小弦想了想：「記得我小時候爬山，只看到一條條羊腸小徑通往山頂，卻不知哪一條方是近路，這就如陷身局中的低手，只看得見眼前的各種棋路，卻不知將子落於何處才可一舉獲勝；而等我上到山頂再望山下時，必能一下子判定出哪一條路方是捷徑……」

愚大師哈哈大笑：「這個例子舉得好。你這小傢伙年紀輕輕就能有這份通徹的眼光，委實不易。棋力可後天苦練而成，這份棋境卻非得要有先天之才……」他的笑聲曳然而止，一時忽就想到若不是景成像廢了小弦的經脈，若讓他以棋入武，憑著這份悟性，日後只怕真能成為一代叱吒風雲的大宗師。看來苦慧大師的預見確有鬼神莫測之功！

「可還有一種可能，這山是絕壁孤峰，本就沒有通路。」小弦口中猶自不休，一指棋局：「也許這局棋本就是死局，沒有最好的解法。」

「那，就是最高境界！」愚大師微微一哂，語氣中充滿著一種嚮往與澈悟：「如果真是如此，就若沖水泡茶，少一分則濃多一分則淡，何必仍不知足？那麼完美無瑕的境界，解與不解都是無關緊要，重要的就是你已看到了道之極致！」

聽到這番話，小弦心神震盪，只覺這小小一方棋枰中竟也有許多至理。他修習《天命寶典》本就對這等玄妙的禪機大有感應，被愚大師一言點醒，再延想到世間萬事萬物，均可由此一言解之。剎那間只覺心頭舒泰難言，似有什麼梗塞豁然而通，忽有了一份大徹大悟的暢意。

看著小弦若有所思的樣子，愚大師呵呵一笑，抬手拂亂棋局：「若是思路上已走入死胡同，徒想亦是無益，倒不如好好放鬆一下，一切難題到了明日或就能迎刃而解。」

當晚小弦便住在那小屋中。愚大師精擅土木機關之術，石床石桌做得精緻自不必多說，躺在石床上絲毫不覺硬，極是舒適；便是那油燈亦大不尋常，灌入燈油燃起後照得小屋明亮如晝。愚大師又命青兒去前山拿來薄被枕席，還帶來了數塊點心，那青兒雖是猿類，倒了晚間卻也是睏意十足哈欠連天，那份昏眼朦朧、口水漣漣的樣子又逗得小弦嘻笑不止。

愚大師陪著小弦說一會話囑其早些休息方才離去。小弦見他對自己慈愛關切，就真如自家爺爺般嘘寒問暖，心中感激。聽著屋外谷幽林寂，蟲唧鳥鳴，感應著那颯颯清風，萋萋芳草，浩然明月，疏朗星辰，又想到青兒的頑皮可愛、憨態可鞠，倒覺得此荒山野嶺倒比從前在清水小鎮的居處還要好上幾分，頗有些樂不思蜀的愜意。

小弦躺在床上，回想日間愚大師對自己所說的諸般事情，心中思潮起伏如何睡得著？只覺這一路來的妙聞奇遇，尤以今日為甚。

——天下第一高手明將軍竟然便是四大家族的少主，而白道殺手之王蟲大師與明將軍關係更是微妙，幾可算是一母所出。苦慧大師到底說了什麼話才令得四大家族一任明將軍拜入昊空門？景成像亦竟會因此廢了自己武功？六十年之約一月後即至，御泠堂這一次又會訂下何等賭約？而青兒到前山出入自如，可見這後山雖是禁地，但四大家族的人自然都知道愚大師的存在，只怕自己逃到此處亦瞞不過景成像的耳目，卻不知他又會如何對待自己……

忽然想到一事：明將軍既然就是四大家族的少主，景成像等人怕是不願暗器王挑戰明將軍，會不會因此而刁難林青？難道苦慧大師的預言就是明將軍會敗在暗器王手上，所以景成像才要先廢自己武功，然後才以此要脅暗器王麼？

小弦呆了片刻，復又搖搖頭，否定了這個推論。雖然林青在他心目中猶若神人，但若要以一人之力對抗四大家族的諸多高手又是談何容易，幾不存勝機。四大家族自然犯不上利用自己來威脅林青。難道苦慧大師的預言真是與自己有關麼？可又實難相信他能預知數十年後的事情……

他雖是知悉了不少秘密，卻仍覺撲朔難解，抓不到一點頭緒，反是泛起更多疑問。輾轉反側左思右想，小腦袋中俱是一片昏然。

小弦知道多想無益，索性聽天由命，只是無論如何再也睡不著，重又起身燃燈讀了一會《天命寶典》，雖是字繁意深，但參照以往許漠洋所傳皮毛，倒也大有得益，許多疑難處豁然貫通。他越看越有興味，只是這一天身心勞累下再也支撐不住，頭漸伏漸低，終於趴在桌上睡著了。

在夢中似還見到景成像的歉然目光、愚大師的種種說辭、水柔清的如花笑靨、青兒的頑鬧嘴臉……

最後出現在腦海中的是黑紅雙方糾纏在一起的棋枰戰火，似又在解那紛繁複雜的薔薇譜，忽又想到花嗅香所講那下棋的故事，心中忽有所覺，卻又理不出什麼思緒……

隱約似還見愚大師重將自己抱起放在床上，嘴中彷彿還嘀咕了一句什麼，睡意又重重襲來……

第二日一早，天色剛濛濛初亮，小弦便爬起身來。

青兒從樹間冒出頭來，對他咧開大嘴一笑，又忙不迭的擲來幾枚不知名的山果，小弦在溪邊洗漱一番，咬一口果子，呼吸幾口新鮮空氣，再喝幾口略帶甘甜的溪水，一時只覺耳聰目明，神清氣爽，心情好得無以復加，只恨從小未學過什麼山歌小曲，不然定要大唱特唱了。

小弦心中掛記著那薔薇譜，又走到那石桌前，將已被拂亂的棋子重按記憶擺好。

青兒卻是不依，生拽硬扯地將小弦從石桌旁拉開。小弦無奈，只得暫放下棋局，與青兒爬樹捉鳥，戲水摸魚，玩得不亦悅乎，漸漸鬧得忘形，似又重溫了一遍幼時的快樂。

一人一猴在林中足足鬧了一個多時辰，青兒不知疲倦，小弦卻是累得氣喘吁吁，吃了幾個果子，緩緩回到小屋，方見到愚大師已立於石桌邊，望著棋局陷入沉思中。

小弦怕愚大師太過傷神，卻不知如何勸慰，忽想到昨夜恍然夢中之事，走近道：「愚爺爺先不要想棋，我給你講個下棋的故事。」

愚大師久不與人往來，經昨日與小弦相處，對他頗生出一份感情，聞言笑道：「你且說來聽聽。」

小弦便將花嗅香講與自己的那個山中客遇見二鬼下棋的故事細細道來：「我當時聽了笑得要死。以前只知道世人怕鬼，現在方知鬼也是怕人的，何況是這兩個膽小鬼。」

愚大師聽罷卻是微微一怔：「老夫從未聽過這個故事，似是頗有隱喻。」

小弦心中一動：「這個故事是翩躚樓主花嗅香告訴我的，他當時似乎也怪我沒有聽出其中深意。」

愚大師似有所悟：「花柏生飽讀史書，智力謀略在四大家族中不做第二人想，其子想必也不凡。」猛然一拍白髮蒼蒼的腦袋：「我知道了，這個故事講的是執拗。」

小弦不解：「如何執拗？」

愚大師反問道：「那人起初聞棋聲不寐，後來卻為何無棋聲難眠？」

小弦道：「那是因為他習慣了棋聲……」

「不錯，習慣二字便是其中關鍵所在。」愚大師截口道：「正如人常居鮑魚之肆不覺其臭，常駐荒冷之地而不覺寒。人的生性雖不比禽獸善於適應環境，但久而久之，亦會對身邊固有的一切產生一種依賴性……」他刮刮小弦的鼻子：「比如你若是吃習慣了大魚大肉一旦讓你久不動葷腥，定然是叫苦連天吧？」

小弦笑道：「我倒是習慣了青菜素飯，若是讓我天天大魚大肉才不習慣呢。」

愚大師一呆：「你家裡很窮麼？」

小弦一挺胸：「當然不窮啦。不過我從小和爹爹一起生活，他還不如我會做飯呢，平日又懶得去弄，將就些就是啦。待到過節趕集的時候我們就去城裡好好大吃一頓。」

愚大師見小弦如此懂事，更是喜歡，柔聲問道：「你媽媽呢？」

小弦最怕別人提及自己的母親，一時也不知道如何回答，低頭不語。

愚大師何等眼力，察顏觀色下登時猜出小弦母親可能已不在人世。心中憐意大生，輕撫小弦的頭頂，口中喃喃歎道：「孩子你也不必傷心，你尚有個好爹爹和好爺爺嘛。」

小弦聽愚大師如此說，心中一酸眼眶一紅，輕輕抱住愚大師的腰，咬住嘴唇強忍著欲要滴下的淚。他二人雖只見了一天，卻甚是合緣，此刻真情流露下便如親生祖孫一般。

愚大師怕小弦難過，手指在他頭上輕點，卻是運起門內的氣貫霹靂功，將一絲精氣由靈台大穴渡入體內，助他趨開一絲愁慮。

在愚大師手指點上小弦頭頂的一剎間，小弦腦中突然閃過一個女子的纖秀面龐，似是正淚眼漣漣地望向自己，眉目間滿是一種依依不捨，小弦忽然間福至心靈，脫口大叫一聲：「媽媽！」

愚大師連忙收功：「怎麼了？」

那女子影像瞬間即逝，小弦猶是呆張了嘴，半晌方喃喃道：「剛才愚爺爺手觸到我頭頂的時候，我似是看到了一個女子的樣子。」

「哦。」愚大師大奇：「是你母親麼？」

「我也不清楚。不過我雖然從未見過這個女子，但直覺中總覺得她就是我的媽媽……」小弦搖搖頭，一臉的神思不屬：「說來也怪，我對小時候的記憶沒有一點印象，好像一生下來就已六七歲了，便和爹爹在清水鎮生活，這之前卻是全無印象。」

愚大師略通醫理，詳細問起小弦的感覺，立時知道他必是從小經了什麼刺激患了失憶之症，而剛才自己誤打誤撞下氣貫霹靂功激起了小弦一絲殘存的記憶，沉吟道：「不妨，我四大家族除了武功外尚各有絕學。英雄塚精於機關消息與識英辨雄；溫柔鄉女子擅長音律琴瑟；翩躚樓詩畫雙絕；而點睛閣則是醫術天下無雙。待得勝了與御泠堂的賭約後，老夫便帶你去點睛閣找景成像，必會治好你的失憶之症，不過這尚需得等你父親來後，問明前因後果後方好下手醫治……」

小弦心有餘怒：「哼，誰知道他會不會又趁機給我使什麼壞心眼。」

愚大師正色道：「點睛閣傳人一向忠厚，絕不會如此，上次成像廢你武功實有隱情，他必亦是愧疚不已。」

小弦哪肯輕易原諒景成像：「爹爹早就教我知人知面不知心，我起初看他表面仁厚，還十分喜歡他，誰知……」

「你懂什麼？」愚大師斥道：「點睛閣的武功自成一派，深諳天道，心術不正者妄修『浩然正氣』必會走火入魔。」

小弦見愚大師動怒，嘴巴一嘁，賭氣不語。

愚大師亦覺言重，呵呵一笑，放緩語氣：「你要記住，辨人好壞切不可任性而為。現在你不過一個孩子也還罷了，若是有一日你手握生殺大權，豈可再這般動輒憑隻言片語定人忠奸？」

小弦心中一動，直覺愚大師言中大有深意，似是要點醒自己什麼，不過仍氣不過愚大師剛才喝斥自己，別過頭去，給他個不理不睬。說來也怪，起初二人才認識時愚大師一臉凶狠還說要殺了他卻也不覺得什麼，而此刻已當愚大師如親人般便再也受不起他這般嚴厲作態，這其中心緒的變化確也是相當微妙了。

愚大師也不生氣，用言語幫他分心：「咳咳，老夫剛才聽你說起這個故事，忽有所悟，似是隱隱想到了解開這薔薇譜的法門。」

小弦終是孩子心性，聞言忍不住接口：「對了，你說這個故事講的是執拗，有何解說？」

愚大師沉思：「習武者執於劍，博弈者執於棋。人生在世，總是免不了執拗，說穿了便是執拗於勝負之念。如若能超脫勝負，甚至超脫生死，任那窗外棋響如雷或是寂然無聲，還不都是一樣的安睡如故。」

小弦奇道：「這與蓄薇譜又有什麼關係？」

愚大師長歎：「老夫這一生便是堪不破這勝負二字，所以在棋局中務求要一舉擊潰對方，無論如何也跳不出強棄攻殺的思路。若能換一種心境，或能解開此局。」

小弦靈機一動：「那你不妨試試讓對方先攻，來個後發制人。」

愚大師猛然一震，再定睛望向棋局，隔了良久，突然哈哈大笑起來：「一語驚醒夢中人啊！想不到這蓄薇譜竟會因你一言而解，哈哈哈哈……」

小弦拍手笑道：「你解出來了麼？」

愚大師微笑、頷首、不語，拿起盤中的黑馬斜跳了一步。

小弦一呆，這一步即沒有給對方伏下致命後著，也不能一舉解自身之圍，可謂是一步無關痛癢之招，實是不明其意：「這算什麼？」

愚大師笑道：「我給你講過，若非到達那道之極致，任何事物皆有其破綻，如欲解之便須借自己之手引出那份破綻。這蓄薇譜雖然設得極精巧，卻也不到那完美無瑕的境界，不過是利用解棋者思路上的盲點，將自身的破綻隱於無形。」

小弦聽得連連點頭：「我們的盲點是什麼？」

愚大師不答反問：「下棋是為了什麼？」

小弦隨口道：「爭勝呀。」

「正是如此！」愚大師撫掌大笑：「若是一意求和甚至求敗，那麼便可解開此局了。」他一指棋局：「每個懂棋之人一見到此局，眼看黑方優勢如此之大，必是考慮如何一舉擒獲紅帥，思路上便已不知不覺墜入求勝之念中，是以方苦思不遂。但若是下出這一步跳馬的閑著，靜等紅方來攻，紅方反會陷入黑方的步調中，你不妨看看現在紅方又應該如何走？」

小弦察看棋局，紅方現在卻又處於剛才黑方的尷尬之中，攻不能一舉擊潰對方，守亦沒有一舉解圍的妙著。他細品愚大師的話語，靈機一動，亦抱著求和之心，把紅車略移一步，仍是不即不離地保持對黑將的威脅，卻又不急於出招，反是重把主動權交在黑方手上。

「孺子可教也！」愚大師狀極欣然，再跳黑馬飛角，仍是等紅方先行變招攻擊……

這薔薇譜確是製得極為神妙，先強攻者必遭對方反噬。二人你一子我一子走下去，皆是不求速勝，唯求弈和。不多時便互兌去一馬一車，紅方僅餘一炮一兵已無勝望，而黑方雖有一炮一馬面對紅方士像俱全也是束手無策……

一老一少對視大笑，這薔薇譜的最後結局竟然是一局和棋。

「既然天下萬物其理相通……」小弦臉上現出一種不合年齡的鄭重：「若是將此理用於武學中，卻又是什麼結果呢？」

愚大師緩緩搖頭：「這卻是行不通了，試想習武者若是以求和甚至求敗之心與人對戰，其結果自是不問而知。」他忽張大了嘴，當場愣住，望著小弦再也說不出話來。

要知武功對決便若弈棋之道，起先雙方都是攻守兼備，要待得對方露出一絲空隙後方伺機而攻。若二人皆是勢均力敵的高手，必是守得固若金湯，難得露出半點破綻，便需以不斷變幻的招式引動對方嚴密的門戶。但正如雙刃之鋒有利必有其弊，自己招式變換間必也會不斷露出破綻，若不能一舉拿下對方，便極有可能反被對方所趁。

於是便有武當大宗師張三丰創出太極門，講究後發制人，以柔克剛，其理便是己方故意賣出破綻誘使對方來攻，然後補去自身破綻尋機反撲對方。但武學之道相生相剋，且不說太極高手是否能在對方招至前及時補去自身破綻，只要伺機一出手制敵，本身就已露出空門。

是以天下絕沒有立足不敗的守式，亦不會有完美無缺的攻招。勝負就看攻方能否及時抓住防禦一方由守轉攻時的破綻，而守方能否在攻方招式尚未完全展開之前先行攻入對方的破綻中……

而依這薔薇譜中不求勝只求和之道理，卻是不斷以自身的破綻引誘對方來攻，而再以另一個破綻補去先前的破綻，待對手變招再攻時，卻又以新的破綻補去。如此循環往復，直到攻方自己露出補無可補的漏洞時方才一舉出手。這就如二人前後奔跑，領先者雖似被追趕，卻是隨時可以停下腳步讓對手跑至前方而將一轉成為追擊者，而後者看似主動追趕，其實卻也只能是亦步亦趨的被動。

這樣的情況在實戰中卻鮮有出現。試想在那動輒一決生死的激鬥中，縱偶有誘招惑敵，也必是尋隙反擊，誰又敢一直將破綻暴露在對手的攻擊之下，豈非有敗無勝。何況天下各門各派的武功都是力求將自身守得潑水不進，也斷沒有這等故意連續露出破綻的招式。所以這道理雖然簡單，但稍精武功的人卻從沒有去想過，若非小弦武功粗淺，又因《天命寶典》的引導於棋理中悟出這想法，只怕再過數百年也不會有人想出這等匪夷所思、先求敗再求勝的武學來。

愚大師身為四大家族上一代盟主，可謂是天下屈指可數的高手，經小弦有意無意的一句話立時醒悟。高手相較，所差不過一線，爭得就是這份境界上的突破。他將平生幾次苦戰逐一回想，若是自己早有這份領悟，過去那些對手恐怕早就伏首稱臣了……

愚大師臉上神色如癡如醉、或陰或晴、似喜似悲、若狂若瘋。忽直身而起，臉上神情奮悅，氣勢蓋天，那個蒼首皓顏的垂暮老人再也不見，取而代之的是一位踏上巔峰的武林至尊。他深吸一口氣，仰天長嘯，嘯音直震得山谷中岩石撼動，溪水晃漾、草木激揚、林鳥沖天，片片樹葉簌簌而落，就如下了一場葉雨。

一旁的青兒從未見過主人如此，驚得吱吱亂叫。

小弦亦被愚大師的嘯聲震得心口怦怦而跳，他雖是心中隱有所悟，畢竟武功底子尚淺，難以一下理解其中原理。實是料不到隨口一句話竟收奇效，更是不解一向穩重的愚大師何以突然變得如此亢奮，心中又驚又怕。

愚大師的嘯聲良久方歇，欣然道：「下月便是與御泠堂決戰的日子，偏偏老天爺將你送到老夫身邊，悟得這般道理。莫不真是天后顯靈，要讓她的傳人一奪天下麼？好孩子，你可幫了爺爺一個大忙啊！」四大家族數百年與御泠堂相抗，愚大師曾任盟主更是對此無時無刻不放在心上，此時想到與御泠堂的賭戰幾乎十拿九穩，日後再助天后傳人重奪皇位，一生夙願有望得償，心頭這份快意真是言語難以形容。

小弦傻乎乎地道：「我似乎明白了什麼，卻是說不出來。愚爺爺你到底悟出了什麼？」

愚大師一把抱起小弦，重重在他小臉上親了一口，哈哈大笑起來：「你武功幾乎沒有根基，正好不必循規蹈矩讓傳統武道束縛了思路，習得這大大不合常情的武學至理。唔，此理得於薔薇譜，不若就叫薔薇訣。以你的聰明與悟性，一個月的時間便足以學會，日後必可笑傲天下……」

小弦微微一愣：「你是說我不可能再學會上乘武功了麼？」

愚大師語塞：「內功你是無論如何不可能修習了，但這份慧知灼識卻可以傳於你，日後只要你再找個資質絕佳的傳人，必會在武林中開宗立派，成為人人敬仰的一代宗師……」

小弦一聽自己終是與武學無緣，抱得一線希望重又落空。心頭失落，對武學再無半點興趣，咬著嘴唇憤聲道：「我不學，你自個去找資質絕佳的傳人吧。」

愚大師奇道：「這等機遇常人夢寐以求，你又為何不要？」立時明白了小弦的鬱鬱心結，不由也替他難過：「你的武功因我四大家族而廢，這也算是一些補償。

何況老夫能有這份領悟亦全靠你無心之語……唉，也罷，你若不學便讓它隨著老夫葬於這荒山野嶺吧。」

小弦心中一動：聽愚大師的口氣，這份武學上的領悟必是非同小可，自己不若先學下後再教給林青，只要暗器王能打敗四大家族的少主明將軍，也算是幫自己出了一口惡氣。不過若是愚大師將此訣又傳給明將軍，可是大大不妙。

想到這裡，臉上還故意顯出不情願的樣子：「那你答應我不許再教給其他人。」

愚大師哪裡想得到小弦腦中轉的是什麼念頭，隨口道：「好，老夫答應只傳你一人，好讓你日後便是獨一無二的薔薇訣開山祖師。」

小弦倒未起過這念頭，聞言喜上眉稍：「好呀好呀，我就要做獨一無二的。愚爺爺你快發下重誓只傳我一人。」

愚大師心情極好，哈哈大笑：「好，老夫立誓這薔薇訣只傳……唔，你大名叫什麼？」

小弦一挺胸：「楊……不，許驚弦！」又跳起來道：「薔薇訣這名字我不喜歡，軟綿綿的哪有半點做開山祖師的派頭，不如換一個有氣派的名字……嗯，我想想。」

愚大師見小弦天真爛漫，為了一個名字也是這般認真，更在心裡愛極了他：

「昔日宋祖與陳摶老祖棋爭天下，可見這博弈之道亦能爭霸天下，不若就叫弈天訣吧。」

小弦拍手大笑：「哇，這名字氣派十足，我好喜歡！」

「好！」愚大師一本正經重又道：「老夫立誓此弈天訣只傳許驚弦一人，若違此誓，管教老夫不得好死！」

小弦連忙吐幾口唾沫：「什麼不得好死多難聽呀，你若違誓就罰你來生變個青兒一樣的大猴子吧。」

二人對視一眼捧腹大笑，指著青兒笑得合不攏嘴。青兒被二人笑得莫名其妙，見主人開心，連忙又翻了好幾個跟斗。

如此一連數天，小弦便跟著愚大師學習這弈天訣。

這弈天訣道理看似繁複實則簡單，說到底便是將後發制人之道發揮至極致，而最關鍵處便是要從棋路中參得那份頓悟。

於是二人閑來便坐於枰間對弈。愚大師棋力較之小弦的啟蒙老師段成何止高了數倍，小弦使出渾身解數也難求一勝。但他獨具慧心，索性用從棋中掌握的弈天訣再反用於棋中，不求取勝唯求和局，愚大師倒真是拿他沒有辦法，偶有疏忽時還險些要敗在小弦手上。

英雄塚的武功原就是由棋入武，愚大師身兼二長，再將弈天訣與自身武學一一印證，更是大有所得。他亦毫不藏私，將這份「致虛極、守靜篤」的道理細細講給小弦聽。

小弦一心要做那弈天訣的「開山祖師」，倒是學得十分專心。他武學根基實是太淺，按理說原是根本不可能聽懂這武學中高深的理論，但也幸好他並未接觸過太多的武學道理，對這大違武學常規的弈天訣卻是沒有本能上的排斥，稍遇阻滯，便以棋理與《天命寶典》相互佐證，倒也能領悟小半。加上他記憶極好，無法理解的便先強行記在腦中，留待日後再慢慢消化。

二人以棋悟道，再由道入棋，皆是樂此不疲。

愚大師閉關多年，本已修至不沾塵世的澄明心性，這才返樸歸真裸身而居。與小弦相處多日後感情日增，反是有了掛礙，塵心漸起，復又讓青兒去前山拿來衣衫，打扮起來倒也頗有道骨仙風。

鶴髮老人與垂髫童子每日談弈谷中，渾不知時光如電……

匆匆間便過了大半月，二人俱是對此弈天訣大有領悟。

愚大師由棋及武，這近百年大半輩子光景皆可謂是浸淫於勝負中。而弈天訣卻講究不戰屈人的中庸之道，大違他平生心念，反是不如小弦掌握得快；而小弦起步雖遲，提高的幅度亦更大，不但弈天訣漸已得心應手；更是棋力飛漲，縱是面對愚大師這樣的宇內國手，雖尚不能貿然言勝，卻足可有一拚之力。

第七章

枰爭天下

這一變化大出眾人意料之外，水柔清與幾個四大家族弟子更是同聲驚呼，
便是愚大師景成像這等久經風浪之士亦不由聳然動容。
只見自盡之人適才撒粉畫盤時所顯露的武功，
絕對應是御泠堂中有數的高手，
而青霜令使竟然不惜以他一條性命來換取執先的優勢，
可見對這一場賭棋御泠堂已是勢在必得！

這日從清晨弈至午間，小弦已是三度逼和愚大師。

第四局愚大師空占子力優勢，偏偏被小弦不斷以閑著求和兌子，弄得縛手縛腳，終又是一局和棋。他雖是老彌心性，卻也不免因棋生怨，一甩不甚合身的大袖將棋盤拂亂，氣鼓鼓地道：「似你這般下棋有何趣味？難道你就一心只想和棋？太沒有出息了吧？」

小弦笑嘻嘻地重擺戰場：「弈天訣的最高境界應該是不戰屈人，這只說明你還學得不到家。」

愚大師一想也是道理，心中大生感悟：小弦這孩子雖是不通武功，但從小修習《天命寶典》慧心獨具，對這弈天訣卻比自己還掌握得精深，假以時日，必是了不得的人物。

想到此處愚大師心中驀然一涼：他師出英雄塚一生保持童子之身，自然非常羡慕他人的天倫之樂。這些天與小弦相處得十分快樂，不知不覺間簡直就當他是自己的親孫兒，卻渾忘了他正是苦慧大師預見的「煞星」……要知爭霸天下身懷絕世武功固然最好，但卻未必非此不可。莫不是自己鬼使神差地果然打造出了一個少主的對頭？難道自己也應該如景成像一般被迫毀了他？

愚大師一念至此，冷汗涔涔而下……

正思忖間，忽聽山中傳來一聲長嘯。其音清越悠長，在山谷間蕩然不絕，足有一柱香的時間亦不停歇，就似發嘯之人不需要開口換氣一般，顯見懷有絕世武功。

小弦心中一動，面上泛起喜色：「必是林叔叔來接我了……」又連忙掩住口。愚大師聲明要他陪著老死這荒山中，如何肯讓林青帶自己走。而這些日子小弦整天只顧著下棋玩樂，稍有空暇又忙著去看《天命寶典》，卻從未想過若是林青來接自己會是什麼樣的情形。從小父親許漠洋就告訴他江湖險惡，想到自己身無武功怕是難以在江湖上立足，倒還不如就這般在荒山中了此一生，可內心深處卻又總覺得有那麼一絲不甘……

小弦心中百轉千迴，又想跟著林青走，又覺得捨不得愚大師，更怕林青與愚大師鬧僵，一時連自己也不知道應該如何抉擇，一生之中，倒難得有這一刻的猶豫不決。

愚大師卻是臉色微微一變，喃喃道：「終於來了。」

話音才落，洞外又響起數人的腳步聲，一人恭聲道：「點睛閣弟子景成像恭請物師伯開關出山，率四大家族二十行道弟子迎戰御冷堂。」卻是點睛閣主景成像的聲音。

那嘯聲驟然而止，一個聲音傳入眾人耳中：「好極好極，原來物由蕭物老爺子尚在人世。晚輩自幼聽聞六十年前慘烈一戰，只恨生不逢時，無緣一睹風采。今日可續舊時心願，實是不勝欣然。」他口說欣然，卻全無半分欣然之意，反是透出一股漠然生冷的怨毒，和著山谷間尚迴響不停的嘯聲，更增一種妖異的氣氛。

小弦這才知道來人非是暗器王林青，而是御泠堂的高手。這個聲音於謙然平和中隱露鋒芒，說話之人似是頗年輕。

但這個聲音卻是極不尋常，就如喉間含著什麼東西使舌尖頂住上顎般帶著濃重的鼻音，又如一個人短了半截舌頭般捲動不靈，聽起來有種抑揚頓挫的怪異感；但偏偏他每個字又說得清清楚楚、爽脆俐落，字與字之間的空隙如同經過計算般不多不少，使得每一個音節都像鼓點般均勻而鈍重地敲在小弦的心頭。令他剎時如墜夢魘，彷佛又回到在那日困龍山莊中乍聽到寧徊風的哨音，重又泛起滅絕神術在體內引發的感覺。

愚大師淡然一哂：「從今起這世上便只有愚大師，再也休提物由蕭這個名字。」

那人的語調似遠似近飄忽難定，聽得小弦心內極不舒服，煩悶欲嘔，直聽到愚大師雄渾的聲音，方驀然從回想中驚醒。他這才知道愚大師的真名叫做物由蕭，而許漠洋給他講過那老頑童物由心的事情，如此算來物由心竟還是英雄塚的上一輩高手。

「原來如此！」那個怪異的聲音不帶一絲感情冷冰冰地道：「晚輩先要恭喜前輩已跳出五行、得脫凡塵。既然連俗世的名字都忘了，想必這次賭約亦會是置身事外了？」

愚大師朗朗大笑：「出世又如何？入世又如何？拭去蒙塵心境，便知二者原無分別。」

來人裝模作樣地失聲驚呼：「大師前輩高人，若是一意與晚輩為難，豈不讓晚輩有負堂主重望？」

愚大師眼中精光一閃：「紅塵紫陌、碧葉青霜，你是哪一位？」

來人謙笑道：「前輩法眼如炬，晚輩青霜令使，暫攝副堂主之位。」

愚大師眉頭一皺，御泠堂堂下有炎日、火雲、焱雷三旗，分設紅塵、紫陌、碧葉三使，另有一人專職掌管御泠堂中聖物青霜令，便被喚做青霜令使，身分僅次於堂主。那青霜令上據說刻有十九句武學秘訣，卻從無人能參詳得透。但三百多年前御泠堂的青霜令使暴斃西域，青霜令便下落不明，自此後青霜令使有名無實、虛席以待，而此次來人既然口稱是青霜令使，還代堂主出戰，只怕這青霜令已然找了回來也未可知。

要知這場賭約事關重大，歷屆賭戰皆是御泠堂主親自率眾而來，二百多年來御泠堂連敗四場，自是千方百計要贏得這與四大家族六十年一度的賭戰。可如今連堂主都不親自出戰，實是有些蹊蹺……

想到這裡，愚大師沉聲道：「御泠堂只派出青霜令使，如此托大，莫非有把握勝得今日的賭約麼？」

青霜令使仍不現身，似遠似近的聲音悠悠傳來：「我本欲請堂主親來，堂主卻道：『四大家族這些年人材凋零，無人可堪大任，倒不若讓你有機會多經些江湖歷煉，日後也好重振我御泠堂的聲威』……」

「昔日四大家族與御泠堂在天后面前共立賭約，一方敗北六十年間絕不插手江湖諸事。」愚大師冷笑：「老夫卻聽說不久前貴堂炎日旗紅塵使已將擒天堡鬧了一個天翻地覆，已是大違雙方的約定。如今連御泠堂主都不親自出戰，看來已是打定主意棄信毀諾了吧……」

青霜令使故作驚奇：「前輩既然閉關多年，如何又知道這些事情？」

愚大師低哼一聲：「御泠堂自以為能封住天下人的嘴麼？」

青霜令使仍是不急不忙：「前輩千萬莫信這些江湖流言。焉知不是有人故意冒充紅塵使想出此計策嫁禍御泠堂？」

景成像的聲音從洞外傳來：「以御泠堂含眦必報趕盡殺絕的手段，誰敢冒充紅塵使？」

「景兄此言差矣。紅塵使明明好端端留守堂中，你卻非要說他大鬧擒天堡，不知可有人證與物證？」青霜令使輕吁一口氣，悠悠道：「或是你四大家族自知賭戰勝望不大，索性先挑起爭執，日後也好有毀諾棄約的藉口。若說含眦必報確是御泠堂的一貫風格，但這趕盡殺絕四個字麼，怕才是景兄目前的心思吧……」他雖是信口雌黃，但這般強辯卻也頗合情理，景成像忠厚之士，更不願與對手徒爭口舌之利，一時也想不出應該如何反駁，只得不語。

愚大師心頭暗驚，這個青霜令使反應快捷，能言善辯，於閒談言笑中暗露鋒芒，當是一大勁敵。口中嘲然道：「看你巧舌如簧，卻不知有幾分把握勝得這一戰？」

「那要看前輩是否顧惜聲名了。」青霜令使嘿嘿一笑：「若是前輩以大欺小，晚輩原先的八九分把握便只剩五六分了……」

愚大師冷然道：「以御泠堂的情報怎會不知老夫尚在人世？經這二百餘年的一挫再挫，卻不知御泠堂還剩下些什麼本事？」

青霜令使怪聲怪氣地笑道：「隔一會前輩自然會知道御泠堂的本事。」

小弦再也受不了這青霜令使的陰陽怪氣，忍不住對愚大師叫道：「爺爺不要低估了他們，御泠堂至少還有一樣本事：大言不慚。」

青霜令使口中嘖嘖有聲：「四大家族果然能人輩出，這等場面也輪得到小孩子說話。」

小弦不忿：「你在愚大師面前不也是個小孩子？」

愚大師哈哈大笑：「正是正是。」拍拍小弦的頭以示贊許。

青霜令使也不動怒：「既然如此，便請前輩袖手旁觀，讓我等與景兄放手一搏，免得讓世人說四大家族以大欺小。」看來他說到底就想激得愚大師不出手。

「老夫才不與你這後輩許多廢話。」愚大師咄然大喝：「除魔衛道乃我輩本色，自是當仁不讓擔起一肩道義，豈能讓爾等陰謀得逞。」又對洞外揚聲道：「成像進來吧，老夫閉關五十年等得便是這一天，定會擔當起本門重任，與御泠堂奮力一搏！」

二十餘人魚貫而入，領頭一人正是點睛閣主景成像。他顯是早知小弦的下落，雖見小弦與愚大師坐在石桌旁對弈，面上卻絲毫不見動容，只是有一線幾不可察的疚色從他眼中一閃而過，隨即長揖到地：「點睛閣十七代閣主景成像見過物師伯。」

小弦細細看去，除了領頭的景成像，四大家族一共還來了二十人。花嗅香、水柔梳、物天成、莫斂鋒等人均在其中，其餘想來俱是行道大會中挑選出的精英弟子，有幾名纖弱女子應是溫柔鄉的高手，水柔清亦赫然在內，花想容卻不在其中。

所有人的面上俱是一派凝重之色，只有水柔清見到小弦略微一笑。

愚大師一改平日慈和，面色肅穆，沉聲提氣道：「四大家族二十人已定，御泠堂訂下什麼賭約不妨劃下道來？」

青霜令使漠然道：「既然如此，便請諸位移步離望崖與我御泠堂殊死一戰。」言罷再無聲響。

愚大師環視眾人：「此次雖沒有昊空門人做公證，我等亦莫給御泠堂留下以多欺少的藉口，仍是以二十人出戰……」目光在四大家族眾弟子間轉來轉去，似要挑出二人留下。

小弦心想自己可算是昊空門傳人，自是大有理由去看這一場百年難遇的賭戰，急道：「我……」才吐出一個字，已被物天成一指點在胸間，頓時昏倒在地。

花嗅香、水柔梳與莫斂鋒本是不滿景成像廢小弦武功之事，但大敵當前不願先起爭執，均是暗歎一聲。

水柔清不明其中緣由，驚呼一聲，正要開口發問，卻被父親以目止住。

景成像欲要對愚大師解釋，愚大師將手一擺，長歎一聲：「這孩子竟能與老夫棋逢對手，可謂天份極高，也無需太過為難他。待與御泠堂了結此事後，若老夫還能留得一條性命，自會將他留在此地。」景成像本也不知應該如何處置小弦，聽愚大師如此說，只得點頭應承。

愚大師用手一指水柔清與另一個點睛閣弟子：「你二人留下看著這孩子，其餘人和我去離望崖。」他眼力高明，早看出四大家族眾人中以水柔清與那點睛閣弟子武功最弱。

水柔清雖是甚怕這個從未朝過面的愚大師，卻仍是大聲道：「我要陪著爹爹。」

愚大師眼睛一瞪：「你當是小孩子玩耍麼？」

水柔清咬唇不語，面上卻是一份剛毅之色。行道大會本未選中她，莫斂鋒也不願她涉險，但誰也拗不過她的性子。何況四大家族中人人皆知她自幼沒有母親，更是不忍讓她父女分離，才只得帶她來到此處。

愚大師一時拿她無法，只好道：「也罷，我們總要留下一人主持，便是二十一人吧。」說罷率先昂然踏出洞外。

那離望崖位於鳴佩峰後山二里處的兩座小山峰間。二峰相隔數十丈、遙然相望，中間卻是近百步寬的一大塊空地。那空地平坦而空闊，不生樹木草叢，唯有星羅棋佈般堆積著從峰頂上滾落的巨大岩石。歷代四大家族與御泠堂的賭戰多選址於此。

二峰均不過數丈高。左峰略矮，遠觀呈背馳奔馬狀，故名漸離；右峰稍高，若一張首翹望女子，故名相望。二峰合稱為離望崖。

眾人攀上漸離崖，已可遙見御泠堂的二十人落足於對面相望崖上。領頭一人白衣短襟，束髮披肩，踏足於一塊大石上，右手叉腰而立，左手執一柄半尺長短的令牌，頭上卻是戴著一個獰惡的青銅面具，根本看不清其面目。雖是隔了數十丈的距離，顧盼間猶可感受到他那凜然射來的凌厲目光，配合著迎風飄揚的黑髮白衣，俊雅風姿與森寒殺氣合而為一，有種說不出來的峻冷矜嚴。

眾人適才只聞其聲，此時乍見到這似從完美體態間隱透出濃烈邪氣的身影，心頭皆是一震。花嗅香雖是自命風流天下，卻覺得這青霜令使的翩翩風度絲毫不輸於少年自己，孤傲泰烈處猶有過之，心中暗歎：自古御泠堂四使均是清弱秀逸之士，文武皆是上上之選，只觀此青霜令使的形貌，又有誰能想到其中暗藏著枕戈乾坤、禍亂天下之心？

愚大師迎上青霜令使射來的目光，提氣開聲：「想不到堂堂青霜令使竟然是這般不敢見人的模樣？」

青霜令使微揚起頭，不見他運氣作勢，那怪異的聲音卻有若實質般傳入每個人的耳中：「晚輩自幼發下毒誓，若不能一雪四敗之恥，絕不將真實面目示人。若是前輩願意成全，自當感恩不盡。」這番話原是頗有怨毒之意，但經他這般淡然說來，誰也不知是真是假。

愚大師大笑：「那就要看你自己的本事了。」

青霜令使亦是輕笑有聲：「若是沒有本事贏得這一仗，此張面孔縱是可比宋玉潘安，亦只好讓它再經六十年的不見天日。」

愚大師長吸一口氣，緩緩道：「這一次要如何賭？」

青霜令使沉吟，卻突語出奇峰：「前輩可想知道晚輩對四大家族的武功有何說辭麼？」

愚大師拿不準他是何用意，微一頷首。「願聞其詳。」

「讀浩然之書，得浩然之氣！」青霜令使抬頭盯住景成像，肅聲道：「點睛閣之浩然正氣沛莫能禦，醉歡掌法似拙勝巧。便若那醉漢的惺朦神情間一股捉摸不透的悅意，觀者不解其神，醉者自明其韻。可比做是宴透紅妝、霜寒鐵衣後逢迎於清歡滿座的無奈一笑，其境便在那一份舊朋新友他朝各奔前程的蕭索心情中。奈何浩然氣難馭醉歡掌，若以忘憂步避其鋭烈，離魂舞引其鬱狂，可破之……」

景成像大震，他一生浸淫於本門的浩然正氣與醉歡掌，卻尚是第一次聽到如此中肯而切題的評價。最可怕的，乃是對方直言可用疏引之法，駕馭出醉歡掌中那一份醉生夢死後的狂鬱之意，由此反噬浩然正氣……這雖只是口頭談兵，卻是道出了點睛閣武功的最大弱點：醉歡之念與浩然正氣意境間的截然不符！

青霜令使對景成像的驚訝神情視若不見，轉頭望向花嗅香：「翩躚樓以畫入武，折花手傾杯花底、風月媚人，講究輕敲葉、重攀折、靜消凝、動黯然；其意韻不在折花時的淡黯如錦風物，卻是在於丘屏壑阻間偶露花枝的那一份『愕然』之意。若用帷幕刀網封其身法，屈人劍法鎖其後著，不給其畫中留白之餘韻，亦當能破之……」

花嗅香果是「愕然」，垂頭思索起來。

青霜令使再望向水柔梳：「溫柔鄉借樂音而印武學，所謂玉簫聲斷空遺恨，潸歌轉枕暗尋思，纏思索舉重若輕，無跡可循，擅於在對戰中擾敵節奏，再尋隙而入。講究橫直間惆悵，豎斜處荼凝，可謂是天下任何短兵器的剋星……」

饒是以水柔梳的淡泊，聽到本門武學的長短被對方一語道盡，亦不免失聲道：「你要如何破？」

青霜令使嘿然一笑：「纏思、纏思，前事難重，回首俱非。若能俱忘身前身後兒女情思，以至剛至堅斫斷纖纖心結，又有何思可纏？」他不待水柔梳反駁，又望向物天成：「棋枰之道原是與武學宗旨最為接近。英雄塚的狂雲亂雨手大開大闔，霸氣迫人，氣貫霹靂功更有一股君臨天下的王者之氣，全然不同點睛閣方正平實的略顯刻板、翩躚樓點帛吟箋的嬌柔造作、溫柔鄉細翦淺攢的小家子氣，原是四大家族中最難纏的武功。只惜其太重爭勝之道，錙銖必較，若是對手一意守成，不計較寸土得失，其剛難持，其攻難繼。就若棋枰中雖是子力占優，但若對方一心兌子求和，卻無力靠強攻一舉挫敵於剎那間……」

這一說正是暗合弈天訣的心法，連愚大師亦不由聳然動容。

這番話於兩軍對壘前侃侃道來，再加上青霜令使極具蠱惑力的風度、鋒利如刀的口才、渾若無事的談吐，確是動人心魄至極。

他能將四大家族的武功強弱處逐一說出已屬不易，而且均是發前人未有之見地，若沒有數年的觀察研究實難有如此精準的結論。而四大家族與御泠堂身為數百年的宿仇，各種秘術異功僅六十年一現陣前，他又是如何得知？一念至此，已足令景、花、水、物四家弟子皆是胸中如轟巨雷，心萌懼意了。

愚大師強按心頭震憾，哈哈大笑：「既然御泠堂將我四大家族武功精研至此，何需只爭口頭上的便宜，出手一試立知分曉。」

青霜令使卻不為所動：「前輩莫要心急。晚輩還想請教一個問題。」

愚大師當然不肯示弱：「你一口一聲晚輩，老夫若是不讓你問，倒顯得不近情理了。」

青霜令使呵呵一笑，輕聲道：「天下武功源出少林，為何少林派屹立千年仍是不倒呢？」

四大家族的二十餘人全是家族中的精英，聞言立知其意：少林弟子遍傳天下，可以說除了少林秘傳的十幾項絕學，在武功上幾乎沒有秘密可言，但天下卻沒有哪門哪派敢放言能破去少林派最普通的一趟羅漢拳……

青霜令使歎道：「所以晚輩剛才雖獻拙胡說一番四大家族的武功，但亦僅僅限於口頭。真正的對敵過招時變化千萬，各種招式互生互克，要想在那稍縱即逝的瞬間抓住對方的破綻又是談何容易？是以若是前輩親自出馬，這場賭戰實是難分勝負。何況本堂這二百餘年間何曾有片刻放鬆過對四大家族武功的研究，卻仍是四場連敗。是以晚輩每每思於此，心知若是以武功硬抗，只怕又會重蹈本堂先輩這二百餘年的覆轍。縱能忍辱，亦難負重！」

「好一個縱能忍辱，亦難負重！你要如何？」愚大師心頭大凜，看這青霜令使的體態身形最多怕不過三十歲年紀，卻是屢屢語出奇峰，令人半點把握不到他的心意，更對四大家族的各等人物如數家珍般熟悉，單是這份心智已足可謂是自己平生出道以來的第一大敵，真不知御泠堂如何培養出了這樣一個超卓可怖的人物。

青霜令使抬首望天：「晚輩於武功上難言有十足勝算，但若要比試其他種類，先有點睛閣的熟讀萬卷書，再有翩躚樓的丹青蓋天下，更有溫柔鄉的琴韻動四方……」說到此連連搖頭，倒似是沒有了半分主見。

愚大師料知青霜令使必有下文，冷然不語。

青霜令使拍拍自己的腦袋：「晚輩一時糊塗，英雄塚的絕技是什麼卻偏偏想不出來了，真是失禮……」

愚大師心中一動，已隱隱想到對方意欲如何，卻仍是猜不透他為何要如此？

一旁的物天成見青霜令使先是弄出百般玄虛，再於言語間示弱，終沉不住一腔勃鬱之氣，豪然大笑道：「我英雄塚的弈棋之術亦是天下馳名，你到底想要怎麼樣？總不會是想與我賭棋吧？」

青霜令使故做一愣：「楚河漢界，棋逐中原，這是何等雅事！物塚主既然有意，我倒不妨奉陪一局。」

眾人這才知道青霜令使打得是何主意，皆是大奇。英雄塚祖上曾是天后待召棋侍，弈術冠絕天下，且不說愚大師的棋力，便是物天成也被稱做宇內第一國手，御泠堂與之賭棋豈不是瘋了。

愚大師卻是長歎一聲：「青霜令使此提議原本甚好。只不過天后曾明訓雙方相賭應以武功為基本，昔年雖曾有以琴技相賭之約，但也是以音懾魂，以韻制敵，不出武功的範圍。而這下棋卻似是不合規矩……」他非是對自己的棋藝沒有自信，只是見青霜令使原可直接提出以棋相賭，卻偏偏弄出這許多的花樣，顯是有備而來，心底早就暗做提防。此人心計實是太深，一言一行皆蘊深意，必是藏有極厲害的伏筆，是以愚大師才寧可先否決下棋的提議打亂對方的計畫。

青霜令使笑道：「前輩此言差矣，所謂技有止而道無涯。武功相較原也不過是鬥勇鬥智，才德庸駑之輩縱窮通思變，亦難脫人體潛力之極限。何況御泠堂與四大家族百年相爭本是為了天下，卻一意訴諸武力，不免本末倒置，貽笑大方。難道天下第一高手便可一統天下持鼎中原麼？一味好勇鬥狠又與那江湖上門派的小打小鬧有何區別？」他語氣一轉，輕歎道：「再說你我兩派本都是為了天后遺訓扶其後人重奪江山，經這數百年來的拚拚殺殺，幾成勢不兩立，已是大違天后本意。晚輩既然有幸參與這六十年一度的大戰，務要將這賭約定得公平，讓雙方心服口服，是以雖然明知英雄塚棋力傲絕天下，仍是要不自量力勉強一試，定下這一場以棋相賭的戰局……」他抬頭望定愚大師，語含譏誚：「若是前輩非要借天后之名來壓我，豈不是一味順應不懂變通了麼？」

青霜令使這番話不卑不亢極合情理，再看他氣度從容侃侃而談，變換不定的語音中更似是含著一股邪異的誘惑力，若非他面上戴著一個獰惡的青銅面具，任誰都會以為他是一個濁世中翩翩佳公子。縱是以愚大師的見多識廣、景成像的遍覽群書、水柔梳的淡雅自若、物天成的剛毅豪勇，剎那間也不禁被他言語所動，雖是明知其定下棋爭必是藏有極厲害的後著，卻仍不知如何應對方好。

四大家族中翩躚樓主花嗅香最擅舌辯，剛才被青霜令使論及本門武學的一席話驚得呆了半晌，此刻方回過神來，哈哈一笑：「武者可定國，文者可安邦，二者豈可混為一談。試看泱泱千年唐宗宋祖奪天下皆是先以武服眾，再以文治國，雖是二者不可或缺，但卻有先後輕重之別。如今四海未平，不但需要謀士智者，亦需要拔劍以定江山的蓋世梟雄，若是依青霜令使之言僅以枰談論道卻怕還是誤解了天后的意思……」

青霜令使截口道：「花兄之言正中小弟下懷。枰中雖靜自有烽火，這一棋局考較的自然遠非英雄塚的棋藝，還要看看四大家族的豪勇俠氣！」

愚大師心知以御泠堂隱忍六十年的籌謀計畫，既然一意以棋相賭，必是難以推委。料想縱是御泠堂暗中培養出了什麼棋壇鬼才，自己以這些天方才領悟的弈天訣心法相抗至少應不會輸與他。何況六十年前一戰本門二十精英弟子幾乎損傷殆盡，若能兵不血刃勝得此戰確也最好不過，當下沉吟片刻，爽然道：「也罷。既然御泠堂一心以棋相賭，我四大家族自也不會令爾等失望。老夫雖是久不涉江湖，一身棋藝卻還未曾丟下，卻不知御泠堂會派何人出戰？」

青霜令使欠身一躬：「便由晚輩來討教前輩的奇著妙手吧。」

四大家族眾人皆對愚大師的棋力極有信心，先前只是拿不準對方因何捨長取短所以才反對爭棋，此刻見愚大師如此說，俱是沒有異議。

花嗅香道：「既然如此，雙方便分別執先，每方每局各限時二個時辰，先贏三局者為勝，不知青霜令使意下如何？」他向來多智，怕一局定勝負或有僥倖，而愚大師畢竟年長，下多了也恐精力不濟，所以如此說。

青霜令使微一抬手，眼中精光閃爍：「若是平日下棋玩樂，晚輩自當奉陪。可這一場賭戰麼，嘿嘿，只怕雙方都沒有能力再來一局。」

愚大師聽出青霜令使話中有因，卻故意不問他緣故，淡然道：「若是和棋又當如何？」

「這以棋相賭既然是晚輩的提議，自然應該奉上些彩頭。」青霜令使聳聳肩，雙方一攤：「若是和了晚輩便當場認負，我御泠堂亦會等六十年後再重出江湖！」

眾人心中一驚，看他神態如此輕鬆地口出大言，難道真有十足地把握勝這一局麼？

愚大師哈哈大笑：「你既然有如此把握，老夫亦不與你客氣。這就命人取來棋具，便在離望崖前請教青霜令使的高招。」

「何需麻煩前輩，晚輩自會令手下備好棋具。」青霜令使一揮手，四名御泠堂弟子整齊劃一地從相望崖上一躍而下。兩人沿著離望崖下的空地來回疾奔，一邊走一邊從手中揮灑出白粉；另兩人卻是拳打足踢，將空地中的亂石盡皆搬移開……

但見那撒粉兩人兔起鶻落般腳不沾塵，數百步的距離瞬息即過，一身輕功實已臻化境；而移石兩人出掌踢腿間不聞半點風聲，卻是勁道十足，幾塊足有數百斤的大石亦被舉重若輕地挪走，顯是武功超卓。

眾人不解其意。景成像、花嗅香、水柔梳、物天成、莫斂鋒等人眼力高明，已看出這四人的武功均可算是江湖一流，比之自己亦僅僅略遜半分。若御泠堂帶來的這二十人皆有如此身手，與四大家族的二十精英弟子實有一場好勝負。愚大師更是暗暗心驚，看來御泠堂這些年亦是暗中培植了不少高手，足有與四大家族一拚的實力。可為何仍要捨易取難，非要訂下這賭棋之局？自己到現在仍看不出青霜令使的意圖，但若說他真能在棋枰上勝過自己，卻實是難以相信。

眾人身在高處，不多時已看出端倪。御泠堂四名弟子竟在離望峰下那片闊達數百步的空地上畫出了一個大棋盤。

那棋盤縱橫數十丈，每格間均有五六步寬，若不是由高處望去，實難發現這看似橫七豎八撒下的白粉竟是拼湊成一方棋盤。由此已可見御泠堂定是經過精心準備，那撒粉兩人若不是經過專門的訓練，斷不能於半柱香的時間便畫出這大棋盤來。

諸人面面相覷，渾不知青霜令使意欲如何？用這麼大的棋盤來下棋，只怕縱不絕後，亦是空前了。水柔清不由想到與小弦在須閑號的賭棋一事，若是小弦來此看到這般情景，不知會發出什麼樣驚天動地的感歎……

「前輩準備好了麼？」青霜令使漠然的聲音中透出一股寒冽殺氣：「只希望這一局能下出千古名譜，不然豈不辜負了這割山為界，劃地為枰的豪情慨志！」

愚大師大笑：「好一個割山為界，劃地為枰！不過只有棋枰尚嫌不足，御泠堂想必也早就準備好了棋子。」

青霜令使不語，再一揮手。餘下十六名御泠堂弟子躍下相望峰，抱起散落於地各種形狀的岩石，擎著手中兵刃一陣敲擊鑿打。此刻已可看出這十餘人皆是身懷驚人武功，堅硬的岩石在他們手中如同豆腐般輕軟脆嫩，兵刃到處石屑飛濺。過不多時人人手中只餘一方半尺餘厚、徑達三尺的圓形大石。

眾人看得又是心悸又是好笑：這裡每一位御泠堂弟子都足可謂是獨當一面的高手，十六人齊集於此已是大不容易，偏偏做的還是開山鑿石的事情，只怕由古至今，再也沒有人能見到這般匪夷所思的情景。

此刻自然誰都明白必是以此大石為棋子。莫斂鋒歎道：「也虧得這青霜令使能想出這異想天開的法子，不過看御泠堂弟子如此耗廢體力鑿石為棋，只怕還另有一層顯示其實力的原因吧。」

水柔清喃喃道：「這麼大的棋子如何移動？總不能下一步棋就令一個人去搬動吧。」

景成像隱已猜知青霜令使的意思：「依我所想，只怕要以人負子而行於枰中……」

「御泠堂果是有備而來。」物天成低低一歎：「他們自是早已演練好，這一場拚鬥比得本不是棋，而是陣法！」

水柔清驚呼一聲：「原來最終還是要比武的。」

水柔梳平日波瀾不驚的容顏亦是有了一絲擾動：「這絕不僅僅是比武那麼簡單，還要以棋路為限……」

眾人靜默。如果依著下棋的規矩，己方一子投入敵陣中本是尋常，可若是以人為棋子，這般孤身面對前後左右的幾大高手難有生望。似這種縛手縛腳的棋只怕普天下從無人下過，怪不得青霜令使有恃無恐，敢挑戰愚大師這樣的棋枰國手。

花嗅香心思縝密，低聲道：「大家也不用驚慌。縱然敵人有備而來，只要都遵循棋盤上的規則，我們亦未必輸給御泠堂。」

眾人一想也是道理，就算青霜令使平日演練過這種棋路，畢竟棋力上未必能及愚大師，勝負尚屬未知之數。皆抬眼望向愚大師，看他對此局面有何說法。

愚大師卻眼望崖下御泠堂十六弟子，臉上泛起一股憂色，沉聲道：「此人心計之深，我到現在仍不明白他的用意，這一戰實無半分把握。」

眾人循著愚大師眼光望去，又是一驚。原來那十六名御泠堂弟子做好一枚棋子後仍不停手，又是叮叮鐺鐺一陣開鑿，看樣子竟似要為四大家族的人也做好棋子……

雖然鑿石之舉對他們這般高手來說不是難事，但亦絕非舉手之勞，畢竟會耗費不少體力。如果敵人意欲在棋枰中布下殺陣，如此徒損戰力實是蹊蹺至極。一時眾人再也不明敵人的意圖，各自垂頭猜想不定。

不一會三十二枚棋子皆都製好，御泠堂十六弟子刻字於其上，再塗上紅黑二色擺放於棋盤上。其中有三人甚至以指劃石刻字，顯見指上功夫已臻化境，直看得眾人咋舌不已。

十六人肅然靜立枰端，猶若十六尊雕像。

青霜令使的聲音再度傳來：「每方各出十六人負一枚棋子於棋盤上，一切均聽下棋之人的指揮。前輩目光如炬，應該不用我再多行解說了吧。」他復又一笑：「諸位敬請放心，這一場賭得是大智大勇，非是武功，若是有人於局中擅用武功，便做負論。」

眾人總算略舒了一口氣，卻又隱隱生出一線懷疑，既然不用武功，又何須似這般大費周折，直如頑童戲耍一般？

青霜令使望向愚大師：「御泠堂下青霜令使恭請前輩賜教？」

眾人看著青霜令使胸有成竹的樣子，實難相信他能抵得住愚大師的棋力。景成像忍不住問道：「可否有人支招？」

青霜令使大笑：「面對愚大師這般宇內高手，縱有人支招又有何用？」

眾人一想也是道理，下棋不似比武，棋風各不相同，人多未必占優，貿然支招只怕反會影響對局者原來的思路。

青霜令使目光從眾人身上逐一掃過，傲聲道：「若是前輩無把握戰勝晚輩，盡可換人。」雖是隔著青銅面具，仍能感覺到他終露出的那一份驕狂之氣，再不復起初的低調。

愚大師不為所動：「何方執先？」這一問確是關鍵，象棋中執先優勢極大，縱是棋差一著亦可憑著先手守得均勢。尤其在這一局定勝負的棋局中，若能掌握先機，至少有七八成的把握可保不敗。

「晚輩縱是對自己的棋藝再自負，也不敢承能讓前輩一先。但若是學那俗人猜枚定先又不免太過小氣……」青霜令使輕聲道：「不如讓我問前輩一個問題，視回答正確與否來定先後手，不知前輩意下如何？」

物天成忍不住道：「誰知道你會問出什麼無賴的問題？倒不如你來回答我們的提問可好？」

青霜令使一雙晶亮的眸子只盯緊愚大師：「晚輩既然代表御泠堂出戰，自不會效那無賴之狀。不如晚輩便先將所提問題說出，然後再由前輩決定是否回答吧。」

愚大師見青霜令使行事處處謀定後動，卻直到現在也想不出他會有何陰謀。此人出口必稱前輩，言談極是恭謹，但內裡卻無時無刻不給人一種強大的壓力，實是平生未遇的勁敵，心中微凜，緩緩道：「你問吧。」

青霜令使負手望天，輕聲道：「前輩能否算出御泠堂這一趟會有幾人能看到這一場賭棋？」

諸人全是一愣，這個問題不是太難，而是太簡單了！青霜令使帶來的二十人剛才俱都顯示了超凡絕俗的武功，加上他自然應是二十一人。

愚大師心念電轉，青霜令使提問的方式極其古怪，不說「自己帶來了幾人」而是說「會有幾人看到這一場賭棋」。其間似乎大有分別，但又實想不通他弄的是什麼玄虛。

花嗅香反應敏捷：「你若閉上眼睛自然就看不到了。」

「花兄果然厲害。」青霜令使哈哈大笑：「不過這千古難遇的一戰誰又能忍心閉眼不看呢？我若是這般耍弄文字遊戲，豈不是讓諸位看扁了？」

愚大師卻想到對方是否一旁還藏有伏兵，但以他數十年的精純功力卻是沒有絲毫感應，若是就此相詢又顯得示弱……心中忽一動，實者虛之，莫不是對方就僅僅來了這二十一人，青霜令使卻在故布疑陣？當下更不遲疑：「看來青霜令使是成心要讓老夫執先了。你一共帶了二十人，加上你便有二十一人能看到此戰。」

青霜令使輕輕一歎，一個字一個字地從唇中吐出：「你錯了！」

愚大師眉稍一挑：「如何錯了？」

青霜令使不答，眼望站於自己身邊的四個手下，目光定在一人身上，淡淡道：「便是你吧。」

眾人認得那人正是剛才撒粉劃棋盤的一位，卻見他跨前兩步來到陣前。先是對青霜令使深深一揖，然後大叫一聲，突出右掌，反手一掌重重拍在自己天靈上，隔著數丈的距離，猶可見他五官鮮血如泉水般激濺而出，呆立半晌，倒地而絕！

這一變化大出眾人意料之外，水柔清與幾個四大家族弟子更是同聲驚呼，便是愚大師景成像這等久經風浪之士亦不由聳然動容。只見自盡之人適才撒粉畫盤時所顯露的武功，絕對應是御泠堂中有數的高手，而青霜令使竟然不惜以他一條性命來換取執先的優勢，可見對這一場賭棋御泠堂已是勢在必得！

青霜令使對手下的屍體一拜，再轉頭望向愚大師，語氣中沒有半分激動：「前輩現在知道是自己是如何錯了吧！」

「好好好。御泠堂竟有你這樣的人材。」愚大師靜默良久，望向崖底那仍是靜立不動、對崖頂的慘劇視若無物的十六名御泠堂弟子，滿頭白髮無風飛揚而動，長長歎了一聲：「我猜錯了，請令使執先！」

見到這突然濺血的一刻，所有人都已知道，這一場賭棋賭的已不僅僅是棋，而是命！

青霜令使仰天狂笑：「我早說過，這一局枰爭天下，足可千古留名！」

一陣清風吹來，雖是在末夏時節，漸離崖上的每個人仍都能感覺到一絲澈入骨髓的寒意。

這一局既是以人做棋子，若是「棋子」被對方所吃，又會是什麼樣的結局？

愚大師到此刻方才知道御泠堂的真正用意，盯著青霜令使的目中如同要噴出火來，聲音竟也有一絲不易覺察的顫抖：「好狠的一場賭局！」

「前輩明白了就好，這便請選人入局。」青霜令使語音素淡，目光卻是銳烈如刀：「棋局中被吃之子當場自盡。若是四大家族弟子不願以性命做賭，我亦絕不為難。倒要看看前輩能讓我幾個子？」

愚大師長歎：「你這一場賭局確是極工心計。不過縱然如此，老夫亦未必會輸於你。」

「誰勝誰負，總要下過才知。」青霜令使淡淡道：「前輩曾親臨六十年前的一戰，自是對那一戰的慘烈記憶猶新。若說六十年前我御泠堂是輸在了『忠義』，這六十年後的一戰便偏偏要勝在這兩個字上。」

愚大師眼中似又閃現出六十年前一個個倒下的同門兄弟，血性上湧，轉頭對物天成道：「這一局便由你指揮，老夫便親自入局與御泠堂拚掉這一把老骨頭。」

青霜令主冷笑：「前輩最好權衡輕重，我們賭的是棋，若是輸給了晚輩亦算是輸掉了這六十年一度的賭約。」

物天成翻身拜倒在地：「天成棋力不如師伯。有你指揮或還可少損失幾名弟子。」

愚大師一震，他本想自己上陣或可救得一名本門弟子，但若是因此輸了棋局卻是得不償失。

四大家族幾名弟子互望一眼，跨前半步，對愚大師躬身下拜：「請師祖派我等上陣。」

青霜令使撫掌：「四大家族果然有得是忠義子弟！」他長吸一口氣，語意中亦有一份尊敬：「前輩剛才也看到了，我命手下鑿石為子非是炫耀武功，而是表明我御泠堂並非以下駟對上駟。這一戰雖賭的不但是棋藝，還有忠義與勇氣！」

愚大師黯然點頭，只看剛才那十六人剖石為棋的武功，已可知御泠堂此次亦是拚了血本。只是他縱是棋力再高明十倍，也斷無可能不損一子取勝，又如何能眼看著四大家族中的精英弟子在自己的指揮下去送命？

青霜令使手中令牌一揮，十六名御泠堂弟子每人負起一枚紅色大石，各占棋位，由崖頂望去便如一枚枚棋子般。青霜令使一字一句道：「御泠堂約戰四大家族，請入局！」

愚大師已是心神大亂，這一場賭戰全然不同六十年前。那一戰勝在門下弟子與家族血脈相連，慨然赴義；如今御泠堂正是看準了四大家族各人之間淵源極深，不忍親手令弟子送命，方才以子之矛攻子之盾。

景成像強壓心潮：「物師伯請先定神，由我來安排弟子入局。」他長吸一口氣，出指指向二十弟子中的一人：「慕道，由你做中……卒。」他所指之人正是他的愛子景慕道。

象棋內中卒位居中路要衝，十局中只怕有八局都是最先被吃掉，這最危險的任務景成像卻派給了自己的兒子，幾可算是親手將兒子送上絕路，饒是他掌管四大家族近二十年早就練就寵辱不驚的性格，此刻的聲音亦終是抑制不住地顫抖起來。

一個四大家族弟子奮身躍出：「景師伯，我來做中卒。」諸人被景成像所憾，群情激湧，又有幾個弟子要爭做中卒。

景成像環視眾人：「我身為四大家族現任盟主，若不能以身作則，何以服眾……」心傷神斷之下，一口鬱氣哽在胸口，再也說不下去。

景慕道大聲道：「盟主請放心，點睛閣弟子景慕道必不負所望。」頭也不回地縱身躍下漸離崖，拿起一塊刻有卒字的黑色大石負在背上，昂然站在中卒的位置上。

景成像大笑：「好孩子。」景慕道既然稱他為盟主，自是提醒他大局為重，不徇私情。當下再深吸一口氣，強按住一腔悲憤，分派弟子就位。

眾人見景成像父子如此，幾個女弟子更是眼中流出淚來，紛紛請命，竟無一人退縮，連水柔清都分到右馬位。

四大家族共來二十一人，除了指揮的愚大師，尚可留下四人。景成像留下了花嗅香、水柔梳、物天成三大門主後，又對溫柔鄉劍關關主莫斂鋒道：「莫兄雖為外姓，但溫柔鄉以女子為主，水三妹一向多依重於你，務請留下。」言罷自己卻向局中走去。

莫斂鋒如何肯依，一把拉住景成像：「景兄萬萬不可，你身為四大家族盟主，何必親身犯險？」

花嗅香亦道：「我翩躚樓一向人丁單薄，此次濺淚那孩子又未能趕回來，容兒卻是武功不濟不能入選行道大會。此刻家族有難豈肯旁觀？原是應該我去。」

景成像一拍花嗅香的肩膀：「花兄請回，正是因為你翩躚樓人丁單薄，若是你有個三長兩短，濺淚賢侄又不能及時趕回，豈不讓翩躚樓武學失傳了麼？」又轉頭對莫斂鋒道：「莫兄亦不必攔我，正是因為我身為四大家族盟主，才要事必躬親，若是不能於此役中親率門下弟子出戰，實是愧對列祖列宗。」

莫斂鋒急聲道：「只怕御泠堂寧可兒子也要傷害於你，如此豈不是讓物師伯為難？」此言倒是實情，如果青霜令主執意不惜兒子亦要除去景成像，愚大師投鼠忌器自是難辦；若稍有退讓卻可能影響局勢。

景成像臉色一沉復又朗然，哈哈大笑：「我意已決。既然如此便去做那中宮老將，愚大師看在我的面上必也不會輸棋吧……」言罷頭也不回地往跳下漸離崖，站在老將的位置上。

莫斂鋒長歎一聲，忽亦躍身而下，出指點倒水柔清，將她一把拋上漸離崖頂，朗聲道：「小女自幼失母，斂鋒願代她涉險。」自己則占住了水柔清空下的右馬位。

青霜令使不發一聲，默見四大家族分配已定。這才抬頭望向愚大師，冷然道：「前輩不是一向自忖棋力天下無雙麼，卻不知此刻是否還有勝過晚輩的絲毫把握？」

愚大師收攝心神，心知這一戰事關重大，自己必須要克制一切情緒全力求勝。不然以此青霜令使的可怕心計，若是讓御泠堂勝了這一仗，只怕江湖上永無寧日。強自鎮定道：「你不是說和棋亦認負麼？」

青霜令使哈哈大笑：「不錯，不過那也要四大家族付出很大的……代價。」他故意將代價二字說得極重，便是要影響愚大師的心境。下棋務得戒焦戒躁，只要愚大師心念一分，便有機可趁，這亦是他定下此賭棋賭命之局的真正用意。

愚大師長吸一口氣，面色恢復常態：「徒說無益，請令使出招。」

青霜令使眼觀崖下的偌大棋局，悠然道：「唔，除了景閣主，局中最重要的人物當屬占右馬位的莫關主了吧。若是晚輩第一手便以我左炮換前輩的右馬，卻不知前輩做何感想？」

「啊！」愚大師心頭巨震，尚不及開言，水柔梳與花嗅香已同時驚呼出聲。

莫斂鋒人在局中，卻是朗然大笑：「青霜令使儘管發炮來，能為此戰第一個捐軀，斂鋒榮幸之至。」

愚大師聽得身旁有異，回頭一看，卻是被莫斂鋒點了穴道後倒在自己身邊的水柔清。但見她雖是口不能言，但淚水已如斷線珍珠般汩汩不絕地湧出。剎時愚大師喉頭一哽，雙目一澀，一滴老淚幾欲脫眶而出……

這一剎，他已知自己絕對勝不了這一局！

青霜令使哈哈一笑：「前輩已然心亂了，若是現在要換人還來得及。卻不知物塚主是否真如江湖傳言中的重義重情？……」

愚大師心中一動，沉思不語。

物天成見此情景已知道愚大師心神大亂，難以續弈，值此危難關頭亦只好一咬牙關：「若是師伯沒有把握，便請替師侄掠陣。」

愚大師緩緩搖頭：「你能靜心麼？」

物天成一呆，垂頭不語。

愚大師抬頭望天，沉吟良久。剛才他靈光一閃，本是有意讓棋力不弱於己的小弦來接戰此局，但以小弦那熱血性子，見到此刻的局面只怕對他的心緒棋力影響更大。

「前輩何苦耽誤時間？非是晚輩自誇，在下的棋力雖談不上震古鑠今，卻也不比前輩弱多少。」青霜令使得意地大笑：「這天下能與我枰中一博勝負的大概亦不過三五人而已，四大家族中恐怕也僅有前輩與物塚主兩人而已，你若能令他人出戰，我實是求之不得……」

愚大師更是吃驚，他本以為青霜令主只是仗著這慘烈之局來克制自己的心志，卻不料他竟然對自己的棋藝亦如此自負，隨口問道：「若要練就此等棋藝，勢必要在實戰中經得歷練，為何老夫卻從未聽說過江湖上有你這一號人物？」

青霜令使心中亦不願太過損兵折將，一心要兵不血刃勝得此局：「實不相瞞，這一場賭局二十餘年前就已設下。從那時起我便苦修棋道，卻唯恐為世人所察，偶與高手對局，亦是以盲棋相較……」

愚大師聽到「盲棋」二字，腦中電光一閃，心頭疑難迎刃而解，大喝一聲：「好，眼不見為淨，老夫便以盲棋與你對局！」

「以前輩的明察秋毫，縱是目不視局必也能見到門下弟子濺血而亡的情景吧！」青霜令使顯是對自己的棋力十分自信，仍是狀極悠閒：「晚輩倒是勸前輩不若就此認輸，也免得四大家族的精英一戰之下損失殆盡……」

愚大師冷喝道：「我四大家族就算全軍覆沒，也斷不會讓你御泠堂如願以償！」

青霜令使驀然揚起頭，一向沉靜的語音中第一次有了一絲出乎意料的愕然與疑惑：「前輩竟然在片刻間信心盡復？莫不是已定下什麼對策？」他驀然長嘯一聲，目光炯炯望向崖下棋局：「既然如此，晚輩只好先行出招了。前輩別忘了每一方只有兩個時辰的限時。」

愚大師淡然一笑，轉頭湊到花嗅香耳邊低語。

青霜令使眼神一轉為漠然，冷冷喝道：「炮八平五！」

第八章

換日出世

許漠洋身受重傷，早已是油盡燈枯。

唯是放不下小弦，這才拚著一口氣不泄，如今看到小弦安然無恙，

願望一了，心頭一鬆，再也支撐不住，口中咯出大灘的血來。

林青大步上前，握住許漠洋的手運功助他，

但內力輸入許漠洋的體內全然無效，

知道他大限將至，一雙虎目亦不由紅了。

「炮八平五。」
「馬八進七。」
「兵三進一。」
「車九平八。」
「馬二進三。」
…………
…………

隨著愚大師與青霜令使的口令聲，這驚天一局終於開始了！

四大家族身為武林中最為神秘的四大世家，歷代高手層出不窮，數百年間偶有弟子行走江湖均會引起軒然大波，其實力絕不在武林任何一個名門大派之下。便是相較於白道第一大幫裂空幫，縱然聲勢上有所不及，但頂尖高手數量之多卻是足可傲視同儕。

御泠堂雖是在江湖中聲名不著，但它既能與四大家族相抗數百年之久，自也是有驚人的實力。

兩派均是意在重奪江山，大力培植人材。經過這數百年的臥薪嚐膽、苦心經營後，各種奇功秘術、本門絕學已臻化境，再加上這六十年一度的大決戰亦是對兩派的互相督促，是以聚集在離望崖前的這四十餘人每一個皆是能在江湖上翻雲覆雨的人物。

此刻雖是不聞刀光劍火、掌勁拳風，但這一場棋局所涉及的高手之眾多、競爭之慘烈、方式之奇特、情勢之險峻，皆可謂是歷年武林大戰中絕無僅有的例子。雙方這一場賭戰延續近千年之久，兩派先祖都曾在天后面前立下重誓不得毀諾，何況若有一方違約，昊空門便會出手相助另一方。是以數百年來某方一旦在賭戰中敗北只得應諾匿蹤江湖，縱想拚個魚死網破卻也自知難敵昊空門與對方的連袂出擊。

御泠堂雖可廣收弟子不似四大家族僅以嫡系為主，但若是單以武功而論實是遜了四大家族一籌，是以歷年雙方各出二十人的賭戰多數以御泠堂的敗北而告終。近二百多年御泠堂連敗四場，方才竭精殆慮設下這以棋博命的賭局。算定儘管英雄塚棋力冠絕天下，但四大家族中各弟子間淵源極深，絕不可能袖手任同門自盡；而棋道不比武道，精神力的影響巨大，只要對局者心神稍有疏忽必會棋力大減。此次御泠堂弟子皆是有備而來，個個早不抱生還之望，而四大家族卻是變生不測，在這等情況下愚大師的棋力必是大打折扣，至少已有了七八成的勝機……

所以青霜令使方才不惜先假裝無知愚大師的存在故意示弱，再論武惑敵，最後更是提出和局算己方負的條件，強行把對方誘入這場謀定以久的棋局中，可謂是用心良苦，卻亦是實屬無奈。不然若再以武功相鬥，御泠堂只怕會連敗五場。

漸離崖上，愚大師背向棋盤，果是以盲棋與青霜令使相抗。物天成、水柔梳與被莫斂鋒點了穴道的水柔清則是眼也不眨地望著崖下的棋局，而花嗅香卻是聽了愚大師的什麼話後悄然下崖，不知去了何處。

青霜令使盤膝靜坐於相望崖邊，一雙眼睛牢牢盯緊棋局，只從口中吐出一步步棋著。那張青銅面具遮住他的臉容，雖看不出面上是何表情，但至少再也沒有初見時的悠閒。他雖是對花嗅香的離去有所察覺，感到事有蹊蹺，但一來對自己棋藝頗為自信，不怕愚大師能耍出什麼花樣；二來亦是分不開心，只顧得上全力對局。

崖下立於棋盤中的雙方弟子各聽號令，依次行子。他們身處局中，除了略通棋道的寥寥數人外，每個人都不知道自己踏出一步後是否就會被對方「吃掉」。但為了本門的榮譽與使命，卻只能將生死置之度外，被動地執行著命令。

更殘酷的是：他們雖有絕世武功，卻只能毫無反抗地接受命運。眼見著身邊的戰友不斷自盡倒下，每跨出一步皆是落足有聲、激塵揚土，似要將滿腔雄志與欲火踩於腳下泥塵中，留下那千古不滅的一份豪情。

這離望崖前雖是彙集了四大家族與御泠堂的精英，但除了愚大師與青霜令使指揮棋局的聲音外，便只有沉重的腳步聲與粗重的喘息聲。

這一場賭局已不僅僅是棋藝與忠誠的較量，更要比拚無畏的勇氣與執著的信念！

開局時紅黑雙方皆是小心翼翼，當頭炮對屏風馬，各守自家陣營。走了二十餘個回合後，終於短兵相接。

「炮七進四！」隨著愚大師的語聲，黑炮將紅方邊兵吃掉。那占著邊兵之位的御泠堂弟子面上一片陰冷木然，二話不說負著棋子走出棋枰外，拔劍刺入自己胸膛……

水柔清看得膽戰心驚，只欲閉目，一雙眼睛卻怎合得上，只得在心中暗暗祝禱上蒼保佑父親不要出什麼差遲……

「炮五進四！」青霜令使渾若不見手下的慘死，聲音依是平淡無波。

景成像渾身一震，景慕道大叫一聲：「父親保重，孩兒不孝！」亦是負棋子走出枰外，一掌拍在頭頂上，倒地氣絕。

水柔清本已乾涸的淚水又止不住流了滿面。

棋至中局，雙方已各失數子，局面卻仍是膠著之狀。

青霜令使並沒有誇口，他的棋路大開大闔、佈局堂堂正正、招法老辣縝密，既不得勢輕進，亦無失勢亂神，每一步皆是細慮靜算後謀定而動。

然而令他驚訝地是：愚大師的棋路卻也絲毫不亂，縱有兌子亦是毫不退讓……再走了幾步，青霜令使驀然抬頭：「與晚輩下棋的到底是何人？還請前輩明示。」

愚大師頭也不回，聲音卻是十分平靜：「何有此問？」

青霜令使道：「我曾專門研究過前輩與英雄塚主的棋譜，卻與此刻局中所顯示的棋風迥然不同。」

愚大師心內一驚，物天成年少時曾去京師與前朝大國手羅子越一較高低，大勝而歸，方博得宇內第一國手之名，自是留有棋譜；但自己年輕時極少出江湖，這五十年又閉關於鳴佩峰後山，青霜令使卻是如何得到自己的棋譜？腦中思考不休，口中淡然答道：「剛才你不是說老夫可換人而戰麼？莫不是想反悔？」

青霜令使一笑：「晚輩好不容易才爭得這場賭局，何敢反悔？只不過見對局者棋風銳烈與老成兼而有之，天份之高難以贅言，忍不住欲見其一面。」御冷堂對這一局抱有重望，自是不能反悔，不然恐怕是再難找到如此有把握可勝得賭約的機會了。

愚大師冷然道：「下完這一局再見不遲。」

青霜令使一歎不語。他的心中實已有了一絲悔意，這個不知名的對局者大出他意料之外，棋路不依常規，如天馬行空般屢屢走出令人拍案叫絕的隱著妙手，更是算路精深，一招一式看似平淡無奇，卻是極有韌力，縱算棋力未見比自己高明多少，卻已顯示出了極高的棋材。雖然未必能贏過自己，但若是一不小心下成和局卻也是己方輸了……

御冷堂為這一戰準備了幾十年，自然對四大家族中幾位棋道高手的情況皆是瞭若指掌，但此時青霜令主苦思半晌，卻依是想不出四大家族中還有什麼人能有如此精妙、幾不遜於物天成的棋力？

青霜令使自然想不到，與他對局的其實便是小弦。

原來愚大師剛才被青霜令使一言點醒，便對花嗅香吩咐一番。花嗅香依言找來小弦，此刻他二人便在距此數十步外的一個山洞中對坐棋枰。花嗅香卻是不讓小弦看到離望崖下對局的情形，更是以布裹其耳，然後以青霜令使的棋步擺在棋枰上，再將小弦的招法傳音給愚大師。

愚大師明知自己難以捨下對棋局中眾弟子的關切，深怕有些棋步不忍走出，索性眼觀鼻鼻觀心，渾若坐關般凝思靜慮，絲毫不想枰中之事，只將耳中所聽到的棋步依樣說出。如此一來，實是已把這事關四大家族命運的一場賭棋全託付在了小弦身上。

花嗅香聽愚大師說起小弦棋力不在他之下，原是半信半疑，但在此刻情景下也只好勉力一試。他怕小弦抱著遊戲的心理不肯盡力，便哄他說若是能勝此局愚大師便放他下山，從此四大家族絕不與他為難。

小弦信以為真，自是拚盡全力。他經這些日子與愚大師整日枰間鏖戰，更是身兼《天命寶典》與弈天訣之長，棋力早是今昔非比，便是青霜令主這精研棋道數十年之人一時亦難以占得便宜，反是有幾次故意以兌子試探愚大師時被小弦抓住機會取得先機，執先的優勢已是蕩然無存。

那弈天訣心法本就是講究後發制人不求速勝，動輒就是兌子求和，幾步下來，雙方皆是損失慘重。反倒是青霜令使只怕下成和局，數度避開小弦兌子的著法。

青霜令使氣得滿嘴發苦，以他的棋力若是放手一搏原也不在小弦之下，可偏偏對方渾不將場內諸人的生死放在心上，反是令他於不得已的退讓中漸處劣勢。何曾想到本用來要脅對方的招法被其反用於自身，心頭這份窩囊感覺實難用言語形容。

小弦兩耳不聞洞外事，還只道真是花嗅香與自己下棋。這才能盡心發揮弈天訣的長處，若是他知道自己的每一步招法都關係著某個四大家族弟子的生死，只怕這一局早就因心神大亂而一敗塗地了。

不知不覺已下了一個多時辰，殘局中雙方皆已倒下九人，棋枰上雙方各還剩下單士雙象護住將帥，兵卒已然全疫，紅棋僅餘一車雙炮，黑方尚有餘車馬炮各一，子力上雖仍是難分勝負的情形，但紅方一車雙炮偏於一隅，黑方卻是車馬炮各占要點，已隱露殺機，至不濟也是和局之相。

物天成是棋道高手，早看出局勢有利己方，見青霜令使久久不下子，沉聲道：「青霜令使何不就此提和，也免得雙方損兵折將。」在此情形下言和自是最好，若非要走下去，只怕雙方還要有數子相兌換。

青霜令使悵然一歎：「六十年的忍辱負重，何堪功虧一簣？」他抬頭望向物天成，眼中暴起精光，一字一句道：「物兄請恕小弟不識時務！」

愚大師沉渾的背影仍是紋絲不動，物天成與水柔梳卻皆是一震：御泠堂與四大家族經這數百年的大戰，兩派積怨實是太深，青霜令使如今已是在明知必敗的情況下非要以命換命了。他兩人不知是何人代愚大師出手，唯在心底祈盼這人能下出什麼妙著一舉速勝……

水柔清卻是呆呆望著還傲立於枰中的莫斂鋒，一下子看到這許多同門的慘死，她的心早已麻木，只希望父親能平安無事。

青霜令使心計深沉，仍是穩紮穩打，絕不因敗勢將定而胡亂兌子，畢竟在此複雜難解的殘局下未必不能覓到一線勝機。

「車四平一。」

「車六進二。」

「炮三進七。」青霜令使長考一柱香的時間，方緩緩下出一步。

此子一出，精於棋道的物天成與水柔清俱是面上一沉。紅方將原先用於防禦的左炮沉底擺掛，中宮僅餘士相守衛，已呈破釜沉舟之勢。

局勢驟緊，只要某一方稍有不慎，勝負瞬息可決。

黑棋的下一步極是關鍵，看似紅方老帥岌岌可危，但若不能一舉擒王奏功，紅方稍有喘息之機亦會大兵壓境，對黑方形成狂風暴雨的進攻……

物天成注目棋局中，眉頭漸漸皺成一個「川」字。若是由他來走下一步，或是橫車將路，或是擺炮叫將，或是回象守禦……但各種走法均是極為複雜，難解利弊，一不小心便會落入紅方的陷阱中。而此刻紅帥紅車連成一線，下一步必會吃去黑士叫將，雖未必能有威脅，卻是被對方白吃去一枚士……

愚大師沉默良久，卻是走出一步誰也沒有想到的棋：「馬三進四！」

水柔清大驚，若非被父親封了啞穴，必是張口大叫。這一步竟然是將黑馬置於紅帥之口，亦是在紅車的車路上！

青霜令使千算萬算亦沒有算到黑方這自尋死路的一手，再凝神一看，這一招擋住了紅車與紅帥的聯繫，若是回車吃馬，對方擺車掛將，然後炮沉底路叫將便已構成絕殺；而若是以帥吃馬，對方車從底叫將亦會吃去紅車，這一匹送於口中之馬卻是吃不得。如今最善之計，唯有回炮重新守衛紅帥，但如此一來，雖然戰線仍還漫長，紅方卻已處於絕對劣勢，輸棋怕已是遲早之事……

這一手石破天驚、絕處逢生，利用對方思路上根本想不到的盲點，一舉將紛繁複雜的局面導向簡單化……正是小弦將弈天訣用於棋道中，方走出此局面下的最佳一著。

「好一著棄子強攻的妙手。」青霜令使呆了一下，仰天長歎：「想不到我御泠堂苦謀二十餘年，竟還不能求得一勝。」

溫柔鄉主水柔梳略懂棋道，起先見黑方送馬，正在替莫斂鋒擔心，聽青霜令使一言，一貫沉靜的面容亦不由露出喜色：「青霜令使你可是要認輸了麼？」

「這一局已難取勝，實乃天亡我啊！」青霜令使頹然點頭，口中喃喃自語。卻驀然一跳而起，大喝一聲：「縱是如此，不拚個魚死網破御泠堂亦絕不會認輸！」自從青霜令使現身以來，從來都是心平氣和，縱偶露崢嶸，亦不失風度，這一刻卻是狀如瘋虎，聲若行雷。

水柔清心中方才一喜，忽聽青霜令主此言乍然一驚，抬眼正正迎上青霜令使射來的冰冷目光，一顆心已急速墜了下去。耳中猶聽那似是懷著千年怨毒的陰寒聲音一字一句道：「帥六進一，吃馬！」腦中一暈，就此昏了過去……

水柔清夢見自己掉在了水裡，父親在岸上靜靜看著她，仍是那麼瀟灑而又落寞地一笑，轉身離去……

她在水中拚命掙扎，卻被水草纏住了小腿，怎麼都上不了岸。只得雙手在空中亂舞，忽碰到一物，牢牢一把抓住，猛然睜開眼睛，原來自己已躺在床上，卻是抓住了床邊一人的手。她坐起身，用力甩甩頭，似要將惡夢從腦中甩去，張口大叫：「爹爹！」

那人不出一聲，一任水柔清手上尖利的指甲深深刺入掌心中。

水柔清定睛看去，她抓住的原來是小弦的手。「小鬼頭，我爹爹怎麼樣了？」

小弦垂頭不語。花想容的聲音從一邊傳來：「清妹節哀，你父親他已於二日前……」花想容一言至此，想到水柔清從小母親離她而去，便只和父親相依為命，再也說不去，低頭微微哽咽起來。

水柔清呆了一下，腦中似有千枝尖針不斷攢刺，喃喃道：「我不信，我不信。」她本以為那殘酷的一場賭局不過是在夢中，所以她不願醒來，心中總還抱著一絲僥倖。可是，這終仍是一個不得不接受的事實：自己最敬愛的父親竟已死了！

大顆大顆的淚珠無聲地從她眼角分泌出，順著臉頰緩緩流下。淚珠滴落在肩膀，卻彷佛是一柄大鐵錘重重擊在肩窩，那份痛入骨髓的感覺再次直撞入心臟中……

「我不是故意的，我不知道這局棋會是……」小弦囁嚅著。

水柔清哭得昏天昏地，小弦的話傳入耳中，驀然一震，瞪大雙眼：「那個下棋的人是你？」

小弦黯然點點頭，想到幾日前還在點睛閣那小屋中與莫斂鋒相對，聽他講述那少年與少女相愛至深卻終因誤會分手的故事，此刻竟已是天人永隔，臉上亦是止不住淚水狂流。

「啪」的一聲，水柔清揚手就給了小弦一個耳光，小弦吃痛退開兩步，手捂面頰一臉驚異。從小到大，父親都對他呵護備至，尚是第一次被人如此結結實實打個耳光，一時愕然。幸好水柔清昏迷兩日方醒，手上無力，不然這一掌只怕會打脫小弦幾枚牙齒。

「你好狠，我要殺了你。」水柔清瘋了一般對小弦大叫。

花想容連忙按住水柔清：「清妹，你當時在場，應該知道在那種情況下也是沒有辦法……」

「我不聽！我什麼也不聽！」水柔清拚命掙扎，實在拗不過花想容，又對著小弦戟指大喝：「你滾，滾得遠遠的，我再也不要見到你……」

兩日前青霜令主破釜沉舟，先迫得莫斂鋒自盡，再被小弦的黑棋強行吃去紅帥，狂笑著率眾離去，這場賭鬥終以四大家族的獲勝而告終，卻付出了極其慘重的代價。

其實比起上一次雙方參戰四十人僅三人生還，此次賭戰已可算是傷亡較輕。不過以往戰死諸人均是奮勇殺敵力竭而亡，這一次卻是自盡，確實是讓人難以接受。

四大家族與御泠堂爭霸天下之事極其隱秘，四大家族中僅有幾個掌門與長老級人物知道，亦只有行道大會挑選出的精英弟子才會被告之緣由，一般弟子直到此刻仍是不知後山內已發生了這麼大的變故。所以水柔清昏迷二日二夜，便只有花想容與小弦來照看她，誰想她一清醒過來心傷難禁，不分青紅皂白地將一腔悲憤盡數發洩在小弦身上。

小弦踉蹌著跑出屋子，隱隱聽著花想容勸解著水柔清，腦中卻是一片空白。他得知事情的真相後本就愧疚於心，此刻再見到水柔清對自己如此記恨，心頭大慟，一口氣跑出數十步方才停下。

此處正是溫柔鄉四營中的劍關，初晨的陽光映照著四周花草叢生，景色極是幽雅。但小弦哪有心情賞析，一屁股坐在地上，雙手抱頭捂耳，淚水又源源不斷地湧出來，把胸前的衣衫打得透濕。

幾名路過的溫柔鄉女弟子見小弦哭泣，還道是小孩子和什麼人賭氣，笑著來安慰他，他卻理也不理，反是哭得更大聲。

忽有一陣琴聲嫋嫋傳來，其音低徊婉轉、清越明麗，似淡雲遮月，帆行鏡湖。卻是水柔梳在遠處以琴意來化去小弦的悲傷。

小弦卻絲毫不受琴音所惑。莫斂鋒的音容笑貌猶在眼前，轉眼間卻是人鬼殊途。他這一生中第一次感受到了命運無常、生離死別，心潮澎湃下只覺得人生在世，或如燈花草芥，燈滅時風起處便乍然而逝，全然不由自身做主……

那琴音聽到他耳中，卻仿如聽到孤雁哀鳴、寂猿長啼，一時襟袖沾淚、憔悴愁腸，更是悲難自抑，不由放聲大哭起來。

琴音似反被小弦的哭聲感染，越拔越高，跳蕩幾下，已是曲不成調，驀地錚然有聲，卻是啼湘琴已斷一弦。只聽到水柔梳悵然一歎，琴音忽啞，再不復聞。

不知過了多久，小弦哭得累了，收住淚怔怔發呆。卻聽花想容的聲音在耳旁響起：「我餵清妹喝了些粥，休息幾天就好了。」

小弦猶想著那日下棋的情景，喃喃分辯道：「我本可用其他的方法贏下此局，本不必非要讓莫大叔送命……」

花想容一歎：「你也不必自責，我聽爹爹說起了這一戰的緣由，四大家族實是多虧了你方能勝得這一局，上上下下都極感激你……」

小弦黯然道：「那有什麼用，清……水姑娘是絕計不會原諒我的。」

花想容安慰他道：「清妹悲傷過度，說的話你也不必放在心上，過後她自會明白……」

「不，你不明白。」小弦截然道：「我知道，她會恨我一輩子！」此言才一出口，心中又是莫名的一慟。

花想容苦笑，正要解勸他幾句，忽聽到鳴佩峰下傳來一個渾朗有力的聲音：「林青求見景閣主！」

小弦一躍而起，口中大叫：「林叔叔。」他數日前本還想自己武功全廢，不願做林青的拖累，寧可一輩子留在鳴佩峰中陪著愚大師終老。但經了這二日的變故，再加上被水柔清那般記恨，一心只想早日離開此傷心地，此刻聽到林青的聲音，又想到馬上就能見到父親，如何還能按捺得住，也顧不上分辨道路，悶著頭直往聲音傳來的方向跑去。

花想容乍聽到林青的聲音，又驚又喜，呆了一下，紅著臉朝小弦大喊：「當心迷路，讓姐姐帶你去……」

小弦才奔出幾步，忽被一人攔腰抱住，耳邊傳來景成像低沉渾厚的聲音：

「我倒要看看這個於萬軍陣前公然挑戰天下第一高手明將軍的暗器王到底是何等人物?!」

小弦聽景成像的語氣似是頗含敵意，心頭一沉：明將軍既然是四大家族的少主，景成像自然絕不容林青有擊敗明將軍的機會，只怕立時便會對林青不利……

景成像抱著小弦大步往前走去，口中猶提氣揚聲大笑：「暗器王大駕光臨，景某有失遠迎，還望恕罪。」

花想容正要跟上前去，一旁閃過花嗅香，對她沉聲道：「容兒先回翩躚樓去。」她雖是一心想見林青，卻是首次見到一向灑脫不羈的父親露出這般鄭重的神情，雖是百般不情願，終不敢違逆，怔然停步。

小弦見到花嗅香、水柔梳與物天成俱隨行於後，心內更驚，還只道四大家族意欲聯手對付林青。在景成像懷裡拚命掙扎起來，口中大叫：「放我下來。」卻哪裡掙得脫。

花嗅香上前兩步拍拍小弦的肩膀示意讓其放心，望著景成像肅然的臉孔，欲言又止，長歎一聲。

才過通天殿，便看到一白衣人負手立於入山處那片空地上。四大家族的弟子雖是一向少走江湖，但暗器王的大名傳遍武林誰人不知，只是沒有門主號令不敢上前，均在遠處三五成群地圍觀，一面竊竊私語。

遠遠望見林青那桀驁不馴的身影，小弦眼睛不由一紅，卻是不見父親許漠洋與蟲大師。

四大家族四位門主均是第一次見林青，皆在心中暗喝一聲彩。看他不過三十出頭，身材高大、體魄完美，卻一點也不給人以魁梧的感覺；烏黑的頭髮結成髮髻，隨隨便便地披在肩頭，說不出的飄逸俊朗；輪廓分明的面容上最顯目的便是那高挺筆直的鼻粱上嵌著的一對神彩飛揚、充滿熱情的眸子；微風吹亂他的束髮，隱露出其背後所負的那把名震江湖的偷天神弓；寬大的白衣隨風拂揚，更襯出硬朗的身形從容自若，端如峻岳，氣概卓約不凡。雖是靜立原地，卻給人一種勃然欲發的生機，似是隨時欲要沖天而起，令人不由心生敬服……

初見暗器王，四人心頭同時湧上一句話：盛名之下果無虛士！

林青遙遙拱手一揖：「久仰四位門主大名，惜一直無緣拜見。景閣主出手施救故人幼子，林某十分承情，先行謝過。」

小弦再也忍不住大叫：「林叔叔小心……」

景成像的聲音及時響起，就似有質之物般將小弦的語聲壓住：「林兄太客氣了，點睛閣的家傳醫術原本就為了救治天下蒼生，只可惜景某學藝不精，有負林兄重托。」

林青詫目向小弦望來：「這孩子的傷還沒有治好麼？」

景成像大步走到林青身前八尺處駐足，放下小弦，深吸一口氣沉聲道：「此子武功已廢，林兄若心有不平，盡可向我發難！」

小弦撲入林青懷裡，一時諸般委屈盡皆湧上心頭，告狀一般反手指著景成像：「是他故意廢我武功……」

林青微微一驚，面上卻是不動聲色：「還望景兄告之其中緣故。」

景成像不語，只是長歎一聲，望定林青，雙手微微一動又止，眼中神色複雜。花嗅香跨前一步攔在景成像身前，接口道：「林兄與蟲大師一路同行，想必知道一些原因吧。」

林青看景成像適才的神情似要對自己出手，眼角餘光又見英雄塚主物天成斜立身後，有意無意地擋住退路，心中一凜，凝神戒備，口中卻淡然道：「蟲大師只簡略告訴我二件事，一是四大家族與御泠堂的宿怨，二是明將軍與四大家族的關係……」語聲微頓，眼射精光：「若是為了明將軍的原因，景兄大可直接找上我，何必拿孩子出氣？」

景成像大笑，厲聲道：「林兄明知我四大家族與明將軍的關係，竟然還敢孤身上鳴佩峰來，這份膽略著實令人欽佩！」

林青渾不為景成像語意中的威脅所動，仍是一副不緊不慢的口氣：「漂泊江湖原會練就出一份膽量，景兄謬贊，林某愧不敢當。」

花嗅香與水柔梳正要開口，景成像擺手止住二人：「我四大家族一向隱於山野，原也不懂什麼江湖規矩。」他一歎：「自得聞林兄六年前於萬軍陣前公然敢挑戰明將軍，心中一直略有不服，倒很想借此機會試試林兄是否真有挑戰天下第一高手的本事。」

林青眉頭一挑：「試過了又如何？」

景成像垂首望著自己的一雙手：「若是景某僥倖勝了一招半式，便請林兄在鳴佩峰小住幾年吧。」

「景閣主怕是說錯了。若是我敗於你手又有何能力去挑戰明將軍？」林青豪然大笑：「只怕是小弟一不小心勝了景閣主，四大家族才會不惜餘力留下我吧！」

「好一個暗器王！」花嗅香撫掌長歎，慨然道：「能在鳴佩峰前亦如此視我四大家族於無物的，普天之下怕也僅有你一人了！」

景成像微微一震，林青的自負令他情緒莫名激動起來：「我一向敬林兄為人，你也莫要太狂了。」

林青哈哈大笑，臉蘊慍意，不怒而威：「林青別無所長，唯有一身錚然傲骨與不屈鬥志。為了故人幼子，景兄縱是設下刀林劍陣，林某亦絕不會裹足不前！」

他雖聽了蟲大師說了明將軍與四大家族的關係，但素知四大家族並非是蠻橫不講道理，上山前本是打定主意縱是對方有所挑釁亦要忍一時之氣。但方才乍聽小弦不明不白被廢武功的消息，心中本就激起一腔怒火，再見到景成像的咄咄逼人，如何還按捺得住。此刻雖明知孤身難敵眾手、翻臉不智，卻終忍不住露出天生的倨傲心性來。

景成像原來並無為難林青的打算，反是對小弦心生內疚本欲對林青賠罪。但二日前與御冷堂的賭戰中眼睜睜地看著愛子慘死，自己空負一身武功卻是連一招半式也未發出，心頭憤怨導致情緒大變，正好林青來訪，便將滿腹鬱結渲瀉到暗器王的身上。

英雄塚主物天成對家族極為忠義，早就不滿林青挑戰四大家族少主明將軍的行為，聞言已是蠢蠢欲動；翩躚樓主花嗅香與溫柔鄉主水柔梳卻是竭力反對與林青衝突。水柔梳性格溫婉，而花嗅香本想出言攔住景成像，但聽到林青與景成像二人越說越僵，畢竟景成像身為四大家族盟主，不便當面與其爭執，一時亦難以出言解勸。

小弦尚是第一次見向來彬彬有禮的林青如此動怒，卻是為了自己的原因，又是敬佩又是感激。他雖知暗器王武功極強，但雙拳難敵四手，心中耽心，正不知如何是好，卻聽到愚大師的聲音遙遙傳來：「且慢動手。帶林青來通天殿見老夫。」

景成像一呆，他雖是身為四大家族盟主，但愚大師是他師伯，又是前一代盟主，也不便違逆。

花嗅香趁機道：「景兄務要冷靜，還是聽聽師伯有何見教吧。」

景成像悵然一歎，亦知自己不過是痛失愛子心緒大亂以致遷怒於林青，卻也不願當面道歉，低哼一聲，當先往通天殿行去。

水柔梳低聲對林青介紹道：「愚大師是物二哥的師伯，是我四大家族前一代的盟主。」

林青微微頷首，已看出四大家族對待自己的態度各不相同，物天成略有敵意，花嗅香與水柔梳卻是有心示好。

愚大師站在通天殿前，鬚髮皆揚，狀極威武，冷然望著景成像：「老夫既然開關出山，這四大家族的事務好歹亦倚老賣老地插手其間。似你這般心浮氣躁，日後何以服眾？」

景成像自知理屈，垂首不語。水柔梳柔聲道：「景師兄心傷慕道慘死，才一改平日穩健，師伯亦莫要太過苛責於他。」

愚大師望一眼景成像，長歎一聲，緩緩道：「成像與暗器王請隨老夫入殿，其餘人先留在此處。」當先踏入殿內。

林青坦然將小弦交與花嗅香，與景成像一前一後進入通天殿中。愚大師關好殿門，轉身先拍拍景成像的肩膀，語重心長地道：「不經挫折不成大事。成像你身為一盟之主，一言一行均是與我四大家族的聲譽息息相關，須得放下心中雜慮，方可為眾弟子表率。」又轉臉對林青道：「成像二日前痛失愛子，還請林大俠諒解一二。」

景成像長歎一聲，對林青伸出右掌，一臉誠懇：「林兄請恕我失禮。」

林青卻不與景成像擊掌：「我理解景兄為人父的心情，但小弦被廢武功之事尚請解釋。」

愚大師盯著林青，臉有異色，良久方讚了一聲：「光明磊落、襟懷坦蕩，林大俠是個極講原則的人，老夫頗為欣賞。」

聽這四大家族上一代的宿老如此一讚，林青倒是有些不好意思了：「前輩過獎，林青不過率性而為，唯願以真性情示人罷了。」

愚大師大笑：「既然如此我們何需前輩、大俠的那麼客氣，不若你叫我一聲愚老，我叫你一聲林小弟。唔，小蟲兒可好麼？」

林青一愣：「原來你便是蟲大師口中的蕭叔。他十分掛念你，本想親來拜見，但因為在下一位好友重傷難治，他此刻正在萍鄉城的客棧內等我……」原來蟲大師對林青說起過愚大師收養自己十四年之事，卻只以蕭叔相稱，尚不知當年的蕭叔已改名叫做愚大師。

「只要心中還記掛著，見不見原也無妨！」愚大師大笑：「你卻要告訴小蟲兒，老夫本是因他蟲大師的名字才改叫愚大師，從此這世上再也沒有物由蕭這個人了。」

林青聽到物由蕭的名字，登時想到那正待在關中無雙城的物由心，問起方知竟還是愚大師的師弟。說起物由心那個一頭白髮卻是天真爛漫毫無機心的老頑童，三人都是忍俊不住，一時氣氛倒緩和了許多。

景成像對愚大師問道：「師伯何以出關了？」

愚大師笑道：「老夫閉關五十年苦修武功原就是為了與御泠堂這一次的賭戰，既然現已擊退御泠堂，自然要出來舒一下這把老骨頭。」

景成像垂手恭聲道：「成像謹聽師伯教誨。」

「你也不必如此，畢竟你才是目前的家族盟主，一切均應是以你為主。」愚大師慨然一聲長歎：「老夫幾十年不出江湖，對這些年的武林大勢均是不甚瞭解。若不是見你一意與林小弟為難，原也不該倚老賣老地擅自多管家族之事。」

林青僅聽蟲大師說起御泠堂是四大家族的數百年宿敵，對其中詳情卻是不甚明白，當下愚大師便將二日前與御泠堂在離望峰一戰細細說來。聽到那孑盡人亡的驚天一局，縱是以暗器王的久經風浪亦不由色變；又聽愚大師講到小弦陰差陽錯間以棋藝大敗青霜令主，林青面上不由露出微笑；再聽到景成像愛子與水柔清的父親莫斂鋒皆亡於這一役，林青扼腕長歎：「久聞莫兄身為溫柔鄉劍關關主，是四大家族外姓子弟中的佼佼者，想不到竟然無緣一晤。」又對景成像略含歉意道：「景兄痛失愛子，剛才林某言語多有冒犯，尚請原諒。」

景成像身為四大家族盟主，平日俱是仁厚待人，若非因景慕道自盡於枰中亦不會如此大失常態，強按心頭巨痛，對林青赧然道：「林兄不必多禮，此事原是我的不對。」

愚大師見林青欲言又止，知道他對小弦之事仍是不能釋懷。長歎一聲，緩緩道：「林小弟可知老夫為何要叫你單獨來此？」

林青沉思道：「可是與明將軍有關麼？」

愚大師點點頭：「老夫日前聽小弦說起，才知道少主已做了朝中的大將軍。而林小弟既然一意挑戰他，四大家族自然不能袖手旁觀。」

林青沉聲道：「我只聽蟲大師說明將軍乃是四大家族的少主，其中細情卻知之不詳。縱觀明將軍窮兵黷武、為禍江湖之舉，四大家族又怎能視而不見，無動於衷？」

愚大師微一頷首：「林小弟且慢下結論，待老夫告訴你其中的原因，你再做決定亦不遲。」

景成像欲要開口，卻被愚大師抬手止住，一臉肅穆莊重：「成像不必多疑，林小弟是極明情理的人，自不會將這個秘密洩露他人。何況老夫看那青霜令使心計深沉，敗而不餒，只怕御泠堂勢必不肯就此甘休。若果是如此，這天下又必將會有數年大亂，已遠非你我人力所能操控，倒不如順其自然，以應天命。」

景成像一歎不語。事實上這些年明將軍勢力漸大，無需借用四大家族亦有奪取天下的實力，卻遲遲不動，連他亦覺得十分迷惑。

林青眉尖一挑，聽愚大師說得如此鄭重其事，這個秘密定然十分驚人，恐怕還事關明將軍的來歷。朗聲道：「大師放心，林青絕非莽撞之徒，自然懂得把握尺度。」

愚大師點點頭，一指通天殿中的天后雕像：「你可知她是誰麼？」

林青看那宮裝女子栩栩如生，渾若活物。最奇的便是手中握的不是常見的女紅針線，而是一方大印，一時卻是猜想不出。

「她是天后，亦是宗越那孩子的先祖。」愚大師長吸一口氣，口中吟道：「天后不過是一介出身於沒落之家的弱質女流，卻能加冕九五之尊，統領天下，開創盛世。臨終時又明示後人只許立碑不許立傳，如此超卓的人物，雖不過纖婉女子，又怎不讓我四大家族與御泠堂敬若神明！」

林青一震，失聲驚呼：「她是武則天?!」

「不錯，天后便是則天皇帝。」愚大師肅然點頭：「所以少主縱要奪取皇位，亦不過是拿回本屬於自己的江山！」

林青腦中電閃，疑惑道：「據我所知，武則天的子女皆是李唐皇冑，又怎麼會是明將軍？」

愚大師歎道：「這其中關係到天后的一件隱事，老夫也不用對你詳敘。總之少主雖是姓明，卻是不折不扣的天后傳人。」

武則天本是被唐太宗召進宮中做才人，唐太宗賜名武媚。唐太宗駕崩後眾嬪妃無嗣者皆需出家，武媚便入了長安郊外的感業寺中削髮為尼，後與唐高宗李治相戀，這才被重新接入宮中，幾經宮闈中的明爭暗鬥，直到最後立為皇后，再借幼子登基垂簾聽政乃至最終獨掌大權，做了有史以來的唯一一位女皇帝。

高宗身為太宗之子，卻立父親的才人武媚為后，這一點史家眾說紛芸。有人說因武媚美豔驚人，世人難拒；亦有人說那是武媚手段高明，媚惑高宗。後來高宗早亡後幼子難扶，武媚這才趁機以太后身分參政，後來索性廢了兒子的帝位，建立大周王朝，自己做了則天皇帝。

林青心中隱有所悟：武則天守寡多年，宮中自是私藏男寵。此事大違國體，歷代史書皆是一筆帶過。但在民間野史中卻曾提及過武媚在感業寺出家時曾有一個初戀情人，為一明姓男子。而聽愚大師如此說，莫不是武則天竟會冒著皇室大忌替他悄悄生下一個孩子，實可謂是情深義重。武則天為高宗生有四男二女，二男一女早夭，另二子便是後來的唐中宗李顯與唐睿宗李旦。據說早亡的二男一女皆是被武則天親手所殺，雖是因為皇室爭權，但其中怕也有欲立明姓後人為帝的念頭。而此子非皇室所出，自然只能交與他人於民間秘密收養，是以史書中從未提過此事。

愚大師續道：「明家公子自小便改姓為武收養在天后娘家，天后本欲立他為太子，只可惜李唐氣數未盡，終被唐中宗逼宮退位……天后病危時暗中召集五名親信與昊空真人，囑他六人務必盡心輔佐明公子，重奪武家天下；但這五名親信卻意見不合，一人欲兵諫中宗，強行改立太子，另四人卻執意大力培養明公子，待其羽翼漸豐後方重奪皇位。唉，過了這近千年，卻仍是不能完成天后遺願，老夫實是心中有愧啊！」愚大師說到此處，悵立良久，目光方從天后雕像轉到林青身上，輕輕一歎：「這也便是我四大家族與御泠堂的來歷！」

以林青的久經風浪，一時也不免呆了半晌，全然料不到明將軍竟然有如此身世，想起那近千年前的宮室爭鬥，此刻猶覺驚心動魄：「如此說來四大家族與御泠堂的目的都是一致的？」

愚大師微微搖頭：「天后用人任賢為親，不分貴賤，文武兼重，更是重視政事之外的偏門枝學。這五名親信中景太淵為御醫，花勝墨為畫匠，水紹音為琴師，物清流為棋侍，他四人一向從文，是以信奉仁治天下；而另一位南宮敬楚卻是一名武將，一意以刀兵扶政，枕戈乾坤。文治雖緩卻不勞根本，武治雖捷卻大傷筋骨，他五人這番爭執說來簡單，卻是事關天下蒼生的氣運。」

林青這才知道四大家族的琴棋書畫原是家學淵源。點點頭道：「只看御泠堂的行事，便知一旦掌權，必是不容他議，大肆剪除異己。」
景成像憤然道：「所以若讓御泠堂得勢，只怕天下再無寧日。」
愚大師長歎：「天后聖明，如何不知其中利弊。何況那中宗畢竟亦是天后骨肉，天后自是不忍他兄弟相殘。看這五名親信雙方爭執不下，天后這才定下了六十年一度的賭戰，敗者退隱江湖，勝者扶明公子重奪江山，而昊空真人便是雙方的仲裁！」
林青奇道：「昊空真人得道高人，如何又會捲入此事？」
愚大師道：「天后在感業寺出家時便認得了昊空真人，昊空真人精諳《天命寶典》，看出天后非是池中之物，唯恐日後令蒼生塗炭，這才蓄意接近天后，天后稱帝後更是大力扶植昊空門，好與那一心忠於李唐的神留門相抗。」他又是一歎：「天后自幼命途多舛，雖是女流，堅韌果決處絕不輸於鬚眉。不然以天后的桀驁心性，若不是在昊空真人的言傳身教下悟得些天道至理，又如何能輕易將大周王朝再拱手交還給李唐！」
景成像亦道：「天后臨終時自諱為曌，其原因亦是為了紀念明家公子與昊空門之意。」
林青恍然大悟，心中諸多難題逐一而解，猶有一分疑惑，再問道：「昊空門既然亦忠於武則天，為何巧拙大師又會與明將軍為敵？」

愚大師歎道：「巧拙對此事並不知情。少主雖是昊空門傳人，但身懷大志，功成後自是要投入京師以博功名，這一點本就是大違昊空門的道家修為。何況人與人之間的那份微妙豈是你我所能猜透，巧拙與少主間或是天生的仇家亦說不定。」

聽罷愚大師的話，林青沉吟良久，長吸一口氣：「大師告訴我這些，可是讓我放棄與明將軍決戰之事麼？」

愚大師微微一笑：「如果是五十年前，我必不允有任何傷害少主的行為！」

林青抬眼望來：「五十年後又如何？」

愚大師淡然道：「林小弟不妨先說說你的想法。」

林青眼望殿角若有所思，緩緩道：「林青一生嗜武，只欲在有生之年攀上那武道極峰，視挑戰為平生最大樂趣。更何況我出身寒門，從來只知奮力圖強，不屑坐望求成，自有一分對世情的看法。縱然明將軍窮兵塞外、獨攬大權皆是事出有因，我亦絕不會因此而改變對他的看法！」

愚大師豎指大笑：「江湖代有豪傑出，且不論此言是否有理，單是林小弟這份氣節足可先浮一大白。」

景成像猶不甘心：「將軍府這些年勢力大漲，少主卻絲毫不露奪權之心，亦不聽從四大家族的意見，實不知他拿的什麼主意。何況我聽花家小姐說起御泠堂紅塵使寧徊風擾亂擒天堡之事，只怕御泠堂早已不甘蟄伏，雖敗給四大家族卻要毀諾重出江湖，極有可能會對少主不利，林兄又何必在本已混亂不堪的京師中再添上一份變數？」

「寧徊風！我絕不會放過此人。」林青恨聲道，又對景成像道：「景兄知我非是優柔寡斷之人，何必徒費口舌？我雖不及景兄熟讀萬卷，卻也看過幾年詩書，記得少時讀史記，有一句話今猶在耳。」他長吸一口氣，慨然回眸望定景成像：「景兄可知是什麼話麼？」

景成像暗歎一聲：「林兄請講。」

林青昂聲道：「帝王將相，寧有種乎?!」

景成像一愣，心知林青想法已定，勸說無益。

「說得好！」愚大師長笑道：「老夫雖是四大家族的人，卻是與林小弟大生同感。」

林青笑道：「我卻想不到愚老竟會支持我。」

愚大師迎向景成像不解的眼光：「老夫五十年前亦是如你一般不明白這個道理，所以五十年後豁然明朗後才起個愚大師的名字！」

景成像低下頭：「請師伯指點。」

愚大師轉臉對林青道：「你可知道巧拙的師父苦慧大師將《天命寶典》留給了我麼？我又將此典轉交給了小弦。」

林青一驚，實想不到小弦竟會有這種奇遇。

「也虧了這孩子一言點醒，才讓我明白了苦慧大師的深意。」愚大師長歎一聲：「老夫雖已年近百歲，卻猶窺不透繁華俗塵的種種世情，直至看了《天命寶典》後，才知道這天意既定人力難勝的道理。」他轉頭望著景成像，眼中泛起一層大智大慧的光華：「世上的事，一飲一啄俱有命數，冥冥上蒼自有分教，又何須去做那違天逆行之事？」

景成像一怔，知道愚大師怪責他廢小弦武功，黯然一歎不語。

愚大師對林青道：「成像廢小弦武功之事另有緣故，事已至此，林小弟亦不必怪責他。」

林青沉聲道：「若不說出其中原因，請恕我不肯干休。」

愚大師道：「當年苦慧大師講出其間緣故後，便自知道破天機執意坐化，你可要聽老夫說麼？」他再歎一聲：「老夫將《天命寶典》送予小弦亦是一份補償之意。何況他雖是從此難修上乘武功，但江湖險惡世事難料，或能因此平安一生，其是福禍，又有誰知？」

林青心頭疑惑，他雖不信這些虛幻之事，但看愚大師鄭重的神情不似作偽，亦歎了一聲：「既然如此，大師也不必說了，反正也於事無補。」他眼中閃過一絲沉痛：「但我必須要馬上帶小弦走，他的父親身受重傷，只怕命在旦夕，蟲大師正在萍鄉城中守在他身邊，我便是來接小弦去見他父親最後一面……」

景成像見林青不責怪他，放下心結，誠然道：「在下總算還習得幾分家傳醫術，林兄如有用得著的地方儘管吩咐。」

林青臉色一黯，長歎道：「他中了寧徊風一掌，心脈全碎已是回天無術！全靠著我與蟲大師渡以真元之氣方吊著半條性命。」

「又是御泠堂！」愚大師一怔，目射寒光：「他們一面與我四大家族賭戰，一面卻早早違約重出江湖，看來真是要迫得雙方來一次了結了！」

景成像連忙問起，林青這才將其中緣由細細說出。

林青和蟲大師與小弦、花想容、水柔清二個月前在涪陵城分手後，便先去位於滇南楚雄的焰天涯尋找花嗅香之子花濺淚。見到焰天涯的軍師君東臨，卻被告之花濺淚所鍾意的女子臨雲雖在焰天涯，但花濺淚卻一直未曾來過。

二人離開焰天涯，便依起先定好的計畫去媚雲教找許漠洋，誰知到了媚雲教卻發現已來遲一步，大亂已生。

原來媚雲教與擒天堡一向不和，這一次擒天堡借著與京師泰親王聯盟之機便欲趁機挑了媚雲教，是以在媚雲教召開教眾大會重選教主之際驀然發難，將媚雲教鎮教之寶「越風刀」折斷。這才引出了馮破天去清水鎮找許漠洋補刀、擒天六鬼跟蹤前來、日哭鬼劫走小弦等種種變故。

擒天堡早有計劃，本就在媚雲教內留有暗哨，更在位於滇南大理的媚雲教總壇一帶設下伏兵，只待教眾大會趁群龍無首時一舉滅了媚雲教。

寧徊風於涪陵城困龍山莊功敗垂成，被林青一擊傷目後卻徑直逃到大理，率那些尚來不及得知困龍山莊變故的擒天堡伏兵強攻媚雲教……媚雲教措手不及，擒天堡亦是準備不充足，雙方這一場交戰可謂是兩敗俱傷，死傷慘重。媚雲教教主陸文淵當場被殺，五大護法中的費青海與景柯亦陣亡，而擒天堡設在大理的近千伏兵則是全軍盡墨，這一戰令雙方皆是大傷元氣，擒天堡自此一蹶不振，再無昔日獨霸川中的威風。

再說許漠洋與馮破天那日擺脫吊靴鬼與纏魂鬼的糾纏後，便一起來到了媚雲教。許漠洋身挾《鑄兵神錄》中治鐵煉兵的知識，自是極受陸文淵的重用，當即拜為教中軍師，負責打造兵器。許漠洋本欲借助媚雲教的力量從擒天堡中救回小弦，便答應下來，先補好越風寶刀，再由馮破天陪同去深山中採集精鐵，不料二人返回大理後卻發現擒天堡與媚雲教已然大戰一場，連教主陸文淵都死在亂軍中。

馮破天身為媚雲右使，在此情景立刻整頓殘兵。他知擒天堡勢大不能輕敵，只得先另立教主日後再伺機復仇。

媚雲教中左使鄧宮與五大護法中的雷木、費青海、景柯本就有意另立陸文淵的胞弟陸文定為教主，為此與右使馮破天、五大護法中另二人依娜、洪天揚鬧得不可開交。現在陸文淵死了，鄧宮自然便想把陸文定扶上教主之位，馮破天、依娜與洪天揚深知陸文定為人剛愎自用且極記仇，而且在教中亦是全無威信，當下全力反對。本來鄧宮一夥的勢力要大些，但費青海、景柯二人喪命，鄧宮與雷木反是勢單力孤，一時亦難以相爭，剩餘的教徒又是分為兩派爭執不休。

此時就有人說起前任教主陸羽夫婦被教中人暗害、其幼子下落不明之事。卻被許漠洋意外聽到，一一印證下方知自己六年前收養的小弦原來竟就是那陸羽的親生兒子！

原來當年媚雲教內亂，陸羽被人暗刺身亡，其妻自忖難逃性命，便讓一使女帶著六歲的小弦逃走，自己卻引走追兵，終自盡身亡。那使女帶著小弦逃到敘永城郊的荒山時被幾個教中叛徒追上，恰恰碰見許漠洋路見不平相救，將幾名追兵盡數殺死。但那使女亦受了重傷，來不及對許漠洋說明小弦的身世便不支而逝，而小弦亦是頭部中了一掌，昏迷過去。

許漠洋只怕明將軍的人找到自己，亦不敢報官，只得將一地死屍埋了，帶著小弦落腳在清水鎮。但小弦醒來後卻是大受刺激記憶全失，許漠洋憐他身世，又想到自己的孩子死於冬歸城中，便收他為義子，他一直當那使女便是小弦的母親，還道是江湖仇殺，是以也一直沒有對小弦提及他的來歷，只想待他成年後再將實情相告。卻不料陰差陽錯下在媚雲教反是得知了小弦的真正身世。

馮破天雖只見過小弦一面，但小弦有條有理地分析出越風寶刀的斷因給他留下了極深的印象。此刻聽說小弦竟然是陸羽之子，自是大喜過望，一意要將小弦立為教主。他亦是有自己的私心，料想小弦再聰明也不過是個孩子，自己扶他做了教主便可大權獨攬。是以馮破天將小弦的聰明機靈處添油加醋地吹得天花亂墜，終於說動了大多教徒。

卻不料那寧徊風卻一直伏於大理。他一目被暗器王所傷，心頭大恨，知道許漠洋是林青的好友，便有意暗害一雪自己瞎目之仇。終有日被他窺到機會，一擊得手之後遠遁。

正好林青與蟲大師趕來媚雲教，卻恰恰來晚了一步。寧徊風何等功力，縱是林青與蟲大師百般救治，亦只吊得許漠洋一口氣。

許漠洋見到林青，斷斷續續地將這些年的經歷大致說了些。他一心替林青煉成換日箭，想不到雖見了暗器王丰神猶昔，自己卻是身受重傷命在旦夕，唯記掛著小弦，聽得小弦亦是傷在寧徊風手下來到鳴佩峰中治傷，便強忍傷痛著要來見他。

林青與蟲大師心知許漠洋傷重難治，只得應諾。而馮破天一意找小弦回來當教主，聞言正中下懷，便令人抬著許漠洋從大理一路坐船來到了萍鄉城。經得這番折騰，許漠洋早已是奄奄一息，只是一心要見小弦最後一面，這才強掙著一口氣。

鳴佩峰位於羅霄山中。深山老林道路難行，許漠洋傷重自然無法趕來，只好讓蟲大師先在萍鄉鎮中照看著他，林青則依花想容教他的法子找到四大家族的接應人來到了鳴佩峰中。

也正是因為心傷好友傷重難治，林青才會大違平日淡泊心性，在通天殿前幾乎與景成像反目成仇。

林青講罷緣由，已是急不可待，欲要馬上離開。

愚大師與景成像本是有意將小弦留下，聽到林青如此說自也不好強阻。何況小弦可謂是擊敗御泠堂賭局的最大功臣，留下他亦說不過去。

景成像猶不死心，又對林青道：「依我看御泠堂的行事，怕已是打算毀諾重出江湖，單為著天下眾生著想，林兄挑戰少主前尚請三思。」他這番話倒不是無的放矢，明將軍雖然從小被昊空門的忘念大師收為徒弟，四大家族又與他極少聯繫，但他執意不肯隱姓瞞名，再加上這些年鋒芒畢露，只怕御泠堂亦早知他天后傳人的身分。雖然林青挑戰明將軍未必有勝望，但情勢一亂，極有可能被御泠堂趁虛而入。而御泠堂素來抱著枕戈乾坤的宗旨，一旦掌權，只怕真會令天下大亂重生。

林青亦知事關重大，按下焦躁的心情，與愚大師、景成像又說起御泠堂的一些事情。

愚大師道：「御泠堂除了南宮堂主與青霜令使外尚有炎日、火雲、焱雷三旗，其中炎日旗紅塵使應該便是那個寧徊風，而火雲旗紫陌使與焱雷旗碧葉使卻不知是何人。老夫以那日賭戰觀之，這個青霜令使是個極難纏的人物，其餘幾人想必亦不弱，若是這幾人出了江湖，多半會在京師中興風作浪，你到了京師可要多加小心。」

林青暗記下這幾個名字，便與愚大師、景成像告辭。景成像本想隨林青一起去看看許漠洋的傷勢，但看林青神色知道無益，也便作罷。

卻說小弦與花嗅香、水柔梳、物天成留在通天殿外。小弦雖見景成像意欲對林青不利，但有愚大師在場，想必不會太過為難暗器王，放下了一番心事。他見到林青後心中大是興奮，話語滔滔不絕，只是害怕物天成那一張冷冰冰的面孔，又不好去打攪如一潭止水的水柔梳，便只拉著花嗅香喋喋不休。

花嗅香何等耳力，雖不是有意偷聽，但殿中林青與愚大師、景成像的對話亦斷斷續續傳入耳中，知道一時不會起衝突。他本就極不滿景成像廢小弦武功之事，所以才會特意去給小弦講那四個故事，只盼能化開他心頭怨意。又隱隱聽到小弦的身世、許漠洋重傷的消息，面上雖是不動聲色，但心中憐惜這個聰明伶俐的孩子，對他極是和言悅色，妙語如珠，逗得水柔梳都不禁面露笑意。

林青良久也不出來，小弦想到花嗅香的那四個故事，牽牽他的衣袖：「花叔叔再給我講故事吧。」

花嗅香心頭一動，他雖知苦慧大師的話，但小弦既然能幫四大家族勝了與御泠堂的賭棋之局，可見天機未必應驗。有心再點化小弦，微微一笑：「好，我便再給你講兩個故事。」

小弦大喜，花嗅香看似遊戲風塵，實則大有慧見卓識，那四個故事已讓他隱有啟悟。當下連連拍手叫好。

「第一個是兩個刀客比武的故事。」花嗅香略整衣襟，負手望天：「有兩個刀客，一南一北，便被人喚做南刀與北刀。二人俱是江湖中不可一世的高手，一把刀使得出神入化，難有敵手。但一山不容二虎，何況他二人皆是以刀成名，有日相見，彼此不服，便相約於華山之顛決一高下。」

小弦插口道：「為何這些武林高手比武的地點多是在高山峻嶺？我似是從未聽說過二個高手在農家屋頂上決戰的？」

水柔梳終忍不住被小弦逗得「噗哧」一笑，旋即收起笑容：「好端端聽故事就是了，別打岔。」小弦朝她吐吐舌頭，水柔梳幾乎又撐不住笑意，連忙別過頭去。

花嗅香倒是一愣：「我卻從未想過這問題。」

物天成亦來了興趣：「依我想大凡深山、殿廟等處皆有靈氣，更能讓高手汲天地精氣，發揮出武功的最大效力吧。何況高手決戰，豈容他人旁觀，又不是在鬧市中耍猴戲，自是要找僻靜的地方。」

小弦一想也是道理，嘻嘻一笑，對物天成擠了擠眼睛。

物天成銅鈴般的大眼一瞪：「為何對我擠眉弄眼？」

小弦嚇了一跳，躲到水柔梳身後，喃喃道：「我看物二叔那麼凶霸霸的樣子，竟然也能說出耍猴戲，覺得好玩嘛。」

花嗅香大笑。水柔梳也忍不住掩住小口，順手輕輕給了小弦一下：「你這孩子，真是……調皮。」

物天成料不到小弦說出這句話，板了半天的臉終也忍不住放聲大笑起來。他本對小弦頗有成見，此刻卻也覺得這孩子實是有趣。

小弦尚惦記著故事，又催花嗅香道：「花叔叔快往下講吧，我保證不打岔了。」

花嗅香收起笑容，續道：「這兩個刀客勢均力敵，鬥了三天三夜也不分勝負。那北刀原是使一柄削鐵如泥的寶刀，起初不願占兵刃上的便宜，見難分勝負終按捺不住，便故意賣個破綻令二刀刀鋒相碰，欲斬斷南刀的長刀以勝得這一局。」他見小弦聽得入神，想起他一慣愛挑毛病的個性，笑著問一句：「你為何不怪北刀使巧？」

小弦老老實實地答道：「這有什麼？南刀定然早知道北刀的寶刀厲害，若是不能想出對策便只能怪自己不行，比武又不僅僅是鬥蠻力。」

聽到小弦如此回答，物天成與水柔梳對望一眼，皆是暗暗稱奇。

花嗅香不置可否地點點頭，又繼續講道：「兩刀相交，果然那南刀的兵器被北刀一刀砍斷……」

小弦拍手笑道：「定是南刀勝了。」

花嗅香微笑、頷首：「你不妨說出其中道理。」

「我猜對了麼？」小弦搔搔頭，不好意思道：「我想若是北刀勝了這個故事就毫不出奇，所以方猜定是南刀勝了。卻是說不出是何道理。」

花嗅香哈哈一笑，拍拍小弦的頭：「這道理其實也很簡單。刀客從來都是視刀若自己的生命，講究刀在人在、刀亡人亡。但若是一個刀客連刀都可以放得下，他便是無敵的。」他目視小弦，緩緩道：「你知道這個故事講的是什麼嗎？」

小弦眼睛一亮：「上次我將那個下棋的故事講與愚大師聽，他說那個故事講的是執拗。那麼這個故事講的便是——放下。」

花嗅香大笑，口中對著小弦說話，目光卻盯著物天成：「不錯，這個故事講的便是放下。」

物天成一震，花嗅香雖比他小幾歲，但極有見識，可謂是四大家族中的第一智者，聽花嗅香如此一說，立明其意。一時呆住，回想自己對家族忠心耿耿，一心扶少主重奪江山，在門中處事嚴厲不阿，當年師叔物由心偶有犯錯立刻逐出門牆，至今不允其回來；對小弦的態度亦是寧可錯怪亦不枉縱，莫不是便少了「放下」這份心態?!

小弦哪知物天成心中觸動，喜道：「這個故事不錯，還有一個呢？」

花嗅香一任物天成苦思，手撚長髯：「有一個人，輕功天下無雙，韌力又強，他有意炫耀，便誇下海口貼榜於莊外：十里之內的任何距離，無論騎馬趕車，若有人能先於他到達，便以百金相贈。果然有不少人前來相試，輕功超凡者有之，騎汗血寶馬者有之，甚至還有一人騎鶴來與他比試，卻無一人能勝過他取得百金。一時聲名大噪，江湖無人不曉。可是如此過了幾月，卻有一個小孩子勝過了他，你可知那孩子是如何勝過他的麼？」

小弦奇道：「那小孩子莫非是天生的輕功高手？」

花嗅香微笑搖頭：「武功一道與後天努力是分不開的，僅有天份還是遠遠不夠。」

小弦左思右想，見物天成亦是抓耳撓腮不得其解，唯有水柔梳不動聲色，仍是一如平常的平心靜氣，忍不住問道：「水姐姐你知道答案麼？」突想到水柔梳雖看起來不過二十許人，實已是近四十的年紀，忙又一拍自己的小腦袋，赧顏道：「哦，是水鄉主！」

水柔梳亦不以為意，輕聲道：「花三哥的腦子裡一向天馬行空，我才不費心去猜呢。」

花嗅香一歎：「若論這天下沒有好奇心的人，我第一個便選水四妹。」

小弦再想了一會，忍不住相求花嗅香：「好叔叔，告訴我那個孩子如何勝的？」

花嗅香呵呵一笑：「很簡單，那人既然說十里之內的任何距離不限對手乘車騎馬等等，而他卻只憑一雙腿。那小孩子便把他帶到長江邊上，自己卻坐在一條船上，任那人輕功再高，總不能真能登萍渡水吧，待要從附近的橋上繞過，那小孩子早就到了對岸。」

小弦一呆：「這……算什麼？也太會鑽空子了吧。」

「這並不叫鑽空子，而是隨機應變，善於利用對方的弱點。」花嗅香正色道：「若你能隨時隨刻找出對方的死穴，以己之長克敵之短，那麼便是天下第一！」

小弦大悟，一跳而起：「哈哈，要是我才不那麼費事，我便與他比賽爬杆，就算他輕功天下第一，也未必能及得上我從小練就的爬樹本領。」

花嗅香尚未開口，物天成已是哈哈大笑，對小弦一豎姆指：「好聰明的孩子！」

小弦興猶未盡，還要再纏著花嗅香講故事，卻見殿門一開，林青已大步走了出來。

「林叔叔。」小弦迎上林青：「我爹爹呢？」

林青眼神一黯：「我們這就去見他。」對花、水、物三人一拱手：「另有要事，下次再來叨擾三位門主。」也不多言，抱著小弦大步離去。

花嗅香眼望林青遠去的背影，猶見小弦不停揮手，悠悠一歎：「久聞暗器王大名，今日一見果是名不虛傳。」又輕輕搖頭，卻是想到了自己那癡心的女兒。

景成像隨之走出，本要阻止物天成留難林青，卻不料物天成對林青的離去毫無反應，心中微訝。

「英雄出少年！」愚大師的聲音從殿內傳來：「暗器王的武功暫且不論，單是年紀輕輕已有如此氣度，確可為少主的一大勁敵。」

水柔梳輕聲道：「聽人說少主的流轉神功已近八重，暗器王縱然武功再強，只怕還不能給他真正的威脅。」

景成像長歎一聲：「我至今仍覺得對小弦有愧於心！」

「不！」物天成驀然抬頭：「以我門中的識英辨雄術來看，這孩子絕不簡單，若非景大哥廢他武功，苦慧大師的預言只怕就是事實！」

眾人心中一凜，苦慧大師拚死道破的天機重又湧上每個人的心頭。

通天殿前，旭日東昇。但四大家族的五大高手立於山風中，眼望林青與小弦越來越遠的身影，猶覺得心中驀然一寒，俱無言語。

良久後，方聽得愚大師低低一歎：「天命啊天命……」

林青帶著小弦一路上毫不停留，不一日已趕到萍鄉縣城。小弦不斷追問父親的下落，林青只是避開不語，實不知應該如何給這個孩子說起他父親重傷難治的消息。

到得一家客棧，馮破天首先迎了出來，見到小弦垂手肅立：「少主好。」

「你叫我什麼？」小弦一驚，這聲少主頓時讓他想到那位被譽為天下武功第一高手的四大家族少主明將軍來。

林青沉聲道：「以後再給你解釋，先去見你父親吧。」

小弦喜道：「原來父親在客棧中呀，為何林叔叔你不告訴我，害得我還以為他仍在雲南呢。」一溜煙地跑入客棧中。

蟲大師亦走了出來，面色慘澹，對林青搖搖頭。

小弦到得屋中，卻驀然見到許漠洋斜靠床邊，臉色臘黃，大吃一驚：「爹爹你怎麼了？」

許漠洋淒然一笑，艱難地吐出幾個字：「小弦，爹爹總算盼到你了，縱死亦可瞑目。」

「爹爹，你不要亂說話。」小弦撲到父親懷裡，眼淚止不住地流了滿面：「林叔叔和蟲叔叔定能治得好你。」

許漠洋身受重傷，早已是油盡燈枯。唯是放不下小弦，這才拚著一口氣不泄，如今看到小弦安然無恙，願望一了，心頭一鬆，再也支撐不住，口中咯出大灘的血來。

林青大步上前，握住許漠洋的手運功助他，但內力輸入許漠洋的體內全然無效，知道他大限將至，一雙虎目亦不由紅了。

「小弦，你聽爹爹說，你本姓陸，乃是媚雲教前任教主陸羽之子，日後你就叫陸驚弦了。」許漠洋強露笑容，對小弦喃喃道。

小弦大哭：「我才不要做什麼陸驚弦，我永遠是爹爹的好孩子，永遠是許驚弦。」

許漠洋待要再說，卻是一口氣一鬆，一歪頭昏暈過去。林青強忍心痛，連忙將內力源源不絕地輸去。

小弦言不成聲：「是誰害了爹爹？」

馮破天立於小弦身後，沉聲道：「是寧徊風。少主且跟我回媚雲教，日後定要報此大仇。」

「寧徊風！」小弦恨聲道，看到爹爹如此情狀，又想到自己武功被廢，如何能報仇，更是淚如泉湧。

馮破天見許漠洋不支昏迷，還道已然逝去，心中亦覺難過：「少主節哀，我查過陸家族譜，到明年四月初七少主十三周歲時便可登上教主之位，然後整集教眾，為你父親報仇……」

「什麼？」林青驀然轉身，一把揪起馮破天，聲音竟也有些顫了：「你說小弦的出生日期是什麼時候？」

許漠洋原本昏厥，聽到「四月初七」這個驚心動魄的日子竟然忽地坐身而起，一雙眼睛突地變得明朗如星，炯炯望著馮破天。

馮破天不知何故得罪了暗器王，被他一把抓住竟然毫無反抗之力，心頭大懼，結結巴巴地答道：「林，林大俠息怒，少主的出生日子乃是十二年前的四月初七。」

六年前巧拙大師於伏藏山頂曾對明將軍說起過他一生中最不利的時辰便是六年前的四月初七。其時許漠洋與林青、杜四、容笑風、楊霜兒、物由心皆以為那是巧拙大師悟出偷天弓的日子，亦正是於六年前四月初七的那一天煉成了偷天弓，是以對這個日子印象極為深刻，卻全然料不到小弦的生日竟然也是這一天，而且一算時辰，他的出生日期亦正是巧拙大師所言對明將軍最不利的那一天。

這，又怎能不叫林青與許漠洋驚懼莫名！

林青與許漠洋又驚又喜，對視良久，目光中滿是一份突如其來的釋然。

許漠洋於迴光返照的一刻忽聽到這個消息，那一剎間驀然頓悟，終於明白了巧拙大師傳功於他道理：冥冥天意不正是要讓他造就小弦麼？或許連巧拙大師自己也想不到竟然會是這般結果！

許漠洋滿面紅光，放聲大笑，聲若洪鐘：「大師啊大師，我許漠洋總算不負你傳功重望，死亦無憾！」再笑了數聲，驀然一哽，口中鮮血狂湧而出，竟是含笑而逝。

小弦哪知自己的生辰會引出許漠洋與林青這許多的聯想，撲到許漠洋的屍身上放聲痛哭，一時哭得氣閉，竟也昏了過去。

馮破天好不容易才從尚發呆的林青手中掙出，連忙上前扶起小弦。心中悲痛一閃而過，反是暗暗高興：許漠洋一死，小弦自然只好隨自己回大理。他小孩子不懂事，縱是做了教主，教內的諸多事務自然要多依重自己，正好可借此一攬教中大權。

蟲大師亦不明白其中關鍵，長歎一聲，上前掐掐小弦的人中。小弦一痛而醒，呆了半晌，復又失聲痛哭。

馮破天猶道：「少主多多保重，我們這就先回大理，待給許兄完喪後再從長計議報仇之事……」

「馮兄請自回大理，媚雲教也請另選高明！小弦是不會隨你做什麼教主的……」林青長吸一口氣，語意堅決不容置疑：「他將跟我一起入京挑戰明將軍！」

小弦哭得昏天昏地，木然地呆望著林青，似是不相信他說的話。馮破天與蟲大師皆是一怔，馮破天還想再勸說幾句，但看到林青冷峻的表情終是不敢多言。

林青手撫背上的偷天弓，想到在涪陵城三香閣中弓弦忽發龍吟之聲。當時還以為是見到蟲大師這樣的高手方令寶弓長鳴，現在推想起來定是因為偷天弓遇見了小弦方發出異聲。一時心中百感交集，似是一下子明白了冥冥天意間的許多事情。再看著許漠洋尚溫的屍身，想到六年前與他一同共抗明將軍的如塵往事，清澈的眼睛中蒙上一層淡淡的霧氣……

蟲大師詫目向林青望來：「你不是還要找換日箭麼？」

林青強自鎮定心神，借著撥開拂在面上的一縷長髮輕拭雙目。轉眼望向小弦，微顫的聲音內有一種斬釘截鐵、切金斷玉般的堅定：「我想，我已經找到換日箭了！」

請續看《明將軍傳奇之絕頂》

明將軍傳奇之 **換日箭**〈下卷〉

作者：時未寒
發行人：陳曉林
出版所：風雲時代出版股份有限公司
地址：10576台北市民生東路五段178號7樓之3
電話：(02) 2756-0949
傳真：(02) 2765-3799
執行主編：劉宇青
美術設計：吳宗潔
行銷企劃：林安莉
業務總監：張瑋鳳

初版日期：2020年6月
版權授權：王帆
ISBN：978-986-352-833-3

風雲書網：http://www.eastbooks.com.tw
官方部落格：http://eastbooks.pixnet.net/blog
Facebook：http://www.facebook.com/h7560949
E-mail：h7560949@ms15.hinet.net
劃撥帳號：12043291
戶名：風雲時代出版股份有限公司

風雲發行所：33373桃園市龜山區公西村2鄰復興街304巷96號
電話：(03) 318-1378
傳真：(03) 318-1378
法律顧問：永然法律事務所 李永然律師
北辰著作權事務所 蕭雄淋律師

行政院新聞局局版台業字第3595號 營利事業統一編號22759935

定價：299元

國家圖書館出版品預行編目資料

明將軍傳奇之換日箭 / 時未寒著. -- 臺北市 : 風雲時代, 2020.05　冊；　公分

ISBN 978-986-352-833-3 (下卷 : 平裝)

857.7　　109003946